TAKE
SHOBO

才川夫妻の恋愛事情

7年じっくり調教されました

兎山もなか

ILLUSTRATION
小島ちな

才川夫妻の恋愛事情
7年じっくり調教されました

CONTENTS

MITSU YUME

イラスト／小島ちな

Saikawa fusai no

才川夫妻の恋愛事情

Renai Jijyo

7年じっくり調教されました

1　新入社員の目撃①

不思議なものを見た気分だった。

午前十一時のオフィス。他の一般企業より少し遅れて稼働し始めた会社の中は騒がしく、打ち合わせの談笑と、電話口で怒鳴っている声と、コピー機が紙を吐き出す音なんかで満たされている。

おぉ、なんか、ポイ。ポイぞ。

ほんとに広告会社に就職したんだなぁ、なんてこっそり噛《か》みしめながら、辺りを見回す。

「午後からはクライアントに挨拶に連れて行くからね。午前中は企業のホームページと過去の広告素材を見て、最低限のことは勉強しておいて。……って言ってももう午前中終わるけど。それから、クライアントから帰ったらCM素材を——」

ウキウキしすぎて、トレーナーの先輩の話は右から左へと流れていった。先輩は忙しいらしい。綺麗《きれい》なネイルをした指先で、カタカタと超高速でメールの返信を打っている。時々画面から視線をはずして、手は動かしながら私に指示を出す。私は真剣な面持ちで、はっきり「はい」と相槌《あいづち》を打ちつつ、先輩の視線がパソコンの画面に戻るとよそ見をした。

その時だ。

デスクで椅子に座り、机上を睨《にら》んでいる男の人に偶然目が留まった。シャープな顔立ちで、切れ長の目を細めて熱心に机の上の何かを見ている。その人は、ふと気を緩めたように顔を上げたと思うと、変な動きをした。

その場で後転でもするんですか？　と訊《き》きたくなるくらい、自分の肩の上で片方の手のひらを反らせて、何かを受け取るのを待つポーズ。誰にも声をかけずにそのままの姿勢でいるから〝何をしてるんだろう？〟と思っていたら。男の人の後ろを、事務の人らしき女の人が通りかかった。その女の人はお盆にコーヒーを載せて運んでいるところだったが、歩きながら片手で自分のポケットの中をごそごそと探り、取り出した何かを彼が差し出していた手の中に入れる。そしてそのまま特に何も言わず、彼の後ろを通り過ぎて、何食わぬ顔で部長にコーヒーを出していた。

（……ん？）

私は首を傾げる。彼女が彼の手の中に何を入れたのか、絶妙に見えなかった。メモか何かだろうか？　あっ、まさか！　〝今晩空いてますか？〟ってお誘いの手紙？　オフィスラブというやつですか⁉　うちの会社そんなのあるんだ！　うわー！　……と思ったけど、今時そんなもの、紙でやり取りするだろうか。それに男の人の催促するようなあの手のひら。お誘い待ちだったんだとしたら、ちょっと間抜けで格好悪い。

（うーん……）

気になりすぎてガン見する。何かを受け取った男の人は、またデスクの上をじっと見ている。恐らくそこに書類か何かがあるのだろう。熟考の末、筆立てからボールペンを抜き取り何か記入している。そして手のひらの中のそれを――きゅぽっ、とキャップをはずして、デスクの上に（恐らく書類に）ついた。

そこまで見て、私はやっと、それがスタンプ式の印鑑だということに気付く。彼は事務の女の人から印鑑を受け取っていたのだ。

それもそれでよくわからない。人の印鑑が必要なことなんて、そんなにあるものなんですかね社会人には。その上、彼は手のひらを出して無言でそれを要求していた。彼女も無言でそれに応えていたというのだから、ますます不思議だ。

「……ちょっと、野波《のなみ》。今の話聴いてた？」

「えっ」

「初日からよそ見？　良い度胸ね」

私が慌てて向き直ると、先輩は美しく口角を上げて微笑む。まだメールを返しているのか……と思って画面を見ると、先輩のウインドウは企画書に切り替わっていた。いつの間に。

「まぁいいけど。初日なんてガチガチに緊張して力入っちゃうのが普通だから、それくらい余裕でいてくれるほうが有望だわ」

「すみません、松原《まつばら》さん……」

「いいわよ。私もあなたと同じで入社したての頃は――」

と松原さんが昔話に入ったところで、再び私の視線は、吸い込まれるように彼と彼女のほうへ向いた。コーヒーを部長に出した女の人が、空のお盆を持ってまた彼の後ろを通るところだった。

彼はやっぱり一言も発さずに。先ほど何かを記入して印鑑を捺《お》していた書類を、バッと自分の背後に渡す。彼女も特に驚くことなく、少しだけ幼さの残る顔で彼を一瞥《いちべつ》して、書類を受け取った。

なんだ。なんなんだ、この二人。

「ちょっと、野波……?」

松原さんの声が今度は少し怒気をはらんでいても、反応できないくらいに釘《くぎ》付けだった。なぜなら、女の人は笑っていたのだ。受け取った書類で口元を隠していたけれど、でも、絶対に――笑っていた。

不思議なものを見た気分だった。

冒頭からこんなに出しゃばっておいてなんですが、これは私、新入社員・野波由佳《ゆか》の物語ではありません。

私が出社初日に見た、どこか違和感のある彼と彼女の物語です。

2　証言①　才川夫妻のお家芸

　どこか幼くてかわいらしいあの女の人は、書類の下に口元を隠して、間違いなく笑っていた。言葉を一切交わすことなく一連のやり取りを終えた二人。

　不思議なものを見たなぁ……と思ったその後、私は松原さんにこってり絞られた。

「ほんと良い度胸してるわ、あなた」

　綺麗に微笑んでいても、眉根に皺《しわ》ができていた。トレーナーをするのは私が初めてだと言っていた松原さんは、ドカンと一発雷を落とすタイプの人かと思ったら、そんなことはなくて。声を荒げて怒るのが嫌いなのか、静かにとくとくと、メリハリをつけるよう諭された。

「別にいつでもいい子でいる必要はないわよ。たまにはズレたこともしないと、頭一つ飛び出ることはできないし。でも、基本的には素直に振る舞って、社内に味方はつくっておくことね」

「はい」

「それで？　野波は何にそんな気をとられていたの？」

隣同士のデスクで、今度はノートパソコンを畳んでこちらに体を向けて、話を聴いてくれた。それが少し嬉《うれ》しくて、私はさっき見たものをぺらぺらと話してしまう。

「――ということがありまして」

よそ見をしていた経緯《いきさつ》を話している間、松原さんは適当に相槌を打っていた。そして私が話し終えると、彼女は興味がなさそうにデスクに頰杖《ほおづえ》を突いて。

「……で？」

「え！　〝で？〟じゃないですよ！　不思議じゃないですか。まったく会話もなしにハンコ渡して、書類受け取ってるんですよ？　医療モノのドラマで執刀医がオペ中に〝メス〟って言ったら、看護師さんがそれを差し出す、みたいな。それを〝メス〟って口に出さずにやっちゃう、みたいなっ！」

「それめちゃくちゃ危ないわよね……？」

「そこじゃないです！　びっくりしましたよ。っていうか……もしかしてうちの会社って、そういう読心術的な能力が必要なんですか……？」

「ぶっ」

松原さんは突然吹き出し、ぷるぷると体を震わせた。

「……松原さん、汚いです」

「野波がっ……面白いこと言うからでしょう！　読心術が必須スキルってあなた……違う

違う。あれは単に付き合いが長いからなせるワザってやつ」

「はぁ……」

「うちの会社じゃ有名なのよ、〝才川《さいかわ》夫妻〟って言ってね」

「あの二人ご夫婦なんですか？」

「んーん、二人とも独身。花村《はなむら》が〝お前は嫁か！〟ってくらい才川の思考を読んで動くから、〝才川夫妻〟って呼ばれてるの」

「そうなんですね……」

ちらりと問題の二人を見ると、今度は普通に言葉を交わしているようだった。男の人のデスクで彼女は傍《そば》に立ち、一つの書類についてあれこれ話をしている。

「そんなに気になるなら紹介しましょうか」

「え」

「ちょうどいいわ。まだ管理職にしか挨拶に行けてなかったし、二人とも同じ部署なんだから挨拶しときましょ」

「え、えぇっ」

行きましょうか、と言って松原さんは席を立ち上がり、まっすぐに二人がいる営業二課の島へと歩いていく。心の準備ができていなかった私はあたふたと立ち上がり、松原さんの後ろをひょこひょことついていった。

「お疲れ。二人とも今ちょっといいかしら」

松原さんが声をかけると二人は振り返った。椅子に座っていた彼も、傍に立っていた彼女も、急に声をかけられてきょとんとした顔がそっくりだと思った。

「お疲れ様です、松原さん」

彼のほうが爽やかに笑って答える。初めて正面に立ったけれど、見れば見るほど綺麗な顔をしている。すっとした鼻筋と切れ長の目。閉じた口の端も少し上がっていて感じがいい。あぁこの人、絶対に人気高いなと一瞬で悟った。彼女のほうはと言えば、ぺこっとお辞儀をして控えめにその場に佇《たたず》んでいる。遠目に見て、ふわふわとした外見から幼い印象だった彼女は、間近で見るとずっと凛《りん》としていて、落ち着きのある人だった。

「新人を紹介しようと思って。私がトレーナーをすることになった野波由佳。一緒に仕事することは当分無いかもしれないけど、飲みに連れてってたげて」

「新入社員の野波由佳です。よろしくお願いします」

慌ててぺこっと頭を下げる。

私が顔を上げると、二人はそっくりな表情でふわりと笑っていた。

「営業二課の才川です。……松原さんの下なんて大変だな」

「才川、それはどういう意味？」

「仕事がめちゃくちゃできて優秀な先輩についていくのは大変、って意味ですよ」

「やだ、嫌味？　最年少主任にそんなこと言われたんじゃ立場ないんだけど」

ビリビリと他意を飛ばし合う二人をよそに、女性のほうがにこりと私に微笑んだ。

「二課営業補佐の花村です。私はもしかしたら仕事でお手伝いすることがあるかも。社内の手続きとかで困ったら何でも言ってね」

「ありがとうございます」

「才川と花村は私の二つ下。同期同士よ」

そう紹介された二人は、やっぱり笑い方がそっくりだ。

私はついさっき見た不思議なやり取りが強く印象に残っていて、二人の間に特別な繋《つな》がりを見出そうとしていた。だから、そう見えただけなのかもしれないけど。思ったままを口に出してみる。

「ほんとにご夫婦みたいですね」

私がぽつりとこぼした言葉に、松原さんが面白くなさそうに言った。

「息ぴったりの才川夫妻だからねー」

「いえ、なんと言うか……それだけじゃなくて、雰囲気が」

長い時間を一緒に過ごすと顔が似てくる、みたいな話を思い出しながら、私はうまく言葉にできないでいた。すると才川さんが、くるりと花村さんのほうに顔を向けて笑う。

「夫婦みたいだって、花村さん。ほんとに結婚しちゃう？」

そう言って、傍に立つ花村さんの手を握るから、びっくりした。

「やだ、才川くんったら♡　本気にしちゃうじゃないですか～」

花村さんも花村さんで、片手を自分の頬に当てて嬉しそうな顔をする。……なんだこれ！

「こらそこイチャイチャすんな！　野波も、下手に絡むとしょっぱいもの見せられるわよ。気を付けなさい」

「えぇっ……」

おかしい。突然ハートを飛ばし始めた二人に、強烈な違和感を覚えた。なんと言うか、わざとらしいと言うか……。

「邪魔したわね。野波、行くわよ」

「あ、はい」

「野波さん、今度飲みに行こうね」

愛想よくひらひらと手を振ってくる才川さんに会釈をして、目の前でイチャつかれてぷりぷりと腹を立てている松原さんの後ろをついていく。どうしても違和感があったから訊いてみた。

「才川さんと花村さん、本当にご結婚されてないんですか？」

「ないない、あれはネタよ。二人の鉄板ネタ。確かに普段から仲は良いけど、かれこれ数年はあんな感じ。才川はあの通り花村を溺愛してるし、花村も満更でもなさそうにノるけど、あれはもうお家芸の域ねー」

そう説明されても、やっぱりなんだか腑《ふ》に落ちない。

こっそりと後ろを振り返って二人を見る。才川さんはまだ花村さんの手を握っていた。

不敵に笑っている才川さん。その手を、花村さんがきゅっと握り返していた。少し恥ずかしそうに。

「……」

見てはいけないものを見てしまった。そんな気分になる。

(……あれは本当にデキてるんじゃ……?)

入社初日。

私の当面の関心事は、この〝才川夫妻〟のことになった。

3　証言②　酔うとキス魔になる

神谷《かみや》さんはビールを一口ぐっと飲んで、私に訊き返した。

「才川と花村？」

「はい、お二人とご同期だって松原さんから伺ったので……」

新人歓迎会の席で、私は営業の神谷さん、竹島《たけしま》さんと同じテーブルについた。ナイスタイミング。〝才川夫妻〟のことが気になっていた私は、二人と同期だというこの二人と話すチャンスを待っていた。

スポーツをやっていたんだろうなと想像がつくほど体格のいい竹島さんと、細身で柔らかな目をした眼鏡の神谷さん。どちらも私の同期の女子たちが格好いいと騒いでいた先輩だ。でも私のミーハー心は今、別の二人へと向いている。

「〝才川夫妻〟って呼ばれているのって、ほんとにただのネタなのかなぁって」

竹島さんはテーブルの真ん中に腕を伸ばして、枝豆をつまみながら言う。

「まあ、ネタだな。もう随分長いことそう呼ばれてるし。才川はあれだ。〝花村マニア〟」

「……花村マニア？」

「見てみろ、あれ」

そう言って、神谷さんは細長い指で奥のテーブルを指す。私の同期男子が座っているテーブル。才川夫妻はそのテーブルで、そこがお互いの定位置だというように自然に隣同士で座っていた。……だけど少し様子がおかしい。才川さんの頬がほんのりと赤い。……酔ってる？

「あいつは酔うとキス魔になる。花村限定で」

神谷さんがそう言うや否や——キス魔は動く。才川さんは赤らんだ顔を花村さんに近付けると、一思いにその唇に食らいついた。

「え？」

一瞬、何が起こったのかわからなかった。見ているこっちのほうが、ここが居酒屋だということを忘れてしまいそうになるほど。才川さんがごく自然にキスをしていたから。

そして、それは一瞬では終わらない。花村さんがドンドンと才川さんの胸を叩《たた》いても離れず、それどころか彼女の頭の後ろにくしゃっと手を搔《か》き入れて、更に口づけを深くした。微弱な抵抗をする花村さんを丸め込むようにして。あれはたぶん、舌入ってる。辺りは呆然《ぼうぜん》。

才川さんは自分の気が済むまでキスをして、唇を離すとやっとそこで、ハッとした竹島さんが声をあげた。

「……だっ……大丈夫か花村ぁーっ！」

「ちょっと才川くん……！　いくらなんでもやりすぎっ……」

近くに座っている女の先輩もたしなめていた。びっくりした。これがスタンダードなのかと思ったら、そういうわけでもないらしい。先輩たちも予想外だったのか、慌てて才川さんを花村さんから引き剝がしている。

けれど才川さんは花村さんを離そうとせず、酔っていて上機嫌なのか、〝んー〟と彼女の頰にキスをしていた。されたほうの花村さんはと言えば。

「わっ……私は大丈夫ですから。仕方ないです、才川くん、酒癖よくないし」

慣れました、と苦笑しながら、自分の口をゴシゴシと拭う。菩薩か。心が広すぎる。

普通、不本意にキスされたなら怒ると思うのです。……もし、不本意だったなら。私は花村さんの心の内を想像する。キスされて、本当はどう思っているんだろう？

「才川、お前……。花村のこと好きすぎるだろ……」

怖ぇよ、と竹島さんがため息混じりに言うと、才川さんはへらっと笑った。

「好き、大好き。俺の花村」

そういうこと、恥ずかしげもなく言えちゃうんだ……。お酒のせいでしょうか？　やれやれといった顔をしている花村さんの肩をぎゅっと抱き寄せながら、才川さんは言う。彼らの正面に座っている、私の同期男子に向かって。

「そういうわけで、花村は俺のだから。覚えといてね」

そう言われた私の同期は困ったように笑っていた。そう言えばあいつ、花村さんのことかわいいとか、狙っちゃおうかなとか馬鹿言ってたなぁ……。ん？

「……」

もしかして、それで？

「神谷、お前も。あぁなるってわかってたんなら止めろよ」

「いや、才川ならやるかもなーって思っただけだし。花村も満更でもなさそうだから、別にいいかなって」

そう言って神谷さんは興味なさそうに唐揚げにお箸を伸ばす。

私はますます釈然としない。

「……あれで本当に、ご夫婦じゃないんですね……？」

「夫婦ではないよ。でも付き合ってたことくらいあるんじゃゃね？　何度か噂になってるよな」

なぁ？　と竹島さんは神谷さんに同意を求めながら、また枝豆をつまむ。

「あったな、そんな噂。まあ、才川が花村を好きなのには違いないだろ」

「俺、一回才川に訊いてみたんだよ」

「なんて？」

「〝実際のところ、花村とはどこまでいったんだ？〟って。そしたら才川の奴、真顔で〝夢の中で三回は抱いた〟とか言うんだ」

「うわぁ……きもい……」

「……ぷっ」

神谷さんが本当に気持ち悪そうに言うから笑ってしまった。私はちらりと才川夫妻に目をやりながら、慣れないビールを口にする。苦い。

才川さんはまだ花村さんの肩を抱いていて、花村さんは〝お茶飲む？〟と甲斐甲斐《かいがい》しく尋ねている。……どうも臭うなぁ。二人の関係がただの〝夫婦っぽいコンビ〟だとは思えなかった。

才川夫妻に関しては引き続き調査が必要なようです。

4　○真相　才川夫妻の関係性

なんとなく、まずいなぁ、とは思っていた。

新人歓迎会の席で、才川くんの隣に座った時から。今日は注意しておかなければいけないと、わかっていた。

＊

「え、じゃあ花村さんって彼氏いないんすか！」

「う、うん……悲しいことにね」

同じテーブルに座った新人の男の子は、トレーナーの教育が行き届いているのか、それとも大学で先輩の扱いを熟知してきたのか。一緒に飲んでいる相手を気持ちよく酔わせる術を知っていて、絶妙に持ち上げてきてくれる。私に彼氏がいないと聞くと、本当に喜んだかのように声をあげてくれた。……だけど違う。違うんだよ。ハツラツとした新人くんに対して思う。〝今そういうのいいから！　やめて！〟と叫びたい気持ちに駆られる。私の隣に座る才川くんが何を考えているのか、手に取るようにわかるから。

彼は私の隣で、ニコニコと新人くんの話を聞きながらハイペースでビールジョッキを空にしている。

「あ、才川さん次どうしますか？　ビール？」

「うん、もう一杯貰おうかな」

「すみませーん！　注文いいですか」

ほんとに、新人とは思えないくらい気がまわるなぁと感心しながら、心情的には小さく縮こまっていた。才川くんはなぜこんなに〝ガンガンいこうぜ！〟なペースでジョッキを空けているのでしょうか……。普段はこんな飲み方しないのに。

嫌な予感しかしない。

「いやぁ、でも信じらんないです。花村さんに彼氏がいないとか。ねぇ才川さん、そう思いますよね？」

きっと新人くんは、先輩を会話から置いてけぼりにすまいと配慮したんだろう。でも、〝違う！　違うよ！〟と教えてあげたい。そもそも話題が間違っているのだということを。きっとこの新人くんは、私たちが〝才川夫妻〟なんて呼ばれていることも知らなくて、純粋に話題を振ってくれているに違いない。

「そうだな」

才川くんはぐっとビールの残りを飲み干して、また新しくきたジョッキに口をつけ始めた。そしてこう言った。

「でも彼氏がいないとか、関係ないから」

（……ん？）

今なんて言った？　と訊こうとして彼のほうを向くと、すぐ目の前に顔が迫ってきていた。無理矢理流し込んだビールで少し赤らんだ顔。あ、これダメなやつ。

直感的に思うと同時に、唇を塞がれた。

「んっ……」

食らいつくようなキス。

（え？　え？）

抵抗する暇もなく、一瞬の間に奪われたが。触れるだけでは終わらなかった。アルコール混じりの熱い唇から、ぬるりと舌が伸びてくる。――ここは居酒屋！

「ん……んん！　ん！」

ドン、ドン、と彼の胸を両手で叩いた。離れて、と言っていることが、それで伝わらないはずがない。――注目されていることがわかる。たくさんの視線を感じて、頬がカッと熱くなる。才川くんは口を離すどころか、私の頭の後ろに手を掻き入れてグッと引き寄せると、更に奥へと舌を伸ばしてきた。首の裏を撫《な》でていった指に、ゾクっと感じてしまう。

私の抵抗なんて無力だとでも言うように、頭を抱いて、体を抱いて、丸め込むようにしてキスは続く。

数秒が経って唇を解放されると、離れていった才川くんの口と自分の口の間に唾液の糸が伝った。

「……だっ……大丈夫か花村ぁーっ！」

「ちょっと才川くん……！　いくらなんでもやりすぎっ……」

周囲のたしなめる声が響いて、私は正気を取り戻す。……正直、途中から何も考えられなくなっていた。相変わらずキスが巧くて、ずるい。

周りのみんなが引き剝がそうとするのをものともせず、才川くんは〝んー〟と甘えるように私の頰にキスをしてきた。……ご機嫌すぎて怖い！

新入社員のみんなは勿論《もちろん》、普段〝才川夫妻〟なんて言って面白がってくる人たちまで狼狽《うろた》えている。明らかにやりすぎだった。私は降りやまないキスを両手で防御しながら、おろおろと戸惑っているみんなに声をかける。

「わっ……私は大丈夫ですから。仕方ないです、才川くん、酒癖よくないし」

慣れました、と言って笑って自分の口を拭って見せると、みんな少しほっとした顔をしてくれた。

いや、慣れるわけないじゃんこんなの！　と自分が言ったセリフに対して突っ込む。心臓がまだバクバク鳴っている。たまったもんじゃない。

竹島くんが言った。

「才川、お前……。花村のこと好きすぎるだろ……」

怖ぇよ、とため息混じりに言われたことに対して、才川くんはへらっと笑って返事する。

「好き、大好き。俺の花村」

……それ二人の時にもう一回ちゃんと言ってくれないかな！

〝やれやれ〟と呆れた顔をつくりながら、心の録音機にばっちり保存する。いつでも脳内再生できるように。そんなことを一人で密かに考えていると、ぎゅっと肩を抱き寄せられた。才川くんは言う。正面に座っている新人くんに向かって。

「そういうわけで俺のだから。覚えといてね」

そう言って、ニヤニヤしながら私の肩に頭を預けてくる。

言われた新人くんは困ったように笑っていた。……困るよねそんなこと言われても！ごめんね！

「ごめん、気にしなくて大丈夫だから。……才川くん、ちゃんとして」

「えぇ……いいじゃん、花村ぁー」

言いながら、私の肩に頭をぐりぐり擦りつけて甘えてくる。……なにこのかわいい生物！　誰！　と悶絶《もんぜつ》しそうになりながら耐えた。耐え抜いた。

平静を装って彼に尋ねる。

「才川くん。お茶飲む？」

「……ん、飲む」

あ、飲むんだ。やっぱりビールばっかりは嫌だったのかな。

手をあげて店員さんを呼ぼうとすると、先に新人くんが「すみませーん！　あったかいお茶三つ！」と頼んでくれた。ほんとにできた新人だ……。こんな子相手に、この人は、一体何をしているんだろう。

歓迎会がお開きになって、才川くんはすぐにタクシーに押し込まれていった。それを見届けて、私も帰路へつこうとする。

「花村、大丈夫か？」

声のほうを振り向くと、竹島くんが心配そうな顔で私を見ていた。同期の彼は面倒見がよくて、私のことも才川くんのことも気にかけてくれている。大丈夫か、というのは、きっとさっきのキスのことだろう。

「大丈夫、ありがとう」

「あいつ、ちょっと酒癖が悪すぎるよなぁ。サシで飲んだらそんなことないんだけど……。こういう宴会だとハイになっちゃうのか、必ず酔って花村に絡んで」

「そうねぇ、困ったねぇ」

「……俺から才川に言おうか？」

真面目なトーンの言葉に、心の中で焦る。その焦りを感じさせないように、私はなるべく自然に笑って見せた。

「平気。才川くん、酔ってたからああなだけで、シラフに戻ったら反省してるから。そっとしといてあげて」

「……花村。お前」

「なに？」

「ほんとよくできた嫁だよな……」

「……」

　そう言われて、なんとも言えない気持ちになる。ごめん、竹島くん。ほんとに申し訳ない。今の会話の中には嘘《うそ》があった。

　あの男は、少しも酔ってなんかいません。反省もきっと、していません。

「家まで送ろうか？」

「ううん、私は飲んでないしちゃんと帰れるよ。本当にありがとう、竹島くん」

　そう申し出を断って、私もタクシーに乗り込む。才川くんが乗って行ったのとは反対方面へ。

「どちらまで？」

　初老の運転手さんの問いかけに、私はお決まりの返事をする。

「このまましばらくまっすぐ走ってもらって、五反田のほうに」

「五反田は反対方向ですよ？」

「大丈夫です。少しだけ進んだら引き返してください」

「はぁ……」

不思議そうに首を傾げる運転手さんに、ややこしいこと言ってごめんなさい、と心の中で謝って。私は深くシートに沈み込んだ。疲れた……。

まずいなぁとは思っていたけれど、まさかあんなキスをされるとは。

「……」

唇に指で触れる。リップグロスはすっかり落ちてしまっている。久しぶりのキスに、ドキドキしなかったと言えば嘘だ。今晩の彼はどんな感じだろう？　期待と不安に揉《も》まれながら、私は自宅を目指す。

駅近のマンション。会社からはだいぶ離れた高層マンションの十四階に住んでいる。鞄《かばん》から鍵を取り出して部屋のドアを開けると、ちょうど廊下の向こうに彼の姿を見つけ、目が合った。お風呂からあがったばかりらしい才川くんは、トレーナー姿で髪をタオルで拭きながら、ペットボトルの水を飲んでいる。

「みつき、お帰り」

さっきまでとはまったく違う、落ち着き払った表情。この二重人格！　と私は心の中で毒づく。

「ただいま」

ぶすっと返事をしながらアウターを脱ぎ、ハンガーに掛ける。

彼はガサガサと髪を拭きながら、また水を一口。あぁ……先にちゃんと髪を拭けばいいのに。湿った髪の毛先からぽたりと滴が落ちて、グレーのカーペットに黒い染みをつくった。ついため息が出る。

まあいいか、と思い直して、自分もシャワーを浴びようと浴室に足を向けた。その時だ。

「っ……どうしたの、才川くん」

突然後ろから抱きしめられた。

珍しい出来事にドキドキしながら、なるべく平静さを保って問いかける。こんなことするの、会社での才川くんみたいで。……もしかして本当に酔ってる？　と思ったけど、それはない。彼はザルだ。一軒目で酔うことなんてまずない。

背中にお風呂あがりのあったかい体温を感じながら、首の裏を、彼の拭ききれていない髪の水気で濡《ぬ》らされていく。自分と同じシャンプーの香りがして一気に心拍数が上がった。お腹の前にまわされた腕の逞《たくま》しさに、思わずときめいた。

今更、ときめいた。

「俺が帰ったあと、誰にも絡まれなかった？」

才川くんが訊いてきたのは、そんなこと。

「絡まれてない……。竹島くんが心配してくれたよ、人前であんなことされて大丈夫かって」

「さすが竹島、お節介」

「……信じらんない」

「ん？」

「才川くん、舌入れたでしょ」

後ろを振り返ってキッと睨むと、才川くんはきょとんとして、笑った。

「ちょっと応えてたくせに」

「っ」

「なぁ、みつき。……人前でキスされて感じた？」

「あっ……」

温かな手がするりと下肢へ伸びて、スカートの中の内腿《うちもも》に触れる。不意を突くその動きに反射的に身をよじった。だけど、さっきときめいた逞しい腕は、私を逃がしてくれない。

「お前は俺が悪いって言いそうだけどさぁ……。みんなの前でトロ顔すんの、やめて」

「し、してないよ……！」

「してたよ。気持ちよさそーに目ぇとろんとさせて、顔赤くして……。せっかく牽制《けんせい》したのに、あれじゃ意味ないかも」

もう片方の手のひらが胸を包んで、その形を明らかにするように服の上から揉みしだく。いやらしい触り方。きっとわざと羞恥《しゅうち》心を煽《あお》っているんだ。……嫌な人。

「才川くん……もう、ああいうのは……」

嫌な予感はしていたのだ。あの新入社員の男の子の前に座ると、彼が言いだした時から。

絶対に何かするつもりなんだと、わかっていた。

「〝千秋《ちあき》〟だ」

「っん……」

耳元で囁《ささや》かれて背筋が震える。

「いい加減、二人の時くらい名前で呼べば？　もう何年〝才川くん〟だよ」

〝ちゅっ〟と水っぽい音をたてて首筋に吸いつきながら、才川くんは言う。ずるい。いつもは才川くんって呼んでも文句言わないくせに。こういうことしてる最中にだけ、本音を話すみたいに言うの、ほんとにずるい。

「……そんなの、絶対会社で間違えちゃう……」

「その時はその時だろ。いくらでもフォローできるから」

呼んで、と熱く囁きながら才川くんの手は止まらない。

彼が家の中でこんなに触れてくることは珍しい。だから、ほんとはちょっと嬉しい。そんなこと口に出してしまうとパッとやめられてしまいそうで、言えないけど。

ショーツとストッキングの上から敏感な部分を引っ掻かれる。

「んんっ……！」

「それで、感じたのかって訊いたんだけど。……濡れてるか確かめていい？」

「やだ……先にお風呂入りたい」

「先にも後にもない。確かめていいか、って訊いたんだけど」

そう言いながら彼は、私の答えなんて待たなかった。敏感な部分を引っ掻いた指先はスカートを捲《まく》りあげ、ストッキングの穿《は》き口から侵入してショーツの中へと入っていく。

もう片方の手でぎゅっと左の乳房を揉みしだきながら、首筋を甘く吸い上げて。私がどこに意識をやればいいのかわからなくなっていると、蠢《うごめ》く指先は簡単に茂みを掻き分け、蜜が溢《あふ》れ出す場所へとたどり着いた。

「っ、あ……さ、さいかわ、くんっ……やめっ……」

「……びっくりした。思ったよりぐしょぐしょ」

「っ」

暗に〝いやらしい〟と言われた気がして、カッと頬が熱くなる。羞恥心に耐え切れなくて、抱きしめる腕を振りほどこうとしたけれど、無駄だった。強い腕は、私の力ではどうにも。

「ちょっ……！」

才川くんは抜き出した指をまじまじと見つめて、私の愛液で濡らした指先をぺろっと舐《な》めた。間近でその光景を見てしまって言葉を失う。――じわっ、と、それでまた濡れたのがわかる。泣きたくなった。

後ろから抱きしめられたまま。立ったまま。顔がすぐ傍にある状態で目が合うと、彼は意地悪く笑う。

「ほぐす？　ナカ」

ふるふると首を振っても、もう聞いてくれない。

さっきよりも強い力で、形が変わってしまうんじゃないかと思うくらい、強く胸を揉みながら、さっき才川くんが舐めた指先がまたショーツの中を探って。今度は外側に触れるだけにとどまらず、指の第二関節くらいまでが蜜口の中に沈められる。

「っあ……！　ん、ふっ……やぁっ」

「まだ中指しか入れてないのに、こんなキツく食い締めて……最近シてないから？」

「あっ、あぁっ……」

じゅぽっ、と音をたてながら指を抜き入れされて、立っているのがやっとだった脚の力が抜けていく。ガクガクと膝が震えだすのを懸命に抑えながら訴えた。

「才川くん……も、やめっ……イっちゃうからぁっ！」

「千秋って呼べって」

会社ではもう勘弁してほしいと思うくらい、溺愛してくるくせに。

家ではドSなこの男、才川千秋は。

「自分が〝才川みつき〟だって自覚が足りないんじゃないか？」

「っ……！」

七年前から私の旦那様です。

5　証言③　不仲な新人時代

「才川とみっちゃんのこと？　うん、同期だよ」

「……みっちゃんというのは花村さんのことですよね？」

「あ、ごめん。うちの同期、なぜか女子だけみんなあだ名なんだよねぇ」

本当に普段から花村さんのことをみっちゃんと呼んでいるようで、葉山《はやま》さんはとても自然にそのあだ名を口にしていた。そう言えば、葉山さんを紹介してくれた竹島さんも、彼女のことを〝はやまん〟って呼んでたなぁ、と思い出す。同期の仲が良くて羨ましい。私たちもこういう風になるんだろうか？

葉山椎《しい》さん。以前は営業にいたそうだが、今は広告媒体を担当する部署に移って雑誌の広告枠の発注や掲載ページの調整をしている。……と、私のトレーナーである松原さんがなぜか面白くなさそうに教えてくれた。あの人、一体社内に何人曰《いわ》くつきの人がいるんだろう。この間も才川さんにガン飛ばしてたしな……。元ヤンなのかな……。

松原さんは得意先に呼ばれて出ていって、私は電話番を任されていた。ちょうどそこに営業と打ち合わせをしていた葉山さんが通りかかったので、私が声をかけた。最近の私はすっかり〝才川夫妻〟調査員だ。

最初は立ち話をしていたが、私が質問していろいろ訊きたい姿勢を見せると、葉山さんは松原さんのデスクに腰かけた。彼女がしゃべるたびに、ミルクティー色のセミロングの髪が揺れる。

「この間の歓迎会、酷かったたって聞いたけど。才川が居酒屋でみっちゃんにキスしたって」

「そうなんですよ。すごーく自然に……」

「大丈夫？　この会社やばいって引いちゃわなかった？　あんなキス魔ばっかりじゃないから安心してね」

「あはは……」

渇いた笑い声が自分の口から漏れ出る。正直、周りの人たちが慌てだすまでは〝さすが広告会社！　チャラい！　ただれてる！〟くらいには思っていた。パートナーでもない同僚の唇を奪うなんて超ド級のセクハラだ。……でも花村さんの内心は満更でもないような気がして。

葉山さんに、私が入社初日に見た不思議な出来事を話してみた。言葉を一切交わさずに印鑑と書類をやり取りした二人の話。彼女は大きな目をぱちぱちさせて、息をついた。

「はー、さすが。しゃべらずにそこまでできちゃう域なんだ……。すごいな才川夫妻」

「どうして花村さんが才川さんの印鑑を持っていたのか、不思議で」

「それはそんな不思議でもないかな？　みっちゃんは才川の補佐だし、業務で使うから印鑑は預けてるのかも」

「そういうものなんですか……」

あの雰囲気に飲まれていたのかなぁ。言葉を交わさない異質な関係に。確かに私は今、あの先輩二人にまつわることがなんでもかんでも特別に見えてしまっているような気もする。

「まぁ、うちの会社は結婚しても旧姓で働く人が多いし。あの二人見てたら、〝花村〟は旧姓で実は夫婦なんじゃないかって勘違いしても仕方ないよ。私も、私の同期の望田も旧姓だし」

「葉山さんも旧姓なんですか？」

彼女の薬指には指輪が嵌《は》まっている。シンプルなデザインだけど、どこかで見たような……？

「うん」

葉山さんは照れ臭そうに笑って、右手で左手の指輪をいじりながら会話を続ける。

「でも……そうだなぁ。あの二人が今こんなに仲が良いのも、意外と言えば意外なのよね」

「意外……？」

「あの二人、入社してすぐの研修ではまったくしゃべらなかったから。もしかして仲悪いのかなって思ってたくらい」

「へぇ……？」

それは新しい情報だ。

「あ、噂をすれば才川くん、帰ってきたね」

「あ、本当ですね」

遅めの昼食に出ていたらしい才川さんは、ジャケットなしのワイシャツ姿でフロアに帰ってきた。その半歩後ろを一緒に出ていたらしい花村さんがついて歩く。……やっぱり夫婦に見えるんですけど。

思ったままを葉山さんに伝えようとした時、どこからか別の男の先輩がやってきて才川さんに声をかけた。

「才川さん、どうっすか今晩の試合！　行けます？」

「あぁ、いや、うん……」

この会社に入社してわかったこと。我が社の男性陣はみんな、合コンのことを〝試合〟と呼ぶ。

言葉を濁した才川さんはちらりと背後の花村さんを見た。花村さんはにっこりと笑う。凛とした笑顔。あぁかわいいな～なんて、ぼんやりと思っていたら。

花村さんは、才川さんのネクタイを摑《つか》んでぐいっと引っ張った。

え、顔近くない？　とこっちがハラハラする距離で顔面を捉えて、花村さんは言う。

「浮気はイヤですよ、才川くん」

笑っていたけれど、目が据わっていた。

「ははっ……やだなー。浮気なんてするわけないだろ？　花村さんというものがありながら……」

「私はものじゃありません」

……これも鉄板ネタ？　普通に修羅場に見えるのですが……。

才川さんは茶化して返事をしていたけれど、そのこめかみには薄らと冷や汗が見えた。いつもなら〝才川くんったら♡〟と彼女がデレて終わるのに、今日は何やら花村さんのご機嫌がよろしくない。才川さんはネクタイを掴まれたまま、誘ってきた後輩に片手を上げて合図する。

「ごめん、俺、今日無理だわ。花村さんストップかかったから行けないってみんなに言っといて」

「うぃっす……」

完全に尻に敷かれている……。

才川さんが試合の誘いを完全に断ると、花村さんはパッと才川さんのネクタイから手を離して自分のデスクにつく。それを追うように才川さんは花村さんのデスクに行って、懐柔しようと屈んで声をかけていた。

「そんな怒んないでよ、花村さん」

「別に怒ってませんけど？　言ってみただけ。本当に行きたいならどうぞお好きなように」

「花村」

「お昼休憩終わり！」

……確かにしょっぱいです、松原さん。

そこで私は、別のことに気が付いた。

「……あれ？　才川さん、花村さんのこと名字で呼んでますよね？　……あ、でも竹島さんもか。神谷さんも」

さっき葉山さんは〝うちの同期は女子だけみんなあだ名で呼ばれている〟と言っていた。

一緒に一部始終を見ていた葉山さんも、しょっぱい顔をしながら答えてくれた。

「あぁ、そう言えばそうね。……んー。才川があだ名で呼んでるのは聞いたことがないけど、竹島は最初の頃〝みっちゃん〟って呼んでいたような……？」

「そうなんですか？」

「うん、確か。なんで呼び方変えちゃったんだろうね」

これはまた、竹島さんにも話を聞かなければなりません。いろんな人に聞き込みをしたその先に、面白い結果が待っているのかはわからないけど。

葉山さんは言う。

「もう結婚しちゃえばいいのにねぇ？」

いや、あれもう絶対夫婦ですって。野波の勘がそう告げています。

……というわけで、調査は続行です。

私たちは大学を卒業するのと同時に夫婦になった。

6　〇真相　才川夫妻の浮気対策

＊

クライアントから朝方、広告の実施報告書を急ぎで上げてほしいと依頼があったので、才川くんと私は午前中ずっとその資料のまとめ作業にかかりきりだった。他の部員のみんながお昼に出ている間も黙々とキーボードを叩いて、才川くんが送信ボタンを押したのが午後二時前。少し遅めの昼食を食べに、外に出ることにした。

何の相談もせずにただ才川くんについていくと、会社の人もあまり存在を知らない穴場のお蕎麦《そば》屋さんに行きつく。路地を一本入らなければ見つけられないココは、才川くんと私が二人だけで昼食をとる時によく来るお店だった。

二人掛け席に案内されて椅子に腰かけるなり、私の口をついて出たのは才川くんへのクレーム。彼のほうにメニューを向けながら悪態をつく。

「この間の歓迎会の時のこと、いろんな人にいじられるんだけど」

「ん？　なんの話？」

「……」

才川くんは頬杖を突いてニコニコと笑う。……白々しい。白々しいけどこの変わりよう、慣れたとはいえ感心してしまう。家での彼とはあまりに違いすぎる。最初の頃は、自分の夫は二重人格なんじゃないかとわりと本気で悩んだものだ。とても……あの夜、散々私の体をもてあそんだ上に放置した男と、同一人物だとは思えない。

「……結局最後までしないし」

「ごめん花村さん、声が小さくてよく聞こえない」

「なんでもありません」

聞こえてるくせに！　大きい声で言えないようなことだからぼそっと言ったのに！

家でなら迷わず口に出せる抗議を、ぐぐっと口の中に押し込んでしまうあたり、私も外では〝花村さん〟なのだ。長い時間をかけて叩き込まれた関係性を、それはもうきっちりと、訓練された犬のように忠実に守っている。

「……なんでこんなことになったの？」

「こんなことって？」

「結婚してるのに〝夫婦みたい〟なんて……」

「なに。俺と夫婦みたいって言われるのそんなに嫌？　傷つくなぁ」

言いながら彼は、お蕎麦を食べるのに邪魔だと感じたのか、ネクタイを緩めて解《ほど》き、背もたれに掛けた。私は彼の溺愛キャラ仕様のセリフを華麗にスルーして言葉を続ける。

「知ってる？　私たち、いろんな人に〝もういっそのこと籍入れちゃえば？〟って言われてるんだよ。〝とっくに入れてるわ！〟って、いつこの口が勝手に言ってしまうか不安で、私……」

「社外秘のことは外でベラベラしゃべるもんじゃないよ、花村さん」

「……」

「誰が聞いてるかわかんないからね」

あ、今ちょっと家で見せる顔。

それは〝我が家の秘密をベラベラしゃべってんじゃねーよ〟という意味ですね？

「……ごめん」

「素直に謝る花村さん超萌《も》えるー。抱きてー」

「ぶっ」

棒読みのセリフに危うくお茶を吹き出しそうになった。

「……やめてよ」

口元をハンカチで拭いながら非難の目を向けると、才川くんはニコニコと笑って「ごめん」と言った。――抱かないくせに。会社では花村マニア（謎）と名高い才川くんですが、家ではまったくそんなことありません。

不用意な発言は禁止だと才川くんから指令が出て、私たちは運ばれてきたお蕎麦を黙々と食べた。彼は天ざる蕎麦を。私はとろろ蕎麦を。もう数えきれないくらい見てきたけれど、才川くんはとっても綺麗な食べ方をする。姿勢よくお箸を持って、正しい所作で。これ、結構私の中で大きな好きポイントかもしれない。

最後の一口、お蕎麦をすすり終えて熱いお茶を飲む。一息ついて、才川くんは思いだしたように言った。

「そうだ。花村さん」

「なに?」

「前から言ってたけど、今晩合コンだから」

さらりと言ってのけてこの男は、またお茶にちびちびと口をつける。この猫舌め。

「……本当にやるの?」

「よろしく頼むよ」

そんな〝出張精算やっといてよ〟みたいなノリで言わないでほしい。全力で不本意な顔をしてみたけれど、効果はなかった。

「戻るか」

そう言って椅子から立ち上がる。彼が伝票を持ってレジへと向かう中、私は、憂鬱だった。オフィスに戻ってからのことを思うと、なんとも。……嫌だなぁ。

才川くんは自然に二人分の代金を支払ってくれた。

「ご馳走《ちそう》様です」

「いーえ。花村さんにはいつも世話になってるし」

「⁉ 下ネタ⁉」

「深読みしすぎだろ、びっくりするわ」


私たちがオフィスに戻ると、待ち構えていたかのように才川くんに近付いてくる人がいた。定時になるとそわそわとフロアを徘徊《はいかい》しだすことで有名な、合コン大好き男。

「才川さんどうっすか今晩の試合！　行けます？」

「あぁ、いや、うん……」

言葉を濁した才川くんはちらりと振り返って私の顔を見た。何その窺《うかが》うような顔。

（……やればいいんでしょ！　やればっ！）

ヤケクソになってにこりと微笑んで見せる。才川くんの首にぶら下がるネクタイを思い切り引っ張って、自分のほうに引き寄せた。唇が触れるんじゃないかと思うほどの至近距離に私のほうが驚きつつ、言い放つ。

「浮気はイヤですよ、才川くん」

間近にある顔は少しも驚いてなんかいない。そりゃそうだ。彼がこうしろって私に指示したんだから。いっそ本当にキスでもすれば、彼は動揺するんだろうか？　……しないなぁ。きっとその気になったフリで、また舌を入れられてしまうんだろう。

「ははっ……やだなー。浮気なんてするわけないだろ？　花村さんというものがありながら……」

才川くんはおどけて笑う。冷や汗も演技。一体どれだけ役者なの……。

「私はものじゃありません」

ネクタイをきりきりと引っ張る。才川くんはされるがままでいながら、片手を上げた。

合コン大好き男に向かって宣言する。

「ごめん、俺、今日無理だわ。花村さんストップかかったから行けないってみんなに言っといて」

「うぃっす……」

……なーにが花村さんストップだ。行く気がないなら最初からちゃんと断っといてくれればいいのに！

こんな小芝居、ほんとに必要なんだろうか。しかしそのまま疑問をぶつけると、才川くんは〝普通に断ったら角が立つだろ〟と、それらしいことを言って私を丸め込む。男の人の気にするメンツってよくわからないな、と思いながら、結局私は渋々請け負ってしまうのだ。

才川くんは付き合ってすらいないはずの私を言い訳にして、今晩の合コンを断った。私の役目は終わった。パッと彼のネクタイから手を離してデスクに戻る。〝結婚してる〟って、ちゃんと周りに言えていたら、そもそもこんな芝居は必要ない。

「そんな怒んないでよ、花村さん」

人の気も知らないで。……いや、たぶん知っていながら。才川くんはまるでヤキモチを焼く彼女をなだめるかのように、甘い声をかけてきた。それがまた私の神経を逆撫でる。

「別に怒ってませんけど？　言ってみただけ。本当に行きたいならどうぞお好きなように」

嘘だ。ほんとはちょっと怒っている。私にこんな恥ずかしい芝居を打たせて、体よく断る彼に。芝居を打たなければいけないこの状況に。――そんなにメンツが大事なら、合コンでもなんでも行けばいい。そんな尖《とが》った気持ちで、だから〝お好きなように〟なんて嫌味を言って。

「花村」

背後から才川くんが私のデスクに手を突く。彼の体に覆い被さられた背中が、熱い。

それは私にしか聞こえない、一瞬の耳打ちだった。


〝本当に行っていいの？〟


「……っ、お昼休憩終わり！」

搔き消すように叫んだ。……行っていいわけないでしょう！

それから午後はずっと、〝才川（嫁）がご立腹だ〟と囁かれているのを感じながら事務処理をこなすハメになった。みんなして私が怒っている理由を、才川くんが合コンへ行こうとしたからだと思っているんだろうなぁ……。そう思うと、なんだかもうやりきれない。

　家に帰りつくのは私のほうが少しだけ早かった。部屋着に着替えようかなと思ったところで、才川くんが帰ってくる。

「お帰りなさい」

「ただいま。みつきもお帰り」

　言いながらスーツのジャケットを脱ぎ、片手で器用にネクタイを緩める。その仕草を見ると私は、反射的に手を出して彼の脱いだものを受け取ってしまう。よく訓練された忠犬。無意識に尻尾振っちゃってないかな。

　ジャケットとネクタイを受け取る時に必ず会話が発生する。一日会社で私を溺愛した彼が、家ではまず何を言うのか。この瞬間がいつもドキドキした。

「みつき。あれ。昼間の、ネクタイ引っ張るやつ……あれちょっと、首が苦しい」

　それかい。

「知らない」

「何いじけてんの？」

「……知らない！　先にお風呂入っちゃうからね！」

　そう言って彼のジャケットの皺を伸ばしてハンガーに掛け、そそくさと脱衣所へと向かう。

「ダメだ」

「わ」

手首を掴まれて、私の進路は阻まれた。……一番風呂は譲らないとか、どこまで亭主関白気取りなの！　と本格的に夫婦喧嘩《げんか》に持ち込もうとしたら、掴まれていた腕をグイッと強く引っ張られる。

「えっ」

私は簡単にバランスを崩す。引っ張られたのはソファのある方向。二人して倒れこんで——気付けば、私が才川くんの上に乗っていた。彼の胸の上で、目と鼻の先の距離で視線が絡む。

「……才川くん？」

「痕つけていいよ」

そう言って、才川くんは自分のシャツのボタンを上から一つはずし、首筋を私に差し出す。

「……」

「浮気防止に。俺が合コンに行くのも嫌なんだろ？　どうぞ、奥サン」

その挑発的な目は、絶対に面白がってますよね？　だから私は面白くない。

会社ではベタベタに甘やかして、動揺させて。家では圧倒的に優位で、翻弄して。私の反応を見て面白がっているんでしょう？　知ってます。見くびらないでほしい。私が何年、あなたの妻をしてると思っているの。

ギシッとソファを軋《きし》ませて、横たわる彼の上を陣取る。邪魔になる自分の長い髪を片手でまとめて、そっと首筋に唇を寄せた。

「……そんな見えるとこにつけたいの？」

才川くんの声は笑っている。

「会社で疑われるのは花村さんだと思うけど」

「……」

「ほんとのことだから、いいのか」

「……才川くんちょっと黙ってて」

邪魔な髪を背中のほうへ全部流して、彼の両肩を摑んだ。シャツの内側にある清潔な首筋。そこに何度も口付ける。吸い付くと少しだけ彼の体が反応したような気がして、もっとはっきりとした痕を残したい欲が膨れ上がる。最終的に、片手で彼の襟足を押さえ、嚙みつくように首にキスをしていた。その間も彼は、私の髪を撫でていた。

しばらくして、顔を上げて〝はぁっ〟と息を吸い込む。彼の首筋には目が覚めるような赤さのキスマークが残っていた。――いやらしい。

自分が彼につけた所有印をまじまじと見て、変な気分になってしまった。

「綺麗につけれた？」

「才川くん」

「ん？」

「……したい」

「……何を？」

その余裕な態度が嫌。

彼の首筋に嚙みついた私は、その匂いに、髪を撫でてくる手に、すべてに、欲情していた。

「何がしたいのか言って」

未だに挑発的に笑うその顔が、憎らしくてたまらないのに。甘い笑顔に誘われる。今しがた自分でつけた首筋の痕と相まって、クラクラする。

欲しい。浅ましい欲望には、従順に。私は彼が求める言葉をそっと耳元で囁いた。

「――――」

「……そんなにしたいんだ？」

こくんと頷《うなず》く。そして彼のベルトに手を伸ばした。ベルトをはずして、勃起しつつある彼自身を露《あらわ》にしようと。――けれどここで、才川くんは言うのだ。私の手を制して。

「ごめん。今日はあんまり気分じゃない」

「……！」

しれっと。悪びれなく。

わりと素直に誘っているつもりなんだけど、高確率で断られる。夫婦になってから七年、ずっとこんな感じ。……でも今日はなんだかいけそうな気がしてたのに！　言わせといてあんまりだ！

すっかりその気になっていた私は、ただただ恥ずかしくて。頬が熱いのを隠しながら「そっか、残念……」と返す。残念どころじゃない。

会社ではベタベタに甘やかしてくるくせに、家ではこの淡白さ。普通、逆じゃない？会社では他人のように振る舞って、家で甘やかしてくれるというならまだしも。


どうしてなの、才川くん。


すごく恥ずかしいことを言わせておいて「今日はあんまり気分じゃない」と仰る。夫の安定のつれなさに今日も涙で枕を濡らす。なんとベッドも別々です。

誕生日。結婚記念日。事あるごとに「ダブルベッド欲しいなぁ！」とねだってきたけれど、すべて今まで却下されてきました。なぜ。

「……才川くん」

電気を消して真っ暗になった寝室で、隣のベッドに横たわる背中に声を投げかける。

「……」

返事はない。じっと息を殺すと微かに寝息が聞こえてきた。もう眠ってしまったらしい。……抱きしめたいのになぁ。暖かい春でこうなのだから、人肌恋しい冬はどれだけこの距離が恨めしいか。もう結婚して七年も経つのに、未だに自由に触れられなくて、虚しい。

「……はぁ」

私は寂しいんだろうか？

一人きりのベッドの中で、こんな風に彼の背中に視線を送って。抱きしめて髪を撫でてほしいと、毎晩のように思っている。会社でならば、もしかしたら。私を溺愛する会社での才川くんだったら、〝抱きしめて〟とお願いすれば、ぎゅっと強く体を抱いて甘い言葉を囁いてくれるかもしれない。……うーん、それもちょっと、欲しいのと違うなぁ……。

あんなベタ甘の才川くんじゃなくて。ちょっと素っ気ないくらいの彼に、不器用に優しくされたい。そんなことを考えながら、ウトウトと眠りに落ちていく。

その晩、私は夢を見た。自分で夢だとわかるその不思議な夢は、入社してすぐの私と才川くんの姿を映しだしていた。

＊

入社したての頃。私たちは会社ですれ違ったって、目も合わせなかった。

「みっちゃん、もしかして才川と仲悪い？」

夢の中。まだハタチ過ぎてそこそこの垢抜《あかぬ》けないはやまんが、心配そうな顔で問いかけてくる。同期のはやまんに対して私は「そんなことないよ」となるべく明るく笑って返していた。今思えば、最初は過剰に避けていたかもしれない。

大学卒業と同時に籍を入れた私たちは、入社する前に決めたのだ。

場面が切り替わって、今住んでいるマンションの一室。部屋の中はまだがらんとしていて、隅には段ボールが積み上げられていた。今より少しだけ若い才川くんが、シャツの袖を捲って荷解きをしている。私は彼が段ボールの中から取り出したものを受け取って収納へとしまっていく。新居に引っ越したその日に、彼がいつものトーンで話したこと。

「新入社員がもう結婚してるってさ」

「うん」

「ちょっと生意気に映るよな、きっと。人によっては」

「まあ、うん。そうかなぁ」

「その上夫婦揃《そろ》って同じ会社に入社してきたってなったら」

「……」

受け取った才川くんの卒業アルバムを手にしたまま、彼の顔を見る。……何が言いたいんだろう？

言われてみればそうだと思った。別に四六時中一緒にいたいとか、そんな理由で同じ会社に入るわけではないのだけど。はたから見れば、私たちは片時も相手と離れたくない痛い新婚カップルに見えるだろう。

才川くんは段ボールから本を何冊か取り出しながら、続けて言う。

「そんなことで変にやっかまれるのも馬鹿らしいし」

「うん？」

「だから、会社では他人でいよう」

「……他人？」

「うん。結婚してることは最低限、必要な人にだけ話して。みつきも旧姓で仕事してさ」

あ、そう。……ふーん？

「わかった。そうするね」

その時の私は、それが実際にどういうことなのか、よくわからずに了承した。まぁそれで彼の仕事が不都合なく回るのなら、それがいいんだろうと思って。

正直私はそれよりも、新居に運び込まれたベッドが二台なことのほうがずっと気になっていた。

「……才川くん？」

「ん？」

「ベッド、二台もいるかな？」

「え？」

「え？」

「いるだろ」

「いやぁ～いらないいんじゃないかなぁ……」

納得しない素振りで抵抗してみる。けれど努力虚しく、才川くんは話題を変えた。

「〝才川くん〟じゃない」

「……」

「もうみつきも才川さんなんだから、ほら」

呼んでみ、と、才川くんは荷解きを続けながら小さく笑って、待っている。

「……」

私は〝い〟の口をしたり〝あ〟の口をしたり、パクパクして、発音しようとした。才川くんはたぶん、私が気負わないように、わざと視線を自分の手元に落としている。そこまでわかっていて、結局、言えなかった。

他のどんな恥ずかしいことをしたりされたりするよりも、名前を呼ぶことが一番恥ずかしいと思っていた。その後、入社してから〝才川くん〟と呼ばなければいけない状況になって、私は今も彼のことを名前で呼べないでいる。

入社して間もなくの頃。会社ですれ違ったら、ふい、と視線をそらされた。

（あ、そこまで徹底するんだ）

最初に目をそらされた時はそう思った。会社では他人でいようって、そういうことね！　オッケー了解！　……なんて、馬鹿みたいに素直に、他人のように振る舞う努力をした私。この頃から忠犬だったなぁ……。

同じ会社にいれば何度だって顔を合わせる。ましてや研修期間。同じ部屋で研修を受けていれば、嫌でも目に入る。プレゼンテーションの実習中、スクリーンの前に一人で立って一生懸命話している対面している同期たちの顔の中、見慣れすぎた顔がある。休憩時間、飲み物を買いに自販機に行こうと思って部屋を出ようとすると、ドアを開けたところでばったり鉢合わせて。朝、家を出る前に見たはずのスーツ姿にドキドキして。

それでも一度だって目が合わない。才川千秋と花村みつきは、たったの一度も言葉を交わさない。

会社の人にバレないためだとわかっていながら、地味にダメージを受けていた。

「――って。……みっちゃん、聞いてる？」

「ん？」

研修の休憩時間。気付けば私は才川くんを見つめていた。斜め前の席で座ったまま伸びをした姿を見て〝あー全力でくすぐりたーい〟なんて欲求に火をつけていたら、はやまんの話を聞き逃していた。慌てて振り向くと、はやまんはちょっとムッとしていて。才川くんを見ていたことは、バレてなさそうだ。

「ごめん、何だっけ？」

「褒めたのに！　〝花村みつき〟って、音も字もすごく綺麗だねーって。結婚したら名字変わっちゃうの、勿体《もったい》ないよね」

「えっ」

「え？」

〝結婚〟という言葉にビクっと反応してしまう。はやまんの背後で才川くんがこちらを振り向く気配。でもそっちを見ることはできない。見てしまったら、表情でバレてしまうだろう。私は適当な話でごまかす。

「……結婚したからって、名字が変わるとは限らないよ。旦那さんが変える場合もあるだろうし」

「あぁ、確かに。うん……。みっちゃんは花村が似合うから、旦那さんになる人に変えてもらおう！」

「ありがとう。そんな相手ができたら考えるね」

茶化して笑いながら、そこで初めてちらりと才川くんのほうを見た。もう前に向き直っていて、後ろ姿しか見えない。今、何を思っただろう。……私の名前、〝才川〟は似合わない？

今すぐ才川くんに訊きたかった。会社で旧姓を名乗っていると、自分が才川みつきになったんだってことも忘れてしまいそうで。

会社でもどかしい思いをする一方で、家では甘い甘い新婚生活が……あったらよかったのにね！　七年経った今と変わらない。やっぱりあの時、駄々をこねてでも二台置くのは阻止するべきだったんだ。部屋に二台もあるそれが、私たち夫婦をなんとなーく阻んでいた。才川くんが、学生時代の貯金で無理して二台買ったというベッド。

そこ、無理する必要なんてあるの？　と訊いても、彼は「あるよ」と答えるばかり。

「……」

「……ん？　なに、みつき」

研修期間中のとある夜。私は我慢の限界で、才川くんのベッドに潜り込んだ。後ろからぎゅっと抱きつく。身動きが取れなくなるほどぎゅっと強く、寝間着を着たその背中に。

「どうした」

特に動揺もしていなければ、嬉しそうでもない。本当に、どうかしたのかって不思議そうに訊いてくる。――わかってるくせに。そう思って私は、黙っていた。

「……」

「なに？　……寂しいの？」

ほらね。わかってるのに言わせようとするところ、本当に性格が悪いと思うな！

でも喧嘩がしたいわけじゃないから、口には出さない。聞いてほしい不満はそれじゃないから。

初めて潜り込んだベッドは二人分の体温であったかい。背中から伝わる体温にほっとしながら、顔が見えないのをいいことに言ってみる。

「……結婚したのに、なんか遠いんですが」

私のつぶやきは、真っ暗な寝室の闇の中に独り言のように溶けていく。少し遅れて、抱きついている背中の向こう側から声がする。

「そうだな」

肯定した彼の言葉は、心なしか笑っているような気がした。

……〝そうだな〟じゃなくてさぁ。でもまぁいいか、と、この時は、伝わる体温に懐柔されてしまったのです。私はすぐにウトウトと、眠りに落ちてしまった。

*

会社で才川くんが私を溺愛するようになるまでは、ずっとそんな生活だった。溺愛するようになったらなったで、前にも増して家ではドライだし、未だにベッドは別々だし。

心配は特にしてないんです。彼が私のことをどう思っているのか、さすがにこの七年でよく知っているので。でも、あとほんのちょっとくらい、可愛がってくれてもいいんじゃないかな。才川くん……。

昔の夢を見た私は、朝、体にかかる重みと違和感で目を覚ます。

7　証言④　深夜残業の二人の噂《うわさ》

「花村のあだ名？」

葉山さんにあだ名の話を聞いた私は翌朝すぐ、喫煙所に入ろうとしている竹島さんを捕まえて質問した。

「竹島さんも昔は〝みっちゃん〟って呼んでたって、葉山さんが」

いつからかやめてしまったという、あだ名呼び。その理由に、才川夫妻にまつわる何かが隠れている気がしたのだ。

竹島さんは私の勢いに気圧されてか少し驚いた顔をしていた。そして、体育会系らしい逞しい腕を組んで、その場で立ち話をする姿勢になる。

「あー、呼んでた呼んでた。でもいつの話だそれ？　懐かしー。今はもう気恥ずかしくて呼べねぇわ」

「いつの話なんですか？」

「え？」

「いつ、なんでやめちゃったんだろうって、気になってて」

「また変なこと気にしてんのなぁ野波。……あ、お前もしかして、まだ才川夫妻のこと探ってんのか？」

「はい」

一度疑問が湧いてしまったことは、はっきりさせないと気が済まないタチだった。採用面接でもこの好奇心が買われたわけだから、これは私の長所だと思っている。……でも会社も、まさかこんなことに好奇心を発揮するとは思っていなかっただろうけど。

「それで、いつ頃からあだ名で呼んでないんですか？」

「んーと……才川が急に〝俺の花村〟って主張しだしたんだ、確か。あれはいつだったっけなぁー。何がきっかけだったか……」

「思い出してください！　竹島さん頑張って！」

「待て待て。急かしたら出てこない……あー、社内の配置転換の時だ。才川と花村が同じ部になって」

「その配置転換は、いつあったんです？」

「んー、あの時俺も異動になったから……五年前？　俺たちの代が三年目になった時」

「三年目になって、突然ですか？」

思った以上に手応えを感じる情報で、つい前のめりになってしまう。入社当時はまったくしゃべらなかった二人。ある日、突然花村さんを特別扱いし始めた才川さん。気になる。

竹島さんは私の勢いに若干引きつつも答えてくれた。

「あ、あぁ、突然だったな。その時までまったくそんな素振り見せなかったくせに、男二人で飲んでたら才川が〝花村までかわいいやばい〟って言い出して。いや、同期相手に何言ってんだよ、ってその時の俺は思ったわけだが」

「ほほぉー。それで、あだ名で呼ぶのはやめろと才川さんが仰ったわけですね？」

竹島さんは頷く。

「まぁ、普通に考えればさ。同じ部署になって接点が増えて、気に入っちゃっただけなんだろうな」

「そんな普通にまとめちゃったら面白くないじゃないですか」

「面白くないって、先輩に何を求めてるんだこの新人は……。もっちーと同じ怖さを感じるよお前……」

おぞましいものを見るような目を向けられながら、そう言えば望田《もちだ》さんにはまだ話を聞いていなかったなと思い出す。

戦略部門の望田さんも、竹島さんたちの同期だという。まだ私は直接話したことがないけれど、噂だけは耳にしていた。役員を含むほぼ全社員の弱みを握っている、我が東水広《とうすい》告社一の情報通……。もしかしたら彼女に訊けば、私の疑問は大方すっきりしてしまうのかもしれない。

それ一発ですべてが明らかになってしまうのも、つまらない気がするけれど……。次に話を聞くなら望田さんかなぁ、なんて私があたりをつけていたら。竹島さんがふいと顔を動かす。

「お、噂をすれば。才川夫妻のご出社だ」

言われて竹島さんの視線の先に目を向けると、そこには確かに、今エレベーターホールから出てきたばかりの二人がいた。時刻は始業の五分前。

いつもなら、花村さんはもうとっくに席について視聴率チェックを始めている時間だ。珍しい……と不思議な気持ちで二人の様子を窺い、私が挨拶をしようとした時。先に口を開いた竹島さんが、とんでもないことを言った。

「なんだ才川夫妻。ラブホから仲良く出社か？」

「ちょっと！　竹島さん！」

突然何を言いだすんですか！　……グッジョブです！

澄ました顔で挨拶しようとしていたけど、私は内心気になって気になって仕方がなかった。どうしてこんなギリギリの時間に、二人揃っての出社なのか。でもさすがにそんな露骨なこと、先輩に向かって訊けないので。

きょとんとして足を止めた二人に竹島さんが畳みかけた。

「昨日は合コンがどうとかって喧嘩してたらしいし？　夜は仲直りでさぞ燃えたんだろうなぁ」

……ゲスだなぁ。横目で竹島さんをチラ見しながら、それでも興味津々で私は二人の反応を待つ。なんて答えるんだろう？　二人がたままそこで会ったんだとは、思えない。

才川さんはけろっとした顔で言った。

「バレたか」

「才川くん！」

後ろにいた花村さんが慌てて〝バレたかじゃないでしょっ！〟と抗議すると、才川さんは後ろにいた花村さんを振り返った。そして――彼女の頭をそっと自分のほうへ抱き寄せて、耳元に囁く。甘い声で。

「花村さん。……昨日、よかった？」

「やだ才川くん、大きい声で……秘密だって言ったのにっ。……すごく良かった」

花村さんも恥じらうように目を伏せる。

「……」

下品な振りにもしっかり対応する二人に、ある意味感心した。

「花村さんも、すごくかわいかったよ」

「才川くん……」

「うるせぇノってんじゃねぇ！　花村も！　もう視聴率データ配信されてんぞ」

「わかってるなら振らないで！」

竹島くんの馬鹿！　なんて言いながら、花村さんは才川さんの腕から抜け出てバタバタとオフィスへ駆け込んでいった。残された才川さんは行き場のなくなった手を下ろして、笑う。花村さんの後ろ姿を見つめながら。

「あともうひと押し、って感じするよな」

「何がだ」

「もうそろそろ花村、俺に一線超えさせてくれそうじゃない？」

「嬉しそうに何言ってんだ朝から。野波の顔を見ろ、ドン引きだぞ」

「えー、そんなことないよなぁ？　野波さん」

ニコニコと私に笑いかける才川さん。不覚にも、その顔にドキッとしてしまったけれど。……この笑顔も、どうも胡散《うさん》臭いんだよなぁ。格好良いけど。感じよく笑っているのに、なんと言うか、目が策士っぽいと言うか……。

「……っと。そろそろ得意先から電話くるかも。俺も先に行ってる」

そう言って、何事もなかったかのように才川さんもオフィスへと入っていった。その場に二人残された私と竹島さんは顔を見合わせる。

「……びっくりした。あそこまでノってくるとは思わないよなぁ」

「ですね……」

「あの様子じゃ、噂もあながち嘘じゃなかったりして」

「噂？」

竹島さんの顔を覗《のぞ》き込むと〝あ、いや〟と動揺した顔を見せた。どうやら失言だったらしい。絶対に逃がさない！

「なんです？　噂って」

「いや、新入社員にするような話じゃ……」

「なんなんですか？　教えてくれるまで離しません！」

手にがっちりと竹島さんのスーツの裾を摑んだ。このままいれば二人揃って遅刻だ。

「あのなぁ……！」

竹島さんは絶対に手を離しそうにない私の目に観念したのか、〝わかったよ〟と息をつく。声を抑えて話し始める。

「深夜残業の夜に、会議室でヤってるんだと。あの二人が」

「ヤってる……？　何をですか？」

「だから、ナニを」

「……最低ですね竹島さん」

「だぁから言いたくなかったの！　言わせたのお前だろ！」

「セクハラ委員会の委員長って松原さんでしたっけ？」

「野波さんごめんそれだけは！」

そんな応酬を繰り広げている間に、始業のチャイムが鳴る。竹島さんがそれに合わせて〝あ！　俺まだ一本も吸ってねぇ！〟と嘆くので、すみません、と謝っておいた。喫煙所前からは撤退。

自分のデスクへ小走りで戻りながら考える。二人が実は〝カラダの関係でしたー〟とわかったとしても、正直〝そうですかー〟って感じだ。もしそうだとしたら、それは竹島さんの下世話なネタ振りをしっかり拾ってまで隠さなければいけないことだろうか？　それなら最初から、男女の関係なんて一切感じさせないように振る舞えばいい。

私は思いだしていた。二人に初めて挨拶した日のことを。花村さんの手を握って笑っていた才川さんと、演技ではなさそうに恥じらっていた花村さんの顔を。

（それに）

今朝出社してきた時の才川さんの首元。きちんとネクタイを締められた襟の端から、少しだけ覗いていた赤い痕。あれは、たぶん……。

二人はきっと何かを隠している。

変な確信があって、私はまだ才川夫妻への興味関心を膨らませ続けている。

8　〇真相　才川夫妻の愛情表現

一年間、三六五日。

そのうちのたった何日かだけ。

＊

その日の朝、私は体の上にのしかかる重みで目を覚ました。

ふわふわとしてあったかい。気持ちいい。一人で眠るベッドに、それはあるはずのない感覚で。

「……才川くん……？」

まだ覚醒しきらないまま薄らと目を開けると、真上に彼の顔があった。

「おはよ」

綺麗な顔で微笑む才川くんに、〝あれ？　なんだか朝からご機嫌だな？　どうしたんだろう……〟と不思議に思いながら、腕を伸ばして抱きつこうとした――のだが。

「――え。なん……っや、ちょっ、と……才川くん……!?」

「っ、なに……？」

「なにって、これ……挿入《はい》っ……あんっ！」

――意味がわからなかった。気付けばお腹の中に圧迫感。ベッドの中で、私は彼と繋がっていたのだ。

才川くんが綺麗な顔を少しだけ歪《ゆが》めて腰を揺さぶってくる。

「あっ、あぁっ……」

起き抜けのこの状況に混乱しながら、それでも体は勝手に反応して。私は彼に突かれるたびに漏れ出てしまう声を、必死に手のひらで押し込めた。

「なん、でっ……んんッ、朝、からっ……」

「はっ……みつきっ……。あーやばい、食いちぎられそう……っ」

「ぁっ……んぅっ……！」

体の中心を貫く衝撃に耐えるようにして、片手できゅっと枕の端を掴む。もう片方の手は自分の口を塞いだまま。甘い痺《しび》れが行ったり来たり。

それを最後に感じたのはいつだったか、もう忘れてしまったくらい久しぶりの感触。

……嘘です。忘れてないです。最後にしたのは、お正月休みでした。

あれからもう三ヵ月以上も焦らされて。

「ずっとしてなかったから？……それとも、昨日の夜お預けしたから？　感度良すぎっ……」

「んんっ」

「ん……できあがってるよ、お前の体。寝てたのに、ちょっと舐めただけでビンビンに乳首勃たせて。ココも、すんなり挿入《はい》っちゃうくらい濡らして……」

「ひぁっ……！」

べろりと胸の先端を舐められる。パジャマのボタンはすべてはずされて前が開いていた。ズボンとショーツは一緒に下ろされていた。全部、眠っている間に彼がしたことに違いない。

欲情して頬を上気させている才川くんの端正な顔を、下から見つめながら。頭の中がぼーっと、溶けていく。彼が腰を打ち付けるたびに軋むシングルベッド。跳ねる自分の体。こんなことをもう何ヵ月、私は、期待していたんだろう。

「さ……才川くん、止めっ……んんっ」

「無理っ……」

「だめっ、激しっ……あ、っ……あーっ……」

「イく？　……っは……俺も」

久しぶりのことにすぐにでも意識を手放してしまいそうだった。でもそんなの勿体《もったい》ない。ちゃんと感じていたかった。こんなことは滅多にないから。才川くんの首に両腕を回して、振り落とされないように必死にしがみつく。彼の雄々しいモノに突き上げられるたびに、子宮と、胸の奥がきゅっと絞られる。

「っ……ひぁ、あぁっ……！」

達する瞬間、腰を両手で掴まれて最奥をグリグリと抉《えぐ》られた。遅れて、真上まで下りてきた才川くんの体をぎゅっと強く抱きしめて、受け止める。

「っ、はっ……はぁっ」

彼も同時に達したようで、しばらく私の胸の上で苦しそうに息を荒げていた。吐き出される熱はなかなか止まらない。

彼の震えがようやくおさまると、私の腕は力が抜けてずるりとベッドに落ちる。肩で息をする。新鮮な朝の空気を肺に吸い入れて、だんだん、冷静になっていく。……なんだかよくわからないままシてしまった！

「……なんで、こんな……っ、はぁ……。昨日は……気分じゃないって、言ったくせにっ……」

「は……焦らされて悶々とした？」

「っ」

「〝今日は気分じゃない〟って言ったら、物欲しそうな顔してたな」

「……そういうこと言わないで」

「……ごめん、みつき。おさまらない」

「え」

言われた言葉に反応して視線を上げると、才川くんは上体を起こして、着ていたトレーナーをガバッと脱いだ。

「……」

裸の体が露《あらわ》になり、私は微塵《みじん》も動けなくなる。細い体に適度についた筋肉は、硬すぎずしなやかだ。さっきの行為のせいで少しだけ汗ばんだ肌。久しぶりに間近で見る綺麗な体。見惚《みと》れていると才川くんはまた身を屈めた。上にのしかかられたまま両肘を顔の左右に突かれて、正面から視線を捉えられる。

息がかかるほどの至近距離で目が合うと、ドキドキして死んでしまうんじゃないかと思う。余裕な表情の中に一つ宿る、深く吸い込まれそうな瞳の中の欲情。

「……舌。出して」

――あぁ、そうだ。この目だ。

もう一度そろりと首に腕を回して小さく口を開く。久しぶりに触れた素肌が気持ちよかった。躊躇《ためら》いながら、少し、自分から舌を伸ばす。

「ん……」

ちゅ、ちゅ、とついばむようにキスをした。愛されていると疑う余地がない隙間ないキスを。何度も。何度もした。

会社の人に見せるための演技の顔じゃない。関係を隠すためのカモフラージュの甘さじゃない。ごくたまに家で見せる欲情した顔だけが、紛れもなく自分だけの、自分しか知らない顔なんだと感じて、優越感に落ちていく。

一年間、三六五日。そのうちのたった何日かだけ、才川くんは慈しむように、狂ったように、何度も何度も私のことを抱く。

「みつき……」

「あ、ン……なに……？」

「……もう一回。ナカ、入りたい」

──朝の五時から。

この後出社するギリギリまで、めちゃくちゃに愛し合った。

*

そんなこんなで。

遅刻です。

「……才川くんの馬鹿！　色狂い！」

「花村さんもう会社近いから。それは聞かれるとさすがに言い訳に困るから」

ついさっきまでの甘い空気はどこへやら。彼の数歩後ろをせかせかと小走りになりなが

ら背中に小言を飛ばす。いつもは時間をずらしてどちらかが先に家を出るのに、今日はそんな調整をする余裕もない。どちらかが遅れて出れば、そのどちらかは確実に遅刻する時間だった。それもこれも……。

「時間くらいちゃんと計算して！　あんなタイミングでもう一回なんて、どう考えても間に合うわけがっ……」

「悦んでたくせに」

「……な」

「ぐずぐずになって自分から――」

「もう会社着くから！」

「さっきからそう言ってる」

腹立たしい……！

朝から喚く私と通常運転の才川くん。同時に会社のビルの中に足を踏み入れ、警備員さんに挨拶をする。おはようございます、と、にこっと笑って愛想よく。ちらりと腕時計を見ると始業五分前。……なんとかいける、か？　まだ油断はできない。才川くんは余裕かもしれないけど、私には始業開始と共にテレビ番組の視聴率を送るという仕事が課せられていた。

ちょうどよくエレベーターが止まっていて、二人でそれに乗り込んだ。八階のボタンを押して浮上する。

八階に降り立つ頃には〝才川くんと花村さん〟でいなければならない。幸いにも二人の他には誰も乗っていなかった。最後の小言タイムだと思って、隣に立つ彼の顔をじっと見る。

「……なに」

「才川くんの変態。むっつり。……絶倫男」

「犯すよ花村さん」

顔を引きつらせる私に向かって微笑む、その顔はもう会社での才川くんだった。

八階に着いてエレベーターホールに降り立つ。まだ油断はできない。歩くのが早い才川くんの後ろを一生懸命小走りでついていった。あともうちょっと。

急いでいる道すがら、竹島くんと新人の野波さんが目に入った。挨拶して前を通り抜けようとすると、竹島くんが口を開く。嫌な予感がした。

「なんだ才川夫妻。ラブホから仲良く出社か？」

「ちょっと！　竹島さん！」

隣にいた野波さんが慌てて竹島くんをたしなめる。……突然何を言ってくるかと思えば！　ラブホじゃありませんけど！　家ですけど!!

時間がないところを呼び止められてイライラが募る。才川くん、なんで足止めたの？

竹島くんは面白がって畳みかけてきた。

「昨日は合コンがどうとかって喧嘩してたらしいし？　夜は仲直りでさぞ燃えたんだろう

なぁ?」

「……!」

ゲスすぎて、開いた口が塞がらなかった。なに。なんなの竹島くん。この間は親身になってくれたのに！　居酒屋で才川くんにキスされた私に「困ってるなら俺から話そうか?」って言ってくれたじゃない……。それを何、余計なことを！

嫌な予感しかしなかった。その予感通り、私の前にいた才川くんはさらりと言ってのけた。

「バレたか」

「才川くん！　〝バレたか〟じゃないでしょ！」

時間がないのに！　と思って心の底から抗議すると、彼は振り返った。

(あ)

視線の合図。演技だ。かち合った目は〝ノるぞ、合わせろ〟と言っていた。……時間がないんだってば……！

私も目で訴えてみたけれど一瞬で棄却されて、大きな手がまっすぐ伸びてくる。頭をそっと抱き寄せられて、耳の中に甘い声が響く。

「花村さん。……昨日、良かった?」

――ぞくっとして、正直脚がすくんだ。……昨日は〝気分じゃない〟って断られて、なんにもありませんでしたけどね！　不貞腐れた気持ちでごまかして、彼に合わせたセリフを吐く。

「やだ才川くん、大きい声で……秘密だって言ったのにっ。……すごく良かった」

馬鹿っぽいなぁ、ここまで合わせる必要あるのかなぁと心の中で独り言ちながら、恥じらうようにして目を伏せた。

その時。

「―――――」

「っ」

耳元に寄せられたままの唇が、息を漏らすように小さな、聞き取れるかどうかも危うい声量でこうこぼした。


〝朝も？〟


「……っ」

ひくん、と脚の間が疼《うず》く。朝方に繰り返したセックスを思いだす。

まだ頭を抱き寄せられたままでじんわりと頬が熱くなった。クラクラする。耳元で囁く声は続く。

「花村さんも、すごくかわいかったよ」

〝最高だった〟

絶妙に、竹島くんと野波さんには聞こえない。そんな言葉を交えて私を辱める。彼が小さな声で囁くたびに、彼の唇が開く湿った音がした。それもいけなかった。朝、散々私の耳の中を犯した彼の舌を彷彿《ほうふつ》とさせる。

「才川くん……」

もう一度犯された気分だ。

いろいろ思いだし、自分の脚で立っているのもつらくなる。彼はそんな私の様子を察して、ふっと笑った。——きっとまた、しばらくは抱いてもらえないのに。

「うるせぇノってんじゃねぇ！　花村も！　もう視聴率データ配信されてんぞ」

「っ、わかってるなら振らないで！」

その指摘で時間のことを思いだした。立っていられないなんて言ってる場合じゃない。

するりと才川くんの腕の中から抜け出て、オフィスに走る。

あぁもう台無し。才川くんと噂される花村さんは、もっとずっと淑《しと》やかでイイ女でいたかったのに、朝からこんなに走っちゃって、台無し。

「……竹島くんの馬鹿！」

最後にそう吐き捨てた。

自分のデスクに着くなり急いでパソコンを立ち上げる。起動するのを待っている間、体がとても熱かった。余韻。激しく求められた朝の余韻。恥ずかしくて幸せで死んでしまいそうだ。

でもなんだか最近の才川くんは、攻め方がえっちです。こういうのはだいぶ困る。

なんとかしなきゃと考えて、始業のチャイムを聞きながらパソコンに向き直った。

9　証言⑤　複雑な結婚式

「才川夫妻のこと？」

望田さんはおかっぱ頭を揺らし、まっすぐに私を見つめて訊き返した。それからペペロンチーノの中にフォークを差し入れてくるくると回す。

望田あかりさん。産休明けで、広告戦略を立てる部署に戻ってきたばかりの先輩。彼女もまた、才川夫妻の同期の一人だ。

社内一の情報通で、全社員の弱みを握っているという噂の彼女に、ついに私は情報を求めることにした。具体的にどうしたかというと、お昼休みになった瞬間に戦略課の島に行って「望田さんランチ奢《おご》ってください！」と叫んだ。新人の特権です。

「望田さんは、あの二人が何か隠してると思いますか？」

「思うね～。だってどう考えてもおかしいでしょ、会社であんなにイチャイチャしまくってるの。あの二人が、っていうより……隠してるのはみっちゃんなんじゃないかなって」

「花村さんがですか……？」

妙に確信めいた言い方に吸い寄せられる。望田さんはもったいぶってまたペペロンチーノを口へ運ぶと、ナプキンで口を拭いた。

さっさと話してくださいと言いたい気持ちを胸の中に押し込めてじっと待っていると、望田さんはどこからか一枚の写真を取り出した。……ほんとに今どこから出てきた？

「同期の秘密だからそっとしておいたんだけど……好奇心旺盛な見込みある新人にだけ、特別に見せてあげる。ここにとある結婚式の写真がありますＪ
「結婚式……？」

既に完食したパスタのお皿の横にずいと出された一枚の写真。

そこに写っていたのは才川夫妻だった。

「……かわいい」

写真の中で困ったように笑う花村さんを見て思わずそうこぼした。髪をアップにして、パーティードレスで着飾っている。淡い水色のドレスはノースリーブで、首元にパールのビジュー。リボンでウエストを縛るそのデザインは、可愛らしい彼女の雰囲気によく似合っていた。

その隣で、よそ見をしながらワインに口をつけている才川さんが写っている。こちらはいつものスーツ姿。それなのに、髪型が違うだけでいつもとは違って見えた。格好いい。

「花村花村」ってうるさいキス魔だとは思えない……。

「……なーんか、こうして見ると、やっぱりほんとの夫婦みたいだなぁって思うんですよねぇ……」

家で支度をしている時に、才川さんのネクタイを締めてあげる花村さんが目に浮かんだ。花村さんのネックレスを留めてあげる才川さんも、簡単に想像できた。

なんというか、二人で並んでいるというだけのことがとっても自然で。

「ほんとの夫婦みたいって、才川夫妻が？」

「はい」

「甘いな～新人。そんな安直な分析じゃ人の弱みは握れないよ！」

「えぇ……」

私、別に才川夫妻の弱みを握りたいわけではないんですが……。

さっきまでもったいぶっていた望田さんは、今は早くしゃべりたくて仕方ないという風に目をキラキラさせていた。

夫婦みたい、というのが安直な分析だというのなら、聞かせてもらいましょう。大先輩の分析を。

「この写真が、どうかしたんですか？」

「注目すべきはみっちゃんの表情です」

「んん……？」

言われて、じっと写真の中の花村さんの顔を見る。さっきは珍しいドレス姿に〝かわいいな～〟なんて思っていたけれど。

「……困った顔して笑ってますね」

「そう。この日、みっちゃんはなぜか元気がなかったんだよ。同期の結婚式なのに」

「同期の結婚式？」

「うん。これは神谷とはやまんの結婚式の写真」

「………え⁉」

　望田さんの言っていることを理解するまでに数秒、時間がかかった。

「あの二人ってご夫婦だったんですか……⁉」

「それに気付いてなかったんじゃあ、やっぱりまだまだだねぇ」

　知らなかった……。あぁでもそう言えば、葉山さんの、どこかで見た覚えのあるデザインの指輪。そうだ。居酒屋で見た神谷さんの指輪と同じだったんだ。自分の中で繋がって合点がいく。いや、そこが夫婦やったんかーいって感じですけれども……。完全にノーチェックでした。

　それで一体、望田さんは何を言いたいのかという話だ。

「神谷とはやまんの結婚式で元気が無くて、それをごまかすように笑って見せるみっちゃん……。ここから言えることは一つでしょう」

「何ですか？」

「みっちゃんも実は、神谷のことが好きだったんだよ」

　どどーん、と望田さんは人差し指を立てて凄んで見せたけれど。

「……」

……それは違うんじゃないかなぁ……。

だってそんな気配を感じる瞬間なんて一度もなかった。そもそも、花村さんと神谷さんが話しているのを、私はほとんど見たことがない。私が新入社員だから？　同期として過ごしてきた時間の中には、そう思わせる瞬間があったんだろうか？

それにしたって。

「……それなら、どうして花村さんは才川さんと噂になったりするんです？　周りのネタ振りに合わせる意味もわかんないです」

「お子様だなぁ野波。みっちゃんはほんとは神谷のことが好きだったけど、同期カップルに割り込む勇気がなくて切ない思いをしていたんだよ。才川夫妻は、みっちゃんの気持ちを隠すためのカモフラージュ。才川はみっちゃんの叶わない片思いを知ってて、みっちゃんがみじめにならないようにずっとああやってゲロ甘に可愛がってるってわけだ」

「小説一本書けそうなレベルの妄想ですね……」

「人の弱みは突飛な憶測から見つかるもんだよ」

だから私、別に弱みを握りたいわけではないんです……。

なんとなく、望田さんの仮説は〝違うな〟と思った。だって全然ぴんとこない。私の知っている花村さんは、みんなが見ていない時に才川さんに手を握られて、照れて。あんな恋してるような顔を、カモフラージュでできるんだとしたら恐ろしい。

（……そうだ）

自分の頭の中から出てきた言葉で、気付いた。だから気になるんだ。

二人のやり取りのわざとらしさや、以心伝心具合。ふとした時の表情が似ていることから〝実は本当に夫婦なんじゃないか〟と疑う、その一方で。夫婦にしては、花村さんのあの時の反応はやけに初々しかった。まるで、才川さんに恋をしているみたいに。

夫婦っぽいのに、そこにあるのは家族愛というよりも恋愛な気がして。きっと、私はその違和感に引っ張られている。

「……望田さん、この写真貰ってもいいですか？」

「ん？　いいよ、別に」

言いながら彼女はもう関心が次へと移ってしまったようで「デザートのケーキどうしよっかなー」なんて呑気《のんき》な悩みをこぼしていた。自分から訊いておいてなんだけど、今回の望田さんの証言は私の中であまり役に立たなかった。

けれど一つだけ、収穫もある。貰った写真をもう一度眺める。

この花村さんの困った切ない顔には、何か意味があるのかもしれない。

（確かに……）

並んで写るお似合いな才川夫妻の間に、この日一体どんなやり取りがあったのか。それはもう知りようがないけれど。でも花村さんの本心なら、花村さん自身がよく知っているでしょう。

次のターゲットを定めて、私は元気よく「ご馳走様でした」と言った。

10　○真相　才川夫妻の薬指

「二人はいつ結婚するの？」

そう冗談交じりに訊かれるたびに、ちょっとだけ息苦しかった。

＊

夜八時前。本日中仕上げで頼まれていた仕事が大方片付いた頃、うーんと大きく伸びをする。一日デスクワークをこなして、体がガチガチになっている。マッサージに行きたいなぁなんて思いながら、少しだけ、〝才川くんお願いしたらやってくれないかなー〟なんて考えた。……無理だな。どうせ、うまいこと丸め込まれて私がマッサージをさせられるんだ。

ボードを確認すると〝才川〟の欄は得意先往訪で、戻り時間が夜九時になっていた。今そこまで立て込んでいる案件はないはずだけど、本当に戻ってくるんだろうか。彼が行っている得意先の本社は遠くて、ここに戻ってくるのにも一時間以上かかってしまうはずだ。直帰すればいいのに。

待とうか、どうしようか。

オフィスを見回してみると、どこの部署も今は業務が落ち着いているのか、残っている社員はわずかだった。私がいる営業二課も、自分以外には新入社員の野波さんしか残っていない。新人を一人残して先に帰るのも忍びないと思って、後ろの島を振り返った。

「野波さん」

「あ、はい」

「大丈夫？　松原さん、今日はもう戻ってこないと思うけど……」

「大丈夫です。頼まれていたことは終わったのでちょうど帰ろうかなって。ありがとうございます」

野波さんは肩上でふわっとしたボブヘアーを揺らしながら感じよく笑った。新人かわいい、若い……！　と噛みしめながら私は「そう」と微笑む。

自分のデスクへ向き直って片付けを始めた。そう言えば、才川くんはまだ新人トレーナーをやったことがなかったな。一人の指導をする間もなく一足飛びで主任になっちゃったけど、新人の教育も経験的には必要なんじゃ……なんて、誰目線かよくわからないことを考えていた。その時、左隣の才川くんのデスクの椅子が引かれる。椅子を引いたのは野波さんだった。

「花村さんもう出ちゃいます？　今ちょっとだけお時間いいですか？」

「うん、大丈夫。どうしたの？」

「何ってことはないいんですけど。花村さんとお話ししたくて」

そう言いながら彼女は才川くんの席に座った。えーなにそれかわいい……！　さすが営業に配属されただけあって、人の懐に入ってくるのが上手だなぁと感心してしまう。どうしよう何話そう、と後輩相手に少し緊張していると、話題は野波さんが振ってくれた。

「この間、たまたま望田さんとランチご一緒したんですけどね」

「もっちーと……？」

「はい。その時に、葉山さんの結婚式の時の写真を見せていただいたんです」

「へぇ……？」

話がよく見えないなと思っていると、野波さんは手に持っていた手帳から一枚の写真を取り出した。それは確かに、はやまんと神谷くんの結婚式の時の写真だった。ただそこに写っていたのは。

「……私と才川くんだね？」

「はい」

微妙な顔で笑っている自分と、よそ見をしている才川くん。まじまじと見て思いだす。すごく素敵な結婚式だった。みんなの前で永遠の愛を誓った二人の言葉にはずっしりと重みがあって。とても、お互いを思う気持ちが深い気がして。

この写真がどうしたというんだろう？

「望田さんがね、言うんですよ。花村さん、本当は神谷さんのことが好きだったんじゃないかって」

「えぇ……？」

それはまた、もっちーもよくわかんないことを……。珍しい。彼女が握る情報はあることないこと含め、それが噂になるともっともらしく囁かれるから恐れられているのだ。だから、私が神谷くんをなんて根も葉もない話は……あぁ。だからこの写真？

「花村さんの顔が少し悲しそうなのは、だからじゃないかって」

言われてもう一度写真を見る。確かに、私はとても微妙な顔で笑っていた。

素敵な式だったからこそ、少しアテられてしまったのかもしれない。本当だったら私と才川くんもこんな風に……と思うと、ちょっとだけ切なかった。

誰にも言えない、ってことは、誰にも祝福されないってこと。

「……」

黙ってしまった私に野波さんはもう一度問いかけた。

「花村さんは、神谷さんのこと好きだったんですか？」

「……ふふ。ないない。この時ちょっと悲しかったとしたら、はやまんを神谷くんに奪《と》られちゃう！　ってことくらいかなー。実際結婚してからあんまり遊んでくれなくなったし」

「ですよね！　私も、それはないいんじゃないかなぁーと思いながら興味で訊いちゃいました」

すみません、と悪戯っぽく笑いながら彼女は謝った。かわいく〝お話ししたいです〞なんて言いながら、こんな話をぶっこんでくるんだから、新人侮れない……。

その後も少しだけ野波さんと他愛のない話をしていると、デスクに置いていたスマホが震えた。確認すると得意先に出ていた才川くんから「今日直帰」とメッセージが入っていた。

四文字熟語……。絵文字もスタンプもないその文面に、修行僧のような気持ちになる。もうちょっとなんかこう……もうちょっとさぁ！

スマホを握りしめながら野波さんに笑いかけた。

「じゃあ、そろそろ帰ろうかな」

「そうですね。引き留めてしまってすみませんでした」

「いえいえ」

席を立ってボードの〝花村〞の欄に帰宅のマグネットを貼る。〝才川〞の欄にも、九時戻りと書いてあったのを消して帰宅のマグネットを。

野波さんとは会社を出てすぐに別れた。駅までの道を一人歩きながら、家に帰ったら何をしようかと考える。ほんとは溜《た》まった家事がある。でもまだ九時前だ。こんな時間に彼と一緒に家にいられることは珍しいので、この際溜まった家事は休日にまわして、ＤＶＤでも借りて帰ろうかと。浮かれた足取りで改札を潜り抜けた。

夜十一時過ぎ。私の予定では今頃、リビングで借りてきた映画を才川くんと一緒に見ているはずでした。それがどうしてこうなった？

「才川くん」

「何」

「でぃ」

「DVDなら見ないぞ」

「……えぇー」

被せ気味に却下されてうなだれる。寝室で、お風呂からあがった才川くんは自分のベッドに座って文庫本を読んでいた。私は隣のベッドからただそれを見つめている。……解せない！　家の中だというのに、この距離感。

今から二時間ほど前。家の最寄り駅に降り立った私はレンタルショップに寄って、洋画のラブストーリーを五本ほど厳選して借りてきた。これで家での才川くんも、甘い展開に流されて私とイチャイチャしてくれるはず！　と、我ながら安直な考えで妄想を繰り広げながら帰宅。

家に帰ると洗濯物が畳まれていて感動した。その上、先に帰っていた才川くんは夕飯まで作ってくれていて、テーブルにはナポリタンとサラダとコーンスープ。私の旦那様ってなんてハイスペックなんだろう……と恐ろしくなりながら、仕事の話をいくつかして、夕飯を済ませ、才川くんはお風呂に入った。その間に私が洗い物をして、出てきた才川くんと入れ違いでお風呂に入る。体をピカピカに磨き、ほどよく香るボディクリームで肌を包んだ。映画を見ている最中、何気なく彼が私に触れたくなるように願いを込めて。

しかし結果はこれである。映画は却下され、才川くんの視線はさっきから、ゆっくりとページを捲っている文庫本に釘付け。私は自分のベッドに座り、ぼやく。

「……五本借りてきたんだけどなぁ」

「五本も？　絶対に全部見きれないだろ」

「五本もあれば、才川くんもどれか見たいのあるかなって」

「悪いけど、なかなか読む時間とれないから今日はこっち」

そう話す間も、一回も視線をこっちにくれない。何をそんなに一生懸命読んでいるんだか。

「そうですかー……」

確かに五本は借りすぎた。仕方がないから、今夜は一人で一本でも映画を消化しようかな……。借りてきたやつ、結構面白そうだし。そう思ってリビングへ行こうとベッドから下りた時。

才川くんの手がちょいちょいと私を招いた。

「おいで」

……そんなまた、こっちを見もせずに。

招くその手の動きに、抗うことができずに才川くんの傍《そば》へ行った。すると彼は少し横にずれてスペースを作ったので、私は様子を見ながらベッドの中にお邪魔する。彼の体温で温まった布団の中、なんとなくドキドキしてしまって。

けれど才川くんは、本に集中したままで読書をやめる気配がない。彼の隣で私は、〝一体なんでベッドに呼んだんだろう〟と不思議に思いながら彼を見つめていた。すると、片手が伸びてきた。

(わ)

大きな手のひらが私の頭を抱いたかと思うと、そっと彼の胸の上に抱き寄せられる。しなだれかかるようにして彼の胸にぴたっと耳を当てる体勢になった。

(……うわぁ)

「……」

才川くんはそうしておいて何を話すでもない。ペラ……とたまにページを捲る音が聞こえてくるだけで、彼の集中力は途切れない。

これで構っているつもりなんだろうか？　お風呂で温まった体温に触れながら、トクトクと鳴る心音を聞いていると、不覚にも満たされてしまう。ずるいなぁ。胸に耳を当てたまま、しばらくぼーっとしていた。心音と、ページを捲る音と、才川くんの呼吸だけをBGMに。

そこでふと、ベッドの脇にある黒いベッドサイドテーブルに目がいった。

「……」

一番下の段にある鍵のかかった引き出し。そこは私たち夫婦の間の不可侵領域だった。

基本的には彼の私物の片付けもするし、洗濯だって二人のものを一緒に洗っている。それくらいは夫婦として許されているけれど、その引き出しだけはどうにも触れがたくて。才川くんはたぶん、その引き出しの鍵を家の鍵と一緒に管理して、肌身離さず持っている。

ずっと中身が不明だった引き出しだけど、ついこの間一度だけ開いた。中から出てきた紙切れのせいで一悶着あったけれど、それももう解決して落ち着いている。……落ち着いたはずなんだけどなぁ。引き出しにはまた鍵がかけられていた。

頭上でぱたりと本を閉じる音がして、胸に手を当てたままでそっと上を向いた。それに気付いた才川くんと至近距離で目が合う。

「……どうした？」

私は何か言いたげな顔をしていたんだろう。才川くんは目敏く察して瞳の中を覗き込んでくる。唐突に、あの結婚式の時の気持ちが蘇《よみがえ》って泣きそうになった。

「……もう、言ってもいいんじゃないかなって思うんだけど」

「何を？」

「私たちが結婚してること、会社のみんなに。もう七年も経ったんだから、さすがに誰も生意気だなんて思わないでしょう？」

「……」

才川くんは文庫本をベッドサイドに置いて、少し考えてからこう言った。

「……お前、言えるか？」

「え？」

「〝七年間も嘘ついてました〟って、今更会社のみんなに言えるのか」

「……」

そう言われると言葉が出てこなかった。……でも、じゃあ、ずっとこのまま？

それは嫌だと思うのに、反論する言葉が出てこない。確かに、嘘をついていましたと告白する瞬間のことを思うと、胃がキリキリと痛んだ。

「うーん……」

考えて唸《うな》りながら目を閉じる。

「みつき」

「なに……？」

「寝るならベッド戻って」

「え」

「お前のベッドはあっち」

そう言って隣のベッドを指さす。

いつもの彼の意地悪な笑い方に、わなわなと震えた。

「……意地悪すぎる！」

「意地悪？　何が？」

「そんな態度ばっかりとるならもう知らないから！　会社で私も素っ気なくして——んッ」

胸の上で抗議していると、才川くんは私の肩を掴んで触れるだけのキスをした。たった一瞬だけ触れた唇の熱さに心奪われて、ぽかんとしてしまって。後に言おうと思っていたことは全部忘れた。……私、ちょろすぎる。

「……才川くん」

「ん？」

「もっと」

首元をきゅっと掴んで首を伸ばす。ダメ元でねだったもう一回のキスは、意外とすんなり降ってきて、口内を優しく舐められた。甘い息が漏れる。

「ん……ふぁ……ん、んんっ……」

「は……お前、ほんとキス好きだよな。さっきから俺のに擦りつけてきてるのはわざと……？」

「っ」

「無意識か。いつこんな誘うのうまくなったんだろうってびっくりした」

「や……」

「ほら、腰揺れてる」

体のどこをいじられたわけでもない。ただキスだけで昂《たかぶ》って、彼の言う通り自分から秘所を彼に擦りつけていた。指摘されてカッと頬が熱くなるのを感じながら、ここで引いちゃダメだと、目と鼻の先にある才川くんの目を見る。

「……今夜もそんな気分じゃない？」

思い切って訊いてみると彼はピクッと反応して、また少し考えてから言った。

「……気分じゃない、こともないけど」

「ん」

唇を唇で食まれながら、返ってきた言葉に耳を疑った。気分じゃない……こともない？じゃあ、と体が期待して、熱をもっていくのがわかる。深いキスに息が切れて、唇が離れるのと同時に大きく空気を吸い込んだ。

彼は言った。

「――でも、ごめん。ゴム切らしてる」

「……ん」

その申告を境目に、深く口の中を絡めとるキスは徐々に落ち着きを見せて、触れるだけのキスに戻っていった。最後にちゅっと口を吸って、才川くんは私の両肩をゆっくりと押し離す。すり、と頬を撫でられる。彼の表情は少しだけ苦しげで、私ももどかしくてたまらない。

「あー……まさか、あの朝あんな使い切るほどヤると思ってなかったから……」

「……着けずにしないの？」

「え？」

「や……」

別に避妊しなくていいのでは？　と思いながら。というかむしろ、そろそろ。

うまく言えずに濁していると、才川くんは穏やかに笑って「しないよ」と言った。……あぁ、そう？　そうですか。ふーん……。

わかりやすく不貞腐れた顔をしてベッドから抜け出そうとすると、才川くんはそんな私の手を引いてベッドに引き留める。

「体、火照ってるだろ。そんな状態で眠れるのか？」

「……仕方ないでしょ！」

自分がしないって決めてるくせに！　憤慨する私を才川くんは笑って、また布団の中へと誘う。そうされると私が逆らえないと知っていて、「おいで」と優しい声で招いて、「こっちに背中向けて座って」と指示してくる。……なんだろう？　私は、少しの期待と不安でおずおずとしながら、もう一度ベッドに入って才川くんに背中を預けた。彼は、この火照りをどうにかしてくれる？

「……ん？」

あれ？

視界の端に、彼が片手に持って読んでいる文庫本が見えた。さっきベッドサイドに置いたはずの文庫本。そのページは器用に、本を持っている彼の手の親指で捲られていく。

さも体の火照りをどうにかしてくれそうな誘い方をしておいて、結局本を読むんだ。もう意味がわからない……。私が落胆していると、もう片方の手が動きだした。

「っ……！」

その手はするりとショートパンツの中に入って、ショーツの中に忍び込む。茂みを掻き分けすぐに核心を探り当てる。

「あっ……」

才川くんの胸の上で小さく身じろぎした。ぞわっと腰のあたりが痺れて、つい腰を浮かしそうになってしまう。いつも隣の席でキーボードを叩いている彼の長い指を想像した。その人差し指と薬指が、器用に襞《ひだ》を押し開き、一番敏感なところを中指が擦りあげた。

「あっ、だめっ……擦っちゃ……！」

「動くな、揺れて字が読めない」

あろうことか彼は、左手で私を慰めながら右手に持った本を読んでいた。

「やぁんっ……！」

「……濡れ方がすごいな。さっきのキスだけでこんなに濡れたのか？　……それとも、こんな適当にされるのがイイんだ？」

「んっ……そんなわけ、な……あぁっ！」

しゃべろうとすると中指に強く押し潰される。そのたびに強烈な刺激が腰骨を痺れさせ

て、おかしくなってしまいそうだった。

それでも彼のもう片方の手の親指は、平然と本のページを捲る。

気持ちいいのは確かだ。でも。

「んっ、んっ…………めて……」

「え？」

「……本……あっ、んんっ……読むの、やめて……？」

「……どうして？」

ちゃんと気持ちイイだろ？ と耳元で囁かれる。その意地悪な声で達してしまいそう。

でもこんなのは嫌だ。

ずっと擦りあげられて、終わらない快楽に悶え苦しみながら、息も絶え絶えに伝える。

「んッ……もっとちゃんと構ってっ……」

「構ってるよ。構ってるからみつき、びしょびしょに濡らしてるじゃん」

「そうじゃな、くてっ……私にっ……私に集中してっ……！ あぁっ！」

あ、ダメだもう。意識飛びそう……。

そう思った瞬間、視界の端でぽとりと本が落ちる。続いて甘い声が耳の中をくすぐった。「了解」と彼は、熱っぽく返事をして。

擦る指の動きを激しくし、さっきまで文庫本を持っていたほうの手で後ろから私の胸をグニグニと強く揉みしだいた。

「あぁんッ……！」

「はぁッ……ヌルヌルになってるぞ、ココ。指、何本でも入りそうだけどどうする……？」

「やっ……いっぱい入れちゃだめっ……！」

いつの間にか才川くんは私の首筋に顔を埋めて、舐めて。興奮したように息を荒げていた。預けている体のお尻の部分にも彼の昂りを感じる。一体いつスイッチが入ったのか。

ぐちゅぐちゅと何本かの指で掻き混ぜられながら、才川くんの興奮を全身で感じて、乱されていく。欲望を一身に浴びるのは恥ずかしすぎて消えてしまいそうで、それ以上にとても満たされた。

――もっと。満たされても満たされても、次から次へと湧いてくる欲求は、たった一つを求めている。お尻に擦りつけられている凶暴な硬さを持った彼の欲望。

文庫本は所在なく掛布団の上に落ちたまま。

「っ、才川くんっ……」

「んん……？　っ、は……なに……？」

あ、ダメだもう今度こそ。

予感した瞬間、ぐるん、と後ろを向いて唇を押し当てた。ふにっと柔らかい感触。拍子抜けした顔を視界の端に捉える。

「――も、挿れて。お願い……才川くんが欲しいっ……！」

そう素直に伝えたら、貪るように唇を奪われた。

「ん、んんッ！」

大きく口を開かされて舌を思いっきり吸い上げられる。口の端から唾液がこぼれるのがわかったけど、拭う余裕すらない。

「ん……っ。ゴム、切らしてるって……言っただろ」

熱い吐息と舌が言葉の合間に絡んできて、脳が溶ける。彼を受け入れたがって収縮を繰り返すナカに、細く長い指が沈み込んでいく。

「あッ……ナマでっ、ん、いいっ……からぁっ……」

「……淫乱」

「ひゃぁっ……も、指じゃやだっ……」

「そんなに欲しい？」

じゅぽじゅぽと卑猥な音が鳴るほどナカで動かされる指と、お尻に擦りつけられる、私が今一番欲しいもの。ナカに突き挿れてほしいもの。恥じらっている余裕なんてとっくになかった。

「欲しい」

意を決して言っても、彼の答えは決まっている。

「ん――ダメ、あげない」

上と下を同時に激しく攻めながら深く口づけて、そう言う才川くんはどことなく嬉しそうだった。

「あっ、あぁーっ……」

「イく？　……いいよ、イって」

「ひんっ……！」

最後に中指で激しくナカを掻き乱されて、私は達した。彼の胸に背中を預けたままビクビクと体を痙攣《けいれん》させ、ぐったりと凭《もた》れかかる。才川くんは息を荒くしたまま、イっている最中の私の肩や首筋に数えきれないほどのキスを落とした。


しばらくぼーっとしていて、気付けば、自分のベッドに運ばれていた。ゆっくりとベッドに降ろされる瞬間の、背中と膝裏に回されていた大きな手が離れていく感覚がくすぐったい。

「……才川くん？」

未だ体を支配する甘い痺れに縛られながら、私は大人しく彼に布団を掛けられた。才川くんはそっと私のこめかみにキスをする。……今日はなんだか、やけに甘い。

「おやすみ、みつき」

「……おやすみなさい。朝になって襲ってこないでね」

「それは約束できないな」

ずるいなぁ。

また今夜も私は一人のベッドで考えるのだ。会社の人に結婚していることを明かせないもやもやと、なかなか子どもをつくろうという話にならない夫婦間のもやもや。

ねぇ才川くん。もう少し、私は……。

*

翌朝。ベッドの中で目覚めると重みも違和感もなかった。〝約束できない〟なんてちょっと期待を持たせる言い方をするところが、ほんとにもう……。何もないってわかっていたけど。

いつも通り二人で朝食をとって、時間をずらして出社する。今日は私が先に家を出た。あの朝みたいに遅刻しそうでもない限り、私たちは一緒に通勤することすらない。

始業前、私より後に出社してきた才川くんは隣のデスクで新聞を読んでいた。昨日の夕方に得意先のお菓子メーカーが吸収合併を発表して、それがどう取り上げられているか確認するのだという。今朝私がメディア部の新聞担当から借りてきた全国紙の朝刊をデスクの上に積んで、一紙を広げて見落としがないように視線を滑らせていた。

私はそれを邪魔しないように、彼に確認したかった書類は後回しにして視聴率チェックを始める。

「花村さん」

「はい」

紙面に視線を落としたまま才川くんは私を呼んだ。なんでしょう、と左の席に座る彼に向き直った。

「印刷会社への支払い処理って済んでる？」

「済んでる」

「本社移転祝いの花の手配は？」

「先週のうちに」

「俺の出張精算」

「それも先週のうちに」

ちなみにそれはうちの家計に関わることなので、ソッコーで処理しました。……と心の中で返事する。

「花村さん、百点満点だな。ありがとう」

相変わらず視線は紙の上だったけれど、褒められれば素直に嬉しかった。百点満点。にやけだしそうなのを堪えて「どういたしまして」と澄ました返事をする。

そのやり取りを聞いていたらしい隣の課の駒田さんが、向かいのデスク越しに〝ぬっ〟と私たちを覗き込んできた。駒田さんは四十歳過ぎの経験豊富な営業社員。貫禄《かんろく》ある口髭《くちひげ》を撫でながら、にやにやと笑って私に話しかけてくる。

「百点満点だとよ。花村、お前早く才川に貰ってもらえ。さっさと印鑑捺させて籍入れないと嫁にいき遅れるぞー」

……だから、とっくに結婚してますけど……！

立派なセクハラな上に、本当のことを言えないもどかしさで余計に腹が立った。言えないのは最初に嘘から始めた自分たちのせいだ。わかっている。でもどうしようもなくもどかしくて、悔しい。

「そうですねー、いき遅れたくないですねー」

これでもかというほどの愛想笑いで駒田さんに適当に返事をする。駒田さんはそうだろうそうだろうと頷いてその場に留まり、まだ小言を言いそうな雰囲気で、私はうんざりした。

そこで才川くんが口を開く。

「俺は、いつでも大歓迎なんですけどねー」

やっぱり紙面を見つめたまま。

ただ、左手で広げた新聞を持ちながら、右手で。

（え）

右手の人差し指と中指で、キーボードの上に添えていた私の左手の薬指を撫でた。ちょうど、本当だったら結婚指輪が嵌まっているはずのあたり。

（えぇっ……）

私たちの手元が見えていない駒田さんはまだ何かを言っていたけれど、何も頭に入ってこなかった。演技なのか、素なのか。でも死角だから誰に見せるわけでもなく。くすぐられる左手の薬指に全神経を持っていかれる。彼の綺麗な手が、長い指先が。指の腹で、自分のものだって主張するみたいに私の薬指を。

「……っ」

やけにドキドキした。初めて彼が私の隣の席に座った日と同じくらい、ドキドキした。撫でられた薬指を思いっきり意識しながら。今も昔も、同じことを思っている。

（……好き）

何を考えているの？　才川くん。

＊

入社三年目のある日、部署異動の辞令が出るまで会社ではまったく言葉を交わさなかった私たち。彼が隣の席になった日のことは、今でもよく覚えている。

その辞令が出た日。

「あ。みっちゃん、才川とおんなじ部だね！　同期で一緒なんて珍しい」

「……」

……誰か嘘だと言ってくれ……！

私は掲示板の前で膝から崩れ落ちそうになっていた。入社三年目。四月一日付の人事異動では、「ここ数年じゃ珍しい」と先輩たちが口々に言うほどの、大規模な配置転換が行われた。職種を跨《また》いでの異動も多く見られ、たくさんの社員の氏名が並ぶ貼り紙の中で。〝花村みつき〟は名前の順で〝才川千秋〟の下に名を連ねていた。その横に記載されている文章はどちらも同じ。

〝営業二課〟

（聞いてない……！）

四月一日付の人事異動。内示は先々週には既に出ていて、部長からは異動があることを聞かされていた。

私は内示を出されたその晩、ご飯をよそいながら才川くんに「私異動するみたい！」と声高に報告した気がする。いや、した。絶対にした。でも才川くん、何も言ってなかったのに。異動なんて一言も……。っていうか、私二課って言ったよね⁉　才川くんおんなじ部って絶対わかってたよね⁉　うわぁぁぁやられたぁぁぁ！

本当に膝から崩れ落ちそうだった。

入社した時に、才川くんが人事部長にお願いした。『入籍しているけれど、新人だし他の人に余計な気を遣わせたくないから、結婚していることはなるべく秘密にしておきたい』と。〝そんなのまかり通るわけが……〟と思いながら隣に立って聞いていると、人事部長がとてもノリの軽い人だったこともあって『面白いからいいんじゃない』とあっさり承認された。それだけでも驚きなのに、まさか二人を同じ部署にするなんて思ってもみなかった。大丈夫かなこの会社……と少し心配になったものだ。

午前中は引っ越し大会。前の週に引き継ぎを済ませていた私は、段ボール一箱を両手に抱きかかえて二課のデスクへと向かった。……お、重い。一つにまとめられたものの、営業事務は手持ちの文房具類が多いのだ。ラベルシールのプリンターや、広告媒体の料金表冊子まで入っているものだから、見かけ以上に重くて。よろよろと二課を目指す。

才川くんと同じ部になることは予想外だった。でもこの時、彼も私もまだ三年目。こんな若手たちを、しかも同期同士を組ませることはないだろう。接点はあっても、電話の取次ぎくらいじゃない？　それで席が部の端と端とかだったら……うん、なんか大丈夫な気がしてきた。いけるいける！　オッケー！　と、足取り軽く、段ボールを抱えなおして弾みをつけたところで、つんのめった。

「ひゃうっ！」

変な声が出たことを恥じる間もなく前のめりに倒れ込む。

箱の中身をぶちまけずに済んだのは、誰かが受け止めてくれたから。

「う……すみません……ありがとうございま――」

「大丈夫？」

「……あー……うん、大丈夫」

抱えた段ボール越しに視線がかち合ってしまった。初めて社内で目を合わせた。家で見慣れているはずのその目に、自分が映り込むと異常に恥ずかしくて、叫んで逃げだしたくなる。

「ほんとに？」

――動悸《どうき》がする。

私が抱えていた段ボールをひょいと奪って、才川くんは回れ右をして二課へと向かう。背広の後ろ姿。家で何度近くに見たってずっと遠いものだと思っていた。働いている彼の姿が素敵だと人伝てに聞いても、絶対に目で追わないように、自分を言い聞かせてきた。

「……あ、の」

自分で運びます、と私が言うより先に、彼が口を開く。背を向けたまま。

「同じ課なんて驚いた」

「……どの口が」

私が小さな声で悪態をつくと、彼は軽く振り返って目と口元を笑わせる。あぁほらやっぱり。内示が出た夜に、自分だけこうなることを知ってて黙っていたんだ。確信犯。ほんとに性格が悪いったらない。

「ちなみに俺たちの席、隣らしいよ」

「……え？」

「よろしく、花村さん」

「……はぁ。よろしくお願いします……？」

才川くんは私の新しいデスクに段ボールを降ろし、見たことのない爽やかな笑顔を私に向けた。

（くっ……）

癖になりそう……！

家でのドライな対応にすっかり慣れてしまっていた私は、彼の社内用営業スマイルにもときめいてしまったのです。

後から異動先の部長に話を聞くと、席が隣になっただけでなく、私は才川くんをメインで補佐するようにとのお達し。部長いわく、彼には異動を機に、三年目の仕事量とは思えないほどの負荷をかけて、成長させようという狙いだったそうで。実際、才川くんはテレビにWEB、新聞と多岐にわたって広告展開をするクライアントの担当になった。

そしてそこから始まったのは甘い甘い夫婦生活……なんてことも勿論《もちろん》なくて、めくるめく深夜残業の日々が始まったわけですが。

閑話休題。

私は彼の隣の席に座り、彼の補佐に就くこととなりました。


「むりむりむりむりむり！」

異動があった日。彼が家に帰ってくるなり私は玄関で詰め寄った。

「こら。何よりも先にお帰りなさいだろ」

「才川くんお帰りなさい！　無理です！」

「ただいま。何が無理？」

この会話の流れで自然とスーツのジャケットと鞄を受け取ってしまう自分も自分だと思うし、渡す才川くんも才川くんだと思う。私は彼のジャケットをハンガーに掛けながら、マイペースにゆるゆるとネクタイをはずす才川くんの背中に向かって言った。

「隣の席なんて無理！　しかも補佐担当なんてっ……」

「なんで？　俺わりと的確に指示出すほうだと思うけど」

「そういうことじゃなくて！　毎日あの距離で話すなんて、他人のフリしきれるわけがっ……」

今日一日だけでもうどっと疲れていた。会社で夫が隣にいる緊張感は尋常じゃない。見られているわけじゃないとわかっていても意識してしまうし、隣でキーボードを打つ音や、伸びをする気配だけでびくっと反応してしまう。

初めて一緒の課になった松原さんにも、ランチの時に「異動してきて緊張してるの？」と笑われてしまった。

それなのに才川くんは。

「別に今まで通りにしてればいい」

そう言ってワイシャツのボタンをはずしながら脱衣所へ足を向けてしまう。「先にお風呂?」と訊くと「うん」と答える。「一緒に入る?」と訊くと「入らない」と答える。いつかうっかり「うん」って言わないかなーなんて思っているけれど、なかなか言わない。

ちぇ、と思いながら最後に背中に投げかけた。

「今まで通りは、無理だからね」

「なんで」

「ドキドキするから」

「……なんで?」

「……なんで、って」

急に振り返って真顔で訊くから狼狽《うろた》えた。

なんでって、なんで。

「才川くん……お風呂は？　待って近い。近い！　近い近い近い！」

「みつき今日うるさい」

「っ」

シャツを脱ぎかけたままの姿で才川くんは、私の正面に立って両手を首元に差し込んできた。突然首に触れた体温にぴくっと反応したのを笑いながら、才川くんは二人だけの部屋で、内緒話をするように耳元で囁く。

「……なんか楽しそう」

「っ……楽しくなんか」

「なんでドキドキするんだ?」

「勘弁してっ……」

ほんとにどれだけ意地が悪いのかと。鼓膜の中をくすぐるように囁くその感じに、いろんなことを思いだしてしまう。

三年目のこの時もう既に、信じられないほど頻度の低いセックスに縛られていた。二ヵ月や三ヵ月も間が空くのなんて当たり前。そんなにしなかったら忘れてしまいそうなものなのに。そのたった一回が良すぎて、何度でも思いだす。きつく押さえつける腕と慈しむような唇。容赦ない動きと甘やかす手のひら。欲情した声と、その後だんだん丸く優しくなる瞳。

なんて呪いをかけてくれたんだろう、と。

「なんで?」

アダルトな雰囲気の中で繰り返される子どものような「なんで」に、そう長くもたなかった。私は半ばキレながら「好きだから以外ある!?」と叫んでいた。

彼は「やっぱり楽しそうだ」と笑った。そして言ったのだ。腕の中に私を収めながら、よくない笑い方で。

「良いこと思いついたんだけど」

……それ絶対に良いことじゃないよね？

当たり前だけど、才川くんは次の日も私の隣のデスクに座っていた。彼が電話に出ている隙を見計らって、ちらっと隣の様子を窺う。肩口に受話器を挟みながらメモを取っている彼を見て〝あぁ格好いいって、これのこと〟と合点がいってしまう。三年目のくせに余裕のある表情。笑う切れ長の目。細くて長い指先。どれも自分はよく知っているくせに、旦那さん相手に馬鹿みたい。どれだけ彼のビジュアルが好きなんだと、恥ずかしくなって両手で顔を覆った。

「花村さん」

「はいっ」

いつの間にか電話を終えていた彼に名前を呼ばれ、飛び上がる。とっさに左を向くと目が合った。死ぬ。唇があわあわと震える。死ぬ。微笑まないで死んでしまう！

「この書類頼んでいい？　社判申請」

「はい……」

「……緊張してる」

「っ」

書類を受け取った指先は震えていた。バレる。絶対にバレてしまう。うつむく私の顔を、才川くんはそっと覗き込んできた。……だから無理だって言ったじゃん！

こんなの仕事にならない。事情を知っている人事に話して、席の離れた部に移してもらえるようお願いしよう。うん、そうしよう。そう思って私が顔を上げた時。

パッと手を握られた。お互い席についたまま、隣同士で。左手を。

「花村さん」

「……はい」

「ごめん、突然だけど」

なに。この手はなに？

彼はこの辺一帯によく聞こえるような、明瞭な声で言った。

「花村さん、俺のタイプど真ん中なんだ」

「…………は？」

「だから隣の席とか緊張するけど、かなり嬉しい」

ザワッ！　とオフィス中がどよめいて、周囲ではいろんなことが囁かれた。「あいつら隣にしたの誰だよ」とか、「才川くんってあんなキャラだったっけ？」とか、「会社で口説くなよなー」とか。

彼は最後に耳に入ってきた小言を拾って周囲に言った。

「すみません。なるべく我慢しますけど、口説くかも」

まだ呆けている私の前で、周りからの嬌声《きょうせい》や野次に対してニコニコと笑っている。それは決して家では見せない種類の笑顔。

口説く？　才川くんが？　私を？　……どうして？

理解が追いつかない私の手を握りなおして、彼が周りに聞こえないくらい小さく囁いた言葉で、やっとわかった。

〝ドキドキしてていいよ〟

その一言で。馬鹿みたいだけど。座っていたけど。

今度こそ本当に、膝から崩れ落ちるかと思ったのでした。

＊

そんな茶番が今でも続いている。三年目のあの日に彼が始めた溺愛設定が、八年目になった今もそのまま。変わったことといえば、口説くところから始まった設定が、今ではお酒の席でキスされたり、体の関係を匂わせる（明らかな）芝居をしたりと、二人の関係が進んでいるところだろうか。

隣の席をちらりと窺えば。今日も今日とて、隣で才川くんが働いている。

「ええ、一度きちんと時間を設定して打ち合わせしましょう。そのキャンペーンだと個人情報を取得することになるので、細かい決め事が多くなりますから。一度資料をお持ちするので――」

肩口に受話器を挟んで打ち合わせしつつ、メールを打つ姿。油断するとずっと見つめてしまいそうになるから、私は自分の仕事に精を出すしかない。

滑るようにキーボードを叩く細長い指。彼に指の腹で撫でられた薬指が、まだ熱をもっているような気がした。――実は。私は才川くんから結婚指輪を貰っていない。

「花村さん、ごめん。頼む」

「はい」

いつの間にか電話を終えていた才川くんが、それだけ言って書類を手渡してきた。彼はいつも書類をそのままパスしてくる。処理をするのは必ず私。他の営業補佐にはできないし、なんなら彼自身にだってできない。私にしか。

それには理由があって。指輪は貰っていないけど、彼の演技が始まった日に一つだけ、貰った物がある。


〝俺の大事な物、受け取ってほしいんだけど〟

彼が意味深なセリフで、意味深な微笑を浮かべて私の手の中に落とした物。それは今、私の服のポケットの中にある。取り出して、きゅぽっ、とキャップをはずして書類の上についた。貰った物は〝印鑑〟だ。〝才川〟の名前の印鑑。

貰った瞬間は「ただの仕事道具じゃない！」なんて言って彼を非難したけれど、ほんとは嬉しかった。〝花村〟と呼ばれることがほとんどの生活の中で、この印鑑を捺す瞬間だけ、才川みつきになれる気がして。

隣で才川くんが言う。

「花村さん、ご機嫌」

印鑑を捺している私に、彼はいつもそうやって声をかけた。五年経って私は、微笑み返せるようになった。

「仕事が好きなので」

「ストイックだな。惚れそう」

「惚れてるでしょ？」

「そうだった」

松原さんに「他でやんなさいよ」とたしなめられる。すみません、と素直に謝る。怒られても仕方がない。でも私にとってこれは、ささやかな夫婦の睦言だから。なぜか家ではこういうのほとんどないし……。

綺麗に捺せた〝才川〟の字のインクを乾かそうと、パタパタ書類をはためかせているとまた電話が鳴った。外線だ。片手を伸ばすと才川くんが「出るよ」と私の手を制した。

「はい、東水広告社です。はい……。はい、お世話になっております、才川です」

今の番号は旅館チェーンかな……。

書類をトレイに置いて、メモとペンを才川くんの手元に置く。手で〝ありがとう〟と合図して、彼は自然とそれを受け取って会話を続けた。きちんとお礼を言ってくれるところも、好きだと思う。

「はい。えぇ……はい、そう記憶しています。期初にそれで予算設定しましたよね。はい……」

言いながら、さらさらとメモに走り書く。強くて綺麗な筆致。〝新聞予算〟〝役員会議〟〝試験的に〟……〝WEB予算に付け替え〟？

「…………え？　全部、ですか？」

あ。珍しく〝やばい〟って顔してる。

しばらくは残業かしらとあたりをつけながら、才川の印鑑を大事にポケットにしまった。

11　証言⑥　夫婦の悩み

「うどん食いに行くか」

「……今からですか？」

ふらっと二課に現れた駒田さんの誘いに、私はつい〝それマジで言ってるんですか？〟というトーンで答えてしまった。ただいまの時刻、深夜二時。

昼間の喧騒が消え、カタカタとキーボードを叩く音だけが響いているオフィス。フロアにはまだ人が点々と残っていて、その中で営業二課だけ、やけに残っている人が多い。

私も、終電はとっくの前に諦めた。

「いいわよ野波、行ってきなさい」

隣の席で松原さんが首を回しながら言う。だいぶお疲れのようだけど、こんな時間でも化粧崩れ一つしていない。私のトレーナーは何か、特別な魔法を使える魔女なのかもしれない、と最近思う。

「でも」

「手伝ってくれたお陰でもうすぐ資料はできるわ。あとはクリエイティブから上がってくる絵コンテと合わせるだけだから、それは私のほうでやっとく」

「それなら私も」

「ダメよ。さくっとうどん食べて寝なさい。明日のプレゼンで居眠りされても困るし」

「……はい」

〝厳しいようであの人、身内には甘いから〟

ついこの間二人で話した時に、花村さんは松原さんのことをそんな風に言っていた。それはほんとにその通りで、松原さんは優しい。

ここは素直に甘えておくべきなのかなぁと迷いながら席を立つ。すると松原さんは椅子をくるりと回転させせて、後ろの島を振り返った。

「それと、今ちょうど帰るところらしい才川も一緒に」

「え」

パソコンの電源を落としていた才川さんが不意を突かれて振り返る。松原さんはふん、と笑ってから、駒田さんに微笑みかけた。

「連れてってやってください駒田さん。今度はぜひ私も一緒にお願いしますね」

「お前と行くなら、うどんよりかはバーだろうなぁ」

「駒田さんの行きつけでお願いします♡」

「いやーあの、俺は」

二人の間に割って入ろうとする才川さんは、きっと断りたかったんだろう。だけど魔女がそれを許さない。

「今から男一人の家に帰ったってどうせコンビニ飯でしょ」

「まぁ……そう、ですね」

「ちゃんと食べなさい。それから先輩をよいしょして後輩を可愛がりなさい」

「松原。俺の前でよいしょって言うな……」

「やだぁ、私はいつでも本気で駒田さんのこと尊敬してますよっ。ほんとに良いお店ご存知ですもんねー」

「尊敬してるとこそこだけ……？」

断るタイミングをなくした才川さん。じっと見ていると、目が合った。彼は〝仕方ない〟という風にふっと笑った。

数日前、才川さんにかかってきた電話を皮切りに、営業二課では突発案件が相次いでいた。才川さんがメインで担当している旅館チェーンは、何やら差し迫って対応しているみたいだし、松原さん担当の下着メーカーは広告を一新するらしく「またコンペか！」と彼女は嘆いていた。さっきまで作っていたのはそのプレゼン資料だ。

そんなわけで、営業二課の一部のメンバーはこの時間まで深夜残業。私と才川さんと駒田さんは、深夜にうどんを食べることになった。

「そう言えば花村はどうした？」

片手と口で器用にお箸を割ると、駒田さんはそう問いかけてどんぶりにたっぷり入った肉うどんをすする。

とっても美味しそうだけど深夜にそれは……。でも炭水化物という時点でもう……。なんて、ぐるぐる考えながら私は素うどんをすする。

「調子悪そうだったんで先に帰しました」

そう答えて才川さんは、隣で天ぷらうどんをすすった。とても姿勢よく、美しい所作で天ぷらうどんの小サイズを。……才川さんは小なのに。私は特に迷わず並を頼んだ自分を恨んだ。お腹の中に炭水化物と罪悪感が溜まる。

確かに彼は、ワイシャツの上から見る限り贅肉《ぜいにく》とか脂肪とかとは無縁そうだ。思わず食べる手を止めて体を凝視してしまった。私の視線に気付いた才川さんが不思議そうにこちらを見る。

あ。違う違う。私の興味は才川夫妻。花村さんがなんだって？

「まあ、お前らここ最近ずっと遅いらしいしなぁ……。花村のあんな細っこい体ではもたんわな」

「いや、体力ありますよ花村は。同期を褒めるのもなんですけど、根性もあるし。今回は僕が無理をさせてしまっただけで」

「足腰立たなくなるくらい？」

「ははっ。明け方まで抱き続けたらそりゃ仕事キツくなりますよね。反省してます」

「若いっていいなぁー」

「……駒田さんも才川さんも、私には下ネタ聞かせても大丈夫って思ってるでしょ」

「こんくらい何が下ネタだ」

びっくりした。途中まで〝仕事で無理させてしまった〟って話だったはずなのに、すごくナチュラルに下ネタに切り替わっててびっくりした！　才川さんの間髪入れない切り返しにもびっくりした。〝言われた本人が不快に思ったらセクハラ〟って習ったのを、駒田さんは覚えていそうにない。セクハラ研修意味ない。私は黙って素うどんをすることにした。

「冗談はさておき、才川」

「はい」

「お前、そろそろちゃんとしろよ。花村とのことは」

……お？

「三十路前の女つかまえて……いつまでもあんな茶番やるもんじゃねぇぞ」

「わかってますよ」

あれ。

もしかして今、すごく核心に触れる会話を……。

「その様子だとあの噂もデタラメなんだろ」

「噂？」

「タバコ部屋で噂になってたぞ。深夜の会議室でお前と花村がヤってるって」

また下ネタ！

最低です！　と抗議したいのをぐっと堪えてうどんのつゆを飲む。会話に水を差したくなかった。才川さんが答える一言一句を、ちゃんと聞いておきたい。

「……はは」

彼は否定も肯定もしなかった。駒田さんはそれ以上追及せずに、また別の質問をする。

「本気で落とす気あんのか？」

才川さんは、今度はニコリと笑って答える。

「結婚式の二次会の、乾杯の挨拶は駒田さんにお願いしますね」

おぉ任せとけ、と駒田さんが機嫌よく笑ってこの話題は終わった。結局才川さんの本心は、よくわからないまま。

全員のどんぶりの中身が残り少ないつゆだけになって、最後に熱いお茶を三人で飲んだ。

「駒田さん注ぎましょうか？」

「あぁ頼む」

すぐに空になった駒田さんの湯飲みに、席に置かれていたポットでお茶のおかわりを注ぐ。ちらっと才川さんの湯飲みを確認すると、中身はほとんど減っていない。

注いだお茶を私が目前に差し出すと、駒田さんは「サンキュー」と軽く礼を言って、すぐに口をつける。一息ついてから、才川さんに言った。

「お前が苦戦してる案件だけどな」

「はい」

「見切りをつけるタイミングを間違うなよ」

　そう言って熱いお茶をずずっとすする。駒田さんのその姿は、さっきまでの下ネタ親父とは違って、中堅の貫禄がある。

　才川さんが苦戦している案件というのはきっと、あの電話から始まった一件のことだろう。私は詳しいことをよく知らない。ただ聞こえてきた話から推察するに、才川さん担当の旅館チェーンが、今期新聞広告に充てる予定だった予算をすべてWEB広告に付け替えると言い出した。……らしい。

「あちらさんもトップダウンできた話なんだろ？　現場でコントロールできないんなら、今回は各新聞社に死んでもらうしかねぇんじゃねーか？　守りきれるとは思えない」

「……まぁ、そうですよね」

　二人のやり取りをずっと黙って聞いている私は、物騒だな、と思う。駒田さんだけじゃない。この会社の人はビジネス上誰かに不利益な皺寄せがいくことを〝死んでもらう〟という言い方をする。もしかしたらうちの会社だけじゃなくて、業界用語なのかもしれない。それともビジネスでは普通の言葉なのかも？　なんにしても物騒だ……と思いながら、私は思いだしていた。珍しく花村さんと二人になった時に、彼女が言っていたことを。

　私がこっそり才川さんの顔を見ている間に、駒田さんの真面目な話は続く。

「新聞の生き残り策ばっか考えてないで、さっさとＷＥＢの提案持っていくのが賢いと思うけどな。こだわってるうちに代理店変えられたらどうする」

「そうならないようにうまく立ち回りますよ」

……本当に。

花村さんの言う通りなんだなぁ。

「……なに？　野波さん」

「え？」

「俺の顔なんかついてる？」

「いえ……」

しまった。また見つめてしまった。慌てた私は自分の前髪を触ったり、時計を触ったり、少し挙動不審になりながら答える。

「なんだか、花村さんの言う通りだなと思って」

「花村……？　何か言ってたの、俺のこと」

「……言いません。内緒です」

なんだよ言えよ野波ー、と、駒田さんが茶々を入れたところでブブッとテーブルに振動が伝った。震えたのは才川さんのスマホだった。

「……そろそろ帰りましょうか。野波さんも、明日プレゼンで居眠りなんかしたら松原さんに殺されるよな」

「しませんよ居眠りなんて！　そこまで大物じゃないです」

「そう？」

「俺も明日午前中から得意先だー……。しゃーないな、一杯ひっかけたいとこだが、帰るか」

「はい」

そうしてその場はお開きになった。

電車はもうとっくにないので、大通りに出てタクシーを拾う。方面が同じという理由で、私は駒田さんの乗るタクシーにお邪魔することになった。

「僕は次のタクシー拾うので。駒田さん、ご馳走様でした」

「おぉ、お疲れ」

「野波さん、明日ちゃんと起きろよ」

「大丈夫ですってば！　……お疲れ様でした」

「おやすみ」

会釈して見送る才川さんを後にして、タクシーが走り出す。

走行音だけが響く車内で、シートに深く沈み込んだ駒田さんは無言にならないように、言葉を探し出すように口を開いた。

「クレバーな男だよあいつは」

突然の話題だったので、私は首を傾げる。

「……才川さんのことですか？」

「話の流れ的に今それしかないだろ。そう、才川が」

「クレバーですか……」

「頑固だけどな。さっき話してた旅館チェーンの件も、うまく立ち回るって断言したからにはうまくやるんだろうよ」

「信頼厚いんですね」

「まあ、あいつとは飲み友達だから」

……ほう？

そう言われて一気に関心が湧く。私は勝手ながら、才川さんに少し〝付き合いが悪い〟というイメージを持っていた。

「飲むって言ってもたまにだぞ。しかも語り合うというよりかは、俺が一方的に嫁さんの愚痴を聞いてもらうってくらいで……」

「あ、駒田さんって奥さんいらっしゃったんですね」

「なんだ今の〝あ〟は。わかりやすく〝意外〟って顔すんな」

「すみません」

実際意外だったのだ。広告マンはたいそうおモテになるようで、私が知っている限り男の先輩たちはなかなかの遊び人だった。結婚も皆さん遅くて、四十を前にしてついに、観念したように結婚する、というイメージがある。

駒田さんは眠いのか両手で目を押さえながら〝あー〟と息をついて話を続けた。

「あいつ聞き上手なんだよなぁ～」

「奥さんのどんなこと愚痴るんですか？」

「んー？　そうだなぁ……愚痴っていうか……。付き合いが長いと、どう接していいかわからなくなるんだよ」

「そんな長いんですか、奥さんと」

「いま結婚八年目」

「……」

「〝意外と長くないな？〟って顔すんな」

「心を読まないでください」

やっぱり駒田さんも観念したクチらしい。

「大変なんだぞ八年目だって。結婚記念日もネタが尽きてくるし、甘い言葉なんて今更シラフで言えねぇだろ。それでも求められてるような気がするから、勝手にプレッシャー感じちまって……」

「へぇ」

「……やっぱり才川のほうが聞き上手だな」

「すみません……」

「才川なぁ～。聞き上手だけど軽いんだよなぁ。しっかり話聞いてくれてんのはわかるんだけど、あいつ、頷きながら〝わかります〟とか言うんだ」

「……へぇ？」

それはそれは……。いろいろと勘繰ってしまう証言です。

「わかってたまるかってんだよ独身貴族が！　会社で花村といい感じになりやがって！」

「落ち着いてください」

どうどう、とおねむな四十代の先輩をなだめながら思い出す。

さっきのうどん屋を出る間際に、才川さんのスマホが震えた瞬間。彼の隣に座っていた私は見てしまったのだ。才川さんのスマホに届いていたメッセージの通知。

〝冷蔵庫に入れとくね〟と。表示名はわかりやすく〝みつき〟だった。

わかりやすすぎてどうかと思う。探りを入れている自分が、だんだん馬鹿みたいに思えてきて。

「……ほんとに、いい感じですよねぇ」

「あ？」

おまけにもう一つ。「うまく立ち回ります」と言った才川さんの横顔を、気付けば私はじっと見つめていた。……なんで私あの時、ちょっとドキッとしてしまったんだろう？

「……嫌だなぁ」

これはだいぶ厄介な気持ちに気付いてしまったかもしれない。

私は寝落ちしそうな駒田さんの体を揺さぶりながら、一旦、忘れることにした。

12　〇真相　才川夫妻の深夜残業

〝今日はもう帰れ〟

才川くんにそう言われてしまった瞬間、あぁ、と全身から力が抜けた。情けなかった。どれだけ明るく笑って見せても、彼にだけは隠せない。調子が悪いことを一番隠し通したい相手が、皮肉にも一番よく私のことを見抜いてしまうのだ。

きっと才川くんは今日、終電も見送って深夜まで作業をするつもりなんだろう。旅館チェーンが新聞予算をすべてＷＥＢへ付け替えれば、多少なりともうちの収益は落ちてしまう。その上、今まで付き合いのあった新聞社は痛手を受けるし、旅館チェーンにしたって、今まで新聞で獲得していた顧客を取り逃すことになるから、得策ではなかった。それを防ぐために、役員会議で上げてもらう説得資料を明日中メドで仕上げなければならない。それも、レギュラーの業務をこなしながら。

最後まで業務を手伝えずに、自分だけ先に帰ることは勿論悔しかった。でも、才川くんが私に先に帰るよう言うことが、周りから見れば女を甘やかしているように映ることも、悔しかった。いくら溺愛キャラが、彼が勝手に始めた茶番だとしても。仕事に関わる本質的な部分で彼の評価が落ちるのは、嫌だったのだ。

だってね、才川くん。

私、一度も言ってないけど。この七年間で才川くんのこと、とっても……。

「……ん」

衣擦れの音で目が覚めた。夜七時過ぎには先に帰宅していたから、夕食を作った後は少し仮眠を取って、才川くんが帰ってくる頃には起きているつもりだった。それが、電気を点けたままの寝室で、私は布団も被らずに眠ってしまっていたらしい。一体いま何時なんだろう。

寝室に入ってきた才川くんは着替えを取りにきたようで、物音をたてないようにそろりとクローゼットを開けていた。私は起き上がって「お帰りなさい」を言おうとしたけれど、少し思いとどまって狸寝入りをする。

「……」

クローゼットを閉じる気配。これからシャワーを浴びるつもりなんだろうか。寝不足だろうし、もう朝にしちゃえばいいのに。彼はお風呂に入らずベッドに入るのが嫌みたいで、そういうところ潔癖だよなーなんて思いながら、私はまだ狸寝入りを続ける。

すると、〝ギシッ〟とベッドが軋んだ。私の胸は期待に高鳴った。

ワイシャツ越しに伝わる体温と、軽くのしかかってくる体重に胸が苦しくなって。手のひらがそろりと頬を撫でていく。吐息を近くに感じると、息を止めてしまいそうだった。緊張のあまり、微動だにしない今の自分が怪しい気がしてきて、なるべく自然に寝返りを打つ。掛布団を抱きしめるようにして、あくまで自然に。――どこに唇が落ちるだろう？

寝返りを打って横向きになった私。耳にかかる髪がそっと指で流されたかと思うと、耳元に吐息が近付く。背筋が震えて、それだけで声を出してしまいそうになるのを、我慢した。

何をされてしまうのか。はたまた、何を囁かれるのか。抱きしめている掛布団をぎゅっと握って堪える準備。――ぴちゃ、と彼が唇を開く音がした直後。

「……寝たフリすんな」

「うひゃあぁっ⁉」

息をたっぷり含んだ声にのけぞった。……思ってたのと違う！

直前に緊張しすぎたせいかもしれない。構えていたくせに、心臓がドクドクと鳴って体が驚いていた。なんならちょっと涙が出てきた。囁かれた左耳を押さえ、抗議する。

「っ……なんかもっと他にあるでしょう！」

「他にって？」

「あ……愛してるよ的な……」

「……」

あっ、すごい呆れた目で見られてる……。つらい……。

ごめん忘れて、と両手で視線を制すると、才川くんは「プレッシャー……」とよくわからないことをつぶやいて、私の上から降りた。

「……プレッシャー？」

「なんでもない。……それよりちゃんと寝たのか？　ご飯作ってくれたみたいだけど」

「うん、睡眠はばっちり。ごめんね今日……。あ、もしかしてご飯食べてきた？」

ちらりと時計を確認すると時刻は三時半を過ぎていた。彼にメッセージを送ったのは一時間以上前だから、食べていたとしてもおかしくない。

「いや、食べる」

「……うん？」

なんか会話が嚙み合わないような……。不思議に思ってじっと見つめると、本当に微妙な変化だけど、才川くんは顎を少し低くした。……あー、食べてきたんだなぁ、と察しがついてしまう。同時に、それを隠して食べると言ってくれている彼に、にやけそうになった。

「残ったら朝ご飯にするから、食べられる分だけで」

「うん」

「温めるね」

「いい、自分でやる。……寝てていいよ。悪かったな起こして」

そう言って才川くんは、起き上がろうとした私を制して掛布団をかける。深夜残業で帰ってきた旦那様を置いて寝るのも忍びないんですが……。家で甘やかされ慣れていないこともあって、どうしようかと迷っていた。すると、彼は着替えを小脇に抱え、ネクタイを緩めながら私をじっと見下ろしてきた。

「……ん？　なに？」

「みつき、野波さんに何か言った？」

「え？」

なんでここで野波さん……？　疑問に思いながらも心当たりを探す。と言っても、野波さんと最近じっくり話したのは、この間の帰り際くらいだ。

実は一つだけ、あのことかなぁと思う会話があった。でもそれはちょっと、言いたくない。

「何かって、どんなこと？」

「……いや、まぁいいや。おやすみ」

「うん？　……おやすみなさい」

電気が消されてパタリとドアが閉まる。

濁しちゃったなぁ。でもこれはちょっと言えない。もしかしたら会社でなら、〝才川くんと花村さん〟の関係性の中で軽く言葉にしてしまえるのかな。でもそんな風にして伝えたくはなかった。——瞼が重くなる。

今日も一人のベッドで。囁かれた左耳の熱に悩まされながら、眠る。

＊

目覚めて、木曜日。

頭の中に一日の才川くんのスケジュールを思い浮かべる。今日の午前中は製薬会社の冬のキャンペーン展開の打ち合わせ。往訪だからこれだけで午前中は終わってしまうはずだ。午後一には来客がある。テレビ局の営業さんだから、これはそんなに時間がかからないだろう。その後は四時から部会。部長から事例発表を命じられていたけど、それは昨日のうちに資料を仕上げているし問題ないはず。あとは六時に打ち合わせがもう一本。新製品開発プロジェクトの報告会があったはずだ。これは主任という立場で報告を受けるだけだけど……説得資料の作業はいつ？

現場で動く彼を、主任という役職が邪魔しているようで、なんだかなぁ、と思ってしまう。明日の役員会議で上げてもらうためには、今晩中に資料を先方に送っておかなければならない。今晩中とは言ってもきっと、このスケジュールでは常識的な時間に送ることはできないだろう。深夜残業がはなから見えていた。

「……大丈夫？」

夜に少しだけ会話してから、たった三時間半しか経っていない。朝の七時にまたワイシャツに腕を通す才川くんは、さすがに眠たそうだった。

「うん、平気」

欠伸を嚙み殺しながら返事をされてもちょっと不安だ。だからといって〝休めばいいよ〟なんて言えないし。


「行ってきます」

一足先に会社に出て行く背中を見送る。

「行ってらっしゃい」

自分にできることは、少しでも彼の業務がうまく回るように段取りをすることだけ。鏡の前で最後に身支度を整える。うん、ばっちり。昨日早く帰してもらったお陰で、顔に疲れは残っていなかった。

才川くんに遅れること七分。彼の一本後の電車に乗ることを見越して、家を出る。


出社して業務が回りだしてみれば案の定、説得資料に取りかかる時間はなかった。才川くんがどんなアプローチで新聞の予算を守ろうとしているか、それはなんとなくわかっていたので、資料収集だけでも……と思っていたら。私の作業にもトラブルが起きた。今日入稿締切の新聞広告原稿に誤植が見つかったのだ。

「これ、別原稿も同じ誤植ですね……。全部製版しなおしたとして、何時に再入稿できそうですか？」

制作会社の担当さんと連絡を取りながら、ちらりと時計を確認する。午後四時過ぎ。緊急対応で部会を抜けさせてもらっている今、才川くんは部員の前で広告事例の発表をしている頃だろう。私もこの対応にもう少し時間がかかるだろうから、説得資料に取りかかるのは二人同じくらいのタイミングになってしまうかも。

「わかりました。すみません、ありがとうございます。そしたら、私のほうで先方に確認取りつつ、並行して他に誤植がないかチェックしますね。……ええ。ええ、助かります。はい」

こんな日に限って。

七年勤めていればそれなりの経験則でわかっていたつもりですが、あらためて実感。トラブルとは重なるものです。

午後八時。才川くんが会議室での報告会からデスクに戻ってきたタイミングで、ちょうど私もすべての原稿の再入稿を終えた。

才川くんは打ち合わせ資料を一式がさっと自分のデスクに置いて、息をつく。同時に私は入稿の済んだ素材の校正原稿をデスクの隅に寄せ、息をつく。「はぁ……」と二人被ってしまったため息に、顔を見合わせて笑った。

「やばい。全然手ぇつけてない」

「ほんとに。共有フォルダに入れてあった資料が最新だよね？　進捗三十パーセントってところ……？」

「良い読みだな。そんなとこだよ」

「とりあえず私、資料室行ってくる」

「え？」

　意外そうな声を発した才川くんに、私のほうが少し驚いた。宣言通り資料室へ行こうと椅子から立ち上がった私は、その声に気を取られて彼を振り向く。

「え？」

「いや、なんで資料室……と思って」

「だって、必要でしょう？　大昔の新聞原稿。今の社長が現場だった頃に作った新聞広告、資料の中に入れるよね？」

「あぁ、うん……」

「その頃の広告素材ってもう、電子データベースにも格納されてないし。資料室には全国紙の縮刷版が大昔の分まであるはずだから、探せばきっと見つかるなって」

「……うん。でも俺、そんなの今作ってる資料には一言も書いてないよな」

「え？」

「花村さんさぁ」

……うん？

あれ、違ったかな。確かに書いてはなかったけど。

自信満々に言ってしまった手前「考えていることと全然違う」と言われてしまうと恥ずかしい。才川くんは片手で目元を覆っているし……あれ？　……照れてる？

まさか、と思いながらじっと凝視していると、彼は両手を私の肩に掛けてきた。まだ人が残っているオフィスで注目が集まるのを感じる。まさかシラフでキスはしないだろうな……？　と警戒していると、才川くんは私の肩に額を乗せてきた。

「っ、え」

なにこれ？

思わず、行き場のない手が浮いた。

「今のはすごい。考え読みすぎ。……あー、愛しいわ花村……」

「いとっ……！」

演技かよ！　と思いつつ、会社でも初めて出てきた〝愛しい〟というワードに狼狽える。なになに！　急に溺愛のレベルを上げるのはやめてほしい。なんて返せばいいの！

「っ……やだ、才川くんってばっ。当然でしょ♡　どれだけ付き合いが長いと、思って……」

不自然なほどの猫撫で声を出してしまったことに、言ったそばから〝しくじった〟と悔いていた。でもそれさえも次の言葉で吹き飛んだ。気付けば彼の手はぎゅっと私の体を抱きしめていて。肩にもたれかかる彼の口から、飛び出す。一撃必殺。

「愛してるよ」

「……あ」

――どうして今？

彼の腕の中で、指先一つ動かせなくなった。

狸寝入りしてる時も言ってくれなかったのに！　なんなら、結婚してから今の今まで言われていないような気さえする。なんで今？　こんな、みんなが注目して聞いているところなんかで。どうして、今。ずるい。なんで。

頭の中で延々不満を並べてみても、頬が熱くなっていくのを止められない。みんなの前で抱きしめられている。愛してると言った彼の声を、頭の中で何度も再生してしまう。

松原さんがいつものように「他でやんなさい」と言ったことで、才川くんは私の体を放した。

「すみません、あまりに感動して」なんてニコニコ笑いながら、彼はこちらを見ようとしない。私は今度こそ返す言葉を見つけられなかった。まずい。絶対に今、顔が真っ赤になってしまっている。こんな状態で黙っていたら、変だ。バレてしまう。

うまい切り返しは思いつかなかったけれど〝この状況はまずい〟って気持ちだけが先行して、やっとの思いで振り絞った言葉は「資料室行ってきます！」だった。何も持たずにその場を早足で後にする。……０点！　花村さん、０点！

結局怪しさをたっぷりその場に残し、廊下を早足で駆け抜ける。

資料室に入った瞬間、埃《ほこり》っぽい匂いが立ち込めた。資料のほとんどが電子化されているものの、マーケティングの古典や消費者データは依然として紙のものが利用されているから、この部屋も利用者がいないわけじゃない。そこそこに掃除が行き届いた書棚の間を進む。

入った瞬間は誰もいなくて、電気も点いていなかった。夜八時を過ぎている今、資料室の大きな窓にはオフィス街の夜景が広がっている。

「……」

少しの間それを眺めて心を落ち着けた。

最近の才川くんはよくわからない。わかるんだけど、わからない。

いつからだろう……と思い出して、あれは新人歓迎会の飲み会の頃からだと思い至る。あのキスのあたりから、才川くんの溺愛キャラは過剰になった。それまでも「好き」とか「かわいい」とかは散々言われていたし、冗談で手の甲や頬にキスされることはあったけれど（それに内心とっても振り回されていたけれど）口にキスなんてあからさまなことはしなかった。舌を入れられることもなかったし、下世話な演技もなかったし。「結婚しちゃう？」なんて、冗談でも言わなかった。……わからないなぁ。七年も彼の奥さんをやっているのに、彼が何を考えているのかわからない。悔しい。

　わかることは、たった一つだけだった。


　電気を点けて新聞の縮刷版を探す。探しているのはうんと昔のものだから、普通の書棚には置いていないだろう。可動式の書庫の前に移動する。読みは正しくて、棚に貼られている分類パネルを見ると〝一九九〇年以前縮刷版〟とあった。書棚の側面についたハンドレバーをぐるぐる回すと、その書棚がゆっくりと動きだす。しばらく回し続けると目当ての書棚と隣の書棚の間にスペースができる。自分一人入るのに充分なスペースを作って中に入った。

（……あれ。社長が現場やってた頃って……いつ？）

　たくさんの縮刷版を前に、迷ってしまった。慌ててオフィスから逃げ出してきたものだから、社長の年齢を調べてくるのを忘れてしまった。スマホもデスクに置いてきてしまったし。これじゃ探せない。

　そう思った時に、大きな影に覆われて一帯が暗くなった。

「社長は今年六十歳だよ」

「……」

「あとスマホ、デスクに忘れてた」

　それを受け取りながら、手渡してきた彼の顔をじっと見る。

「……自分だって人の頭の中読みすぎじゃない？」

「当然だろ。どれだけ付き合い長いと思ってんの？　花村サン」

「私はもう、あなたがよくわからない……」

はぁ、とため息をつきながら隣に彼のスペースを作る。

「またまた、そんなこと言って」

彼は当たり前のようにそのスペースに入ってきて、書棚の上へと手を伸ばした。私はもう答えずに自分も縮刷版へと手を伸ばす。

「……六十歳、ということは」

「入社してすぐに現場で広告に携わったって言ってた」

「新入社員って二十三歳くらい？」

「ってことはその頃の縮刷版を順に見ていけば見つかるか？」

「んー……」

該当しそうな年の縮刷版を探すと、棚の上のほうにあった。届くだろうか？　背伸びして、とりあえず並んでいるうちの一冊を取り出そうと思い切り右手を伸ばす。

その手は大きな右手に捕まえられた。あ、取ってくれるんだ。そりゃそうか、この身長差だし……。「ありがとう」と言って潔く手を引こうとしたら。

「……なにこの手は」

大きな右手は私の右手を放さなかった。

「……なんだろうな？」

あ、家での笑い方だ……。

そう思っている間に後ろに回り込まれる。

「ちょっと、才川くんっ……」

狭い書棚の間でうまく身動きがとれずに。元々自分一人だけ通れれば充分、くらいに思っていたから、そんなに広くスペースを作らなかった。後ろに回り込まれればぴったりと体がくっついてしまう。

嫌な予感がした。

「……なぁ花村。知ってる？」

彼は右手を上のほうで握ったまま、私の左耳に囁く。息を多く含んだ声のくすぐったさに肩をすくめながら、直感的に〝わざとだ〟と思った。

「っ、何を……？」

「深夜の会議室でヤってるらしいよ、俺たち」

「……は？」

一瞬、言われたことの意味がわからず訊き返してしまった。訊き返さなきゃよかったと思った。遅れて意味を理解して、さっき熱をあげた頬がまた熱くなる。

「もう終電もないような時間に。人がほとんど残ってないのをいいことに、会議室に鍵かけて」

「は、え？　……やめっ」

摑まれていた右手は彼の右手によって書棚に押し付けられていた。彼の空いてる左手は、指先で服越しにお臍《へそ》の上を撫ぜる。

「ん……」

「俺が会議机に花村を押し倒して、始発が動きだすまで喘《あえ》がせ続けてるんだって」

「誰がそんなこと……」

「さぁ？　……でも心外だよな。こっちは真面目に働いてるのに」

ほんとだよね。心外。……そう言って一緒に憤慨したかったけど、じゃあこの状況は何なんですか？　と訊きたい。

訊きたいけど。首筋に顔を埋められて、息が詰まって声が出せない。

「……本当にしちゃう？　ここで」

「っ！」

言ってることがめちゃくちゃだ……！

「……才川くん。やめっ……どいて。あたってるからっ……」

「そう言えば最近、家でさ。俺のシャツが一枚足りない気がするんだけど」

「っ……！」

どきりと心臓が跳ねあがる。

その瞬間左の胸を鷲摑《わしづか》まれて、抑えた声で囁かれた。

「……みつき。どこやった？」

「あっ……」

「あぁ間違えた。……どこ行ったか知らない？　花村さん」

「しらっ……知らない」

「あぁそう」

ふーん、と温度のない声がして、わからなくなる。〝みつき〟って呼んだり〝花村さん〟って呼んだりするから、もっとわからなくなる。今はどっち？　会社の顔と家での顔。一体どっちのつもりで、何のつもりで？　わからない。

「……花村。俺たちそろそろ」

「え……？」

体を触られてあがっていく息を抑えつけながら、彼の言葉を聞き漏らさないように耳を澄ませる。

「そろそろ、同期以上の関係になってもいいんじゃないかな」

「ん……それっ……どういう……」

「キスだけじゃなくてさ」

胸を強く掴んでいた手が滑るように下肢に伸びて、腿の内側を撫でた。――わからない。

たった一つのことを除いたら、わからない。

あなたのことは、なんにも。

13　新入社員の目撃②

駒田さんと才川さんと深夜、三人でうどんを食べたその翌日。午前中は下着メーカーへのプレゼンに同行させてもらった。松原さんが導入をしゃべって、今回与えられた課題の整理をする。続いて戦略課の先輩が調査結果をもとに広告の訴求ポイントを解説して、最後に制作の先輩が具体的な広告ビジュアルやＰＲ展開を発表した。

一言でまとめると、私のトレーナーはすごい。プレゼンの後、役員たちから質問が飛び交う中、少しも物怖じせずに優雅にそれに答える。戦略課の人も制作の人もその受け答えには一切口を出さず、落ち着いた顔を見せていたので、松原さんに全幅の信頼を寄せていることがわかった。

いつかは自分もこういう場所で……と想像して、期待と不安で胸が苦しくなる一方、才川さんはどんなプレゼンをするのかななんて、考えてしまって。

「……」

伸びた背筋と、一癖も二癖もありそうなあの目を思いだしてしまった。……あー、やだやだ。咬《か》ませ犬になるなんてごめんなんですよ。

プレゼンに行ったメンバーでランチに寄って、有名なステーキ屋さんでささやかに打ち上げをした。今日のプレゼンのために昨晩深い時間まで残っていたのは、松原さんと私だけじゃない。下のフロアで最後まで企画の細部を詰めてくれていた人たちがいる。

「え、松原さんって学生時代、神谷さんと付き合ってたんですか……？」

「そう、ついこの間まで〝葉山を入れての泥沼三角関係か⁉〟なーんて言われてたのになぁ」

「知らなかったです……」

私、聞かされてません！　と遺憾の意を表す顔で松原さんを見ると、彼女は〝ふん〟と澄ました顔。ナプキンで優雅に口を拭いていた。

「そんな大昔のことは忘れました」

「あ、今は薬品会社の主任といい感じなんだっけ？」

「それも初耳です……！」

「野波、食いつかなくていいから。あと、それも昔のことです」

「……」

なんだかあまり触れてはいけないところらしい。私のトレーナーは地雷が多い。

「……咬ませ犬はもう勘弁だわ」

松原さんが小さくそう呟《つぶや》いたのをばっちり聞き取ってしまって、私は、松原さんと自分は似た者同士なのかもしれないなぁ、とそんなことを思った。

「あ、松原さんお肉焼けてます！」

「馬鹿ね、まだよ。ミディアムウェルまでは待つの」

豪華なステーキランチに舌鼓を打ちながら、他愛のない会話を楽しむ。いつもならこういう場所で何よりも才川夫妻について尋ねるところ、今日はそうしなかった。

贅沢《ぜいたく》なランチを終えて会社に戻ると、営業二課は相変わらずバタついていた。ボードを確認すると才川さんは来客で応接に。花村さんは恐らく得意先の人と、電話で入稿原稿の話をしていた。またある先輩は電話で協力会社と揉めているようだったし、別の若い先輩は電話で誰かを相手に「すみません、打ち合わせを二十分遅らせてもらっていいですか」なんて言っていて。

「……」

大変すぎやしませんか？　思わず気圧されてデスクでぼーっとしてしまう。

「あなた今日は早く帰りなさい」

「え」

隣の席を振り向くと、松原さんが長い髪を一つにまとめているところだった。

「定時であがってもいいわ。私も今日は早く帰るし」

「で、でも」

この大変な空気の中をですか？　と訊こうとしたのを、松原さんの言葉が遮る。

「メリハリが大事よ。睡眠不足だと効率も悪くなるし、ロクな判断しないし。そんな状態で残業したって給料泥棒だから、帰んなさい」

「……はい」

またこの人はこんな、わかりにくい優しさで。いや、逆にわかりやすいのか……？　言われていることはもっともだと思った。睡眠不足だとロクな判断をしない。――ドキッとしてしまったのだってきっと、寝不足のせい。

お言葉に甘えて定時に帰らせてもらおうと決めて、任されている仕事を片付けにかかる。制作会社から届いた段ボールを開封して、中に入ったテレビCM素材のHDテープを取り出す。四十本以上あるそれを、今回CMを放送する全国のテレビ局一覧表を見ながらそれぞれの局に割り振って、郵送の準備。作業台でテープを梱包《こんぽう》していると、ふと花村さんの姿が目に入った。

昨日は体調不良を理由に、才川さんに先に帰されていた花村さんだけど、今日はハツラツとしている。電話に出る声も朗らかで元気がいい。昨日だって調子が悪そうだとは少しも思わなかったけど……。才川さんには、わかるってことなんだろうなぁ。

その上、昨晩のうどん屋さんで才川さんに届いていたメッセージ。

〝冷蔵庫に入れとくね〟

あれで確信した。あぁ、だからあんなに帰りたそうにしてたんですね。うどんの小を頼んでいた理由も納得です。ご飯を作って帰りを待つ人がいたということ。二人は一緒に暮らしているんだろう。そうでなくとも、どちらかの家に泊まるような仲であると。

ほら見なさい！　と誰かに向かって言ってやりたい。ほらね。私の読みは大方正しかったというわけです。二人はデキている。本当の夫婦だという証拠までは摑んでいないけれど、二人はただの同期じゃないし、才川さんが花村さんを一方的に溺愛しているわけでもない。入社してすぐに見た、花村さんの手を握って不敵に笑う才川さんと、照れていた花村さんは見間違いなんかじゃなかった。ほらね。ほら。…………。

あんな、家で花村さんが帰りを待ってることがわかるメッセージなんて、見つけなければよかった。

（……ほんとに、今日は早く寝よう）

やっぱり、どうも昨日の晩から思考がおかしい。今まで散々才川夫妻の情報を追っかけて、いろんな人から聴き取りをしたくせに〝見つけなければよかった〟？　おかしいでしょうそれは。

深夜残業は人をダメにするなぁ、なんて思いながら黙々と広告素材の梱包を続けていると、花村さんの焦った声がした。

「え……誤植、ですか？」

……おおう。なんだか不穏なワードが聞こえてきた。

しばらく様子を窺っていると、花村さんはその後三本くらい連続で電話をかけ、入稿を止めて誤植の内容を確認し、修正の依頼をかけていた。迷いのない動きを見ていると大事ではなさそうだけど、大変なことって重なるんだな……。

そうこうしているうちに四時になって、部会が始まる時間。緊急対応の花村さんを残し、二課の面々は部会に出席するため会議室へと移動した。

会議室に足を踏み入れた時、前方に才川さんが座っているのが見えた。私は初めて、今日の部会のメインが彼の事例発表であることを知る。スクール形式でスクリーンに向かって並べられた座席の、最前列。なかなか誰も座ろうとしない最前列の、一番左端の席についた。席には余裕があったみたいで、案の定、最前列は一番左端を除いて埋まらなかった。

最初に五分ほど、部長から今月の予算到達度の報告があって、その後マイクは才川さんに手渡される。スクリーンの隣に設置された席に腰かけると、彼は長机の上のマイクスタンドにマイクを固定しながら話し始めた。

「すみません、少しだけお時間いただきます」

マイク越しの彼の声がスピーカーから流れだした瞬間、全身がさざめいた。低く落ち着いた声が鼓膜にじんわりと広がる。

落ち着け、私。何をいきなり恋愛スイッチが入っちゃったみたいに、浮ついているの。

「三日前に部長から〝次の部会で広告事例話して〟って指令がメールで飛んできて。〝え、何の広告事例ですか？〟ってデスクに訊きに行ったら〝なんでもいいよ任せる。ためになること〟っていう……なかなかな無茶振りが飛んできまして」

わっと会場が笑いで沸く。三十路前の男のおどけた笑顔。こんなの処世術なんだから、ときめくなんて言語道断。

最前列で私は、真面目に発表を聞いて勉強するのです。

「そういうわけでどうしようか悩んだんですが、今回は〝他代理店からの扱い奪取に繋がるWEB提案〟という題でお話しさせていただきます。まず――」

最前列の端っこは才川さんと視線が合うことがなくて、私は自分が透明人間になって彼を一方的に見つめている気分になった。思うことは、最初に挨拶をした時と同じ。すっとした鼻筋と切れ長の目。感じよく笑う口の端。ワイシャツの上からでもわかる、程よく引き締まった体。細長く綺麗な指先。時折見せる策士の目。耳によく馴染む声。

才川さんの発表はとっても好評だったにもかかわらず、私の頭の中にはさっぱり何も残らなかった。

部会が終わったのがちょうど定時の夕方五時半頃。デスクに戻ると、花村さんはまだ誤植への対応に追われているようだった。同じく部会から戻ってきた才川さんに報告を入れている。

そう言えば、昨日才川さんが残業して作っていた旅館チェーンの資料って、今日までだったんじゃ……。才川さん、事例発表なんてしてる場合じゃなかったんじゃないの？　花村さんも、本当に大変なことが重なってたんだ……。

今のところ、新人の私は二人と動いている案件はないし、手伝えることは何一つ思い浮かばなかった。それでも、ここでつるっと定時に帰るのはどうにも忍びない。そう思って、二人の背中に近付いていく。

「あの――……」

何か手伝えることはありませんか。

そう言って、仕事の報告をし合っている二人に声をかけようとした、その時に。

「ごめん、野波」

後ろから声がして肩を摑まれた。振り返ると、綺麗な顔を少しだけ苦々しく歪めた松原さんがいた。

「今クライアントから電話があったの。今日のプレゼンの結果」

「え」

もうですか、と言うより早く松原さんは言う。

「再プレゼンよ」

「……再プレゼン？」

「最後にうちともう一社、どっちにするかを決めかねてるんですって。だからもう一度」

「それは、いつですか？」

「来週の水曜日」

クラッとした。それって、浅い経験でもわかりますけど全然時間ないですよね？

「だから、ごめん。さっき定時で帰っていいって言ったけど、今から打ち合わせいける？」

「大丈夫です」

「悪いわね。方向性決めて、各担当に振り出して……そんで今日は、終電では絶対に帰るわよ」

「はい」

あ、終電まではかかるんだ……と思ったことは黙っておく。

新人、野波。一つ身をもって覚えました。大変なことは重なるし、続くものです。


午後八時。

再プレゼンに向けた打ち合わせが終わりデスクに戻ると、二課には往訪から戻った先輩たちもいて、八時だというのに昼間よりも人が増えていた。

「野波、分担しましょう。さっき決まった追加提案する媒体だけど、屋外広告の分だけ媒体担当に振り出しお願いできる？」

「はい」

「私は他の振り出しをするとして……。あ、あとさっき言ってたクリエイティブ案。電車のステッカー広告のやつ。私もいいと思うから、一度スライド一枚にまとめてみて。それは別に今日じゃなくて構わないから」

「わかりました」

案を褒められたことが密かに嬉しくて、にやけそうな口元をごまかしながらパソコンのスクリーンセーバーを解除する。するとそのタイミングで、また別の打ち合わせを終えたらしい才川さんが戻ってきた。

あからさまに振り向くことはしないけれど、思いっきり背中のほうを意識する。がさっと資料をデスクに下ろす音。それから小さなため息が二つ。

そして、小さな笑い声が、二つ。

「やばい。全然手ぇつけてない」

「ほんとに。共有フォルダに入れてあった資料が最新だよね？　進捗三十パーセントってところ……？」

「良い読みだな。そんなとこだよ」

軽やかな会話に耳を澄ます。花村さんが〝三十パーセント〟って言ったことから察するに、きっとこの後の作業も夜遅くまで続くんだろう。だけど二人の声は少しだけ楽しそう。

「とりあえず私、資料室行ってくる」

「え？」

才川さんの少し驚いた声に振り向いてしまった。戻ってきたところで立ちっぱなしだった才川さんが、椅子から立ちあがった花村さんを身長差で見下ろしている。

気付けば二人に目を向けていたのは私だけではなかった。二課全体が少し、二人を意識し始めていた。花村さんは不思議そうな顔をして才川さんを見つめ返す。

「え？」

「いや、なんで資料室……と思って」

「だって、必要でしょう？　大昔の新聞原稿。今の社長が現場だった頃に作った新聞広告、資料の中に入れるよね？」

「あぁ、うん……」

「その頃の広告素材ってもう、電子データベースにも格納されてないし。資料室には全国紙の縮刷版が大昔の分まであるはずだから、探せばきっと見つかるなって」

「……うん。でも俺、そんなの今作ってる資料には一言も書いてないよな」

「え？」

え。じゃあ伝えてないのに花村さんが先読みしたの？

周りの人が同じ疑問を持ったことが手に取るようにわかった。これが、才川夫妻と呼ばれる由縁。

「花村さんさぁ」

才川さんが花村さんの両肩に手を掛ける。……まさか今、お酒の席でもないのにキスなんてしないですよねと、なぜかこっちがハラハラして。

二課全体の注目が集まるなか才川さんは、彼女の肩に額を乗せた。

「今のはすごい。読みすぎ。……あー、愛しいわ花村……」

「いとっ……！　っ……やだ、才川くんってばっ。当然でしょ♡　どれだけ付き合いが長いと、思って……」

「愛してるよ」

……あれれ？　胸が痛いぞ？

こんなのただの、お家芸。鉄板ネタ。人に見せるためのパフォーマンス。そう思いながら、花村さんの体を抱きしめる才川さんを目の端に映して、パソコンへと向き直る。

「……」

「他でやんなさい」

隣の席で松原さんが、二人に顔を向けずに言った。才川さんがおどけて「すみません、あまりに感動して」なんて言って、花村さんが「資料室行ってきます！」と叫んで営業フロアを出て行った。私はなんだか、よくわからない感情で心臓が痛い。

その後しばらくして、才川さんがパソコンを持って資料室へと向かっていく気配を、私はただただ背中に感じていたのでした。

——二時間ほど経過して、夜十時。オフィスには相変わらず人が残っている。私は松原さんから指示された屋外広告の振り出しを済ませ、褒めてもらったアイデアを提案書に落とし込んでいるところ。これは明日でいいと言われていた仕事だから、本当はもう、帰ろうと思えば帰れる状況だった。

「野波。遠慮してるならいいから、先に帰りなさい」

「違うんです。ちょっとノってきたのでやってしまいたくて」

「そう……？　それなら、無理には帰さないけど」

そう言いながら松原さんはキーボードを叩き続け、提案書を大きく修正していた。気にかけてくれている松原さんにはとっても申し訳ないけど、私は本当に遠慮しているわけじゃない。今会社を出て一人になると、あまり考えないほうがいいことに思考を巡らせてしまいそうだった。少しくらい眠くても、仕事に頭を働かせているほうがいい。

だけどその集中力も、ヒソヒソと囁く声が聞こえてきたことで途切れた。声の主はタバコ部屋の常連である先輩二人組だ。

「……なぁ。あれからあいつら、一回も戻ってきてないよな」

「あぁ……まだ資料室にいんのかな」

「いるんじゃねぇ？　っていうか今、資料室って才川と花村以外に誰かいんの？」

「さぁ？」

「やばいよな。噂が本当だったとしたら、今頃……」

……ゲスだ。考えないようにしてるのに、やめてほしい。

あまりその会話を聞いていたくなくて、化粧室に行こうと椅子から立ち上がった時、駒田さんがやってきて先輩二人の肩を掴んだ。

「そんなに気になるなら確かめに行けばいいだろー？」

「えっ」

「見てもねぇこと想像であれこれ勝手言うもんじゃねぇぞ」

よくぞ言ってくれました！　心の中で盛大に拍手。案外駒田さん、良識のある大人じゃないですか！　と心の中で褒めたたえる。

肩を摑まれた先輩は、駒田さんを振り返りながら不満げに言う。

「えー、じゃあ駒田さん見てきてくださいよ。俺、とても目撃者になる勇気ないです……」

「行かねぇよ馬鹿、大先輩使おうとすんな！　こういうのはな、下の年次が行くって相場が決まってんだよ」

「……下の年次？」

あ。しまった。

慌てて視線をそらしてももう遅い。駒田さんと先輩たちのやり取りを気にしていた私は、席から立ち上がったままばっちり先輩と目が合ってしまった。

「行ってくれるか野波！」

ほらきた！

「いっ、嫌ですよ！　私だって目撃者になる勇気ないです！」

「そう言わずに！　ちょっとアホのふりして行ってきてくれ、空気読めない感じで！」

「嫌ですってば……！」

「行ってやれ野波。どうせそんないかがわしいことにはなってないから、先輩たちの疑いを晴らすためにも行ってやれ」

「そう言うなら駒田さんが行ってきてください！」

「だから大先輩を使おうとすんな！　ほらさっさと行け」

横暴だ……！

絶対に行きません！　と主張したものの聞き入れてもらえず、松原さんに助けを求めたものの、そこは助けてもらえず。かくして私はいろんな人の期待を背負って、資料室へと派遣されたのです。

深夜十時の廊下を歩く。遠くの扉付近にある照明と、窓から射す外の明かりだけで照らされるこの廊下は薄暗くて、更に私の気を滅入らせた。……本当に中から喘ぎ声が聞こえてきたらどうしよう。さすがにそれはないだろうと思いつつも、気が重い。

資料室は会議室を通り過ぎて更に奥にある。私は入社した日に松原さんに案内されたきりで、ここに来るのはまだ二回目だ。戦略課の人が統計や消費者データを探しに利用することが多いらしいけれど、営業はなかなか行く機会がないかもね、と教わった。まさかこんな理由で来ることになるとは……。

さくっと様子を見て戻ろう。軽く息を吐いて、大きな扉の取っ手に触れて、ゆっくりと押し開けた。

「……」

資料室の電気は点いていた。

耳を澄ますと、カタカタとキーボードを打つ音が聞こえる。そっと後ろ手に扉を閉めて、辺りを見回す。二人の姿はない。……一体どこに？

もっとよく耳を澄ましてみる。キーボードを叩く音は部屋の奥から聞こえた。つられてそちらに足を向けて歩き出す。部屋の奥まったところにある書棚には、新聞の縮刷版や年鑑といった分厚い資料ばかりが揃えられていた。埃っぽい紙の匂いに包まれていく。カタカタという音は次第に近付いてきて、私の侵入に気付いていないのか、その音は少しも乱れない。

ここだ。書棚の陰から、ちらっと顔を出してみた。

「………何してるんですか？　こんなところで」

私がそう尋ねると、壁際で座り込んでパソコンのキーを叩いていた才川さんは〝しー〟と口元で人差し指を立てて合図する。起こすなということだろう。

才川さんの肩では、花村さんが彼のスーツを被って寝息をたてていた。

才川さんは抑えた声で話す。

「誰かに様子見てこいって言われた？」

私はこくりと頷く。

「変な噂流れてるもんな。こんなに真面目に働いてるのに、心外だなぁ」

「……真面目に？」

ちらりと、彼の肩口であどけない顔をして眠る花村さんに視線を向ける。才川さんはそれに気付いて、〝あぁ〟と。

「かわいいでしょ、俺の奥さん」

そう言って、自分の肩に寄りかかる花村さんの前髪に唇を寄せる。……いつものわざとらしい演技だ。そう思うのに、こっちがちょっと恥ずかしくなってしまった。

まずい。

「……冗談に聞こえません」

「野波さんは勘が良さそうで怖いな」

「ほんとに、最初にご挨拶した時から冗談に思えなかったんです。どうしても他人に見えないっていうか……」

「夫婦は他人だよ」

「……ん？」

今なんて？　と問い返そうとして、できなかった。

才川さんが花村さんの前髪に唇を寄せたままで優しく目を細めたから。

あ。

やばいやばいやばい。待って。そんな顔しないで。

だめ。

「……ん？」

二人が並んで座っている前にしゃがみ込んだ。才川さんは不思議そうに私を見る。同じ高さになった視線が絡み合う。――松原さんの言ったことは、正しかった。睡眠不足でロクな判断なんてできやしない。

「……どうしたの野波さん」

「……面倒なことを言ってもいいですか。才川さん、私」

ほんとにもう、咬ませ犬なんてごめんなんだって、そんなことよくわかってるのに。

止められなかった。

「才川さんのこと、好きになってしまったかもしれません」

14　〇真相　才川夫妻の危機

本気の夫婦喧嘩は一度だけ。

*

あの資料室での深夜残業の翌週。旅館チェーンの予算付け替え問題は無事に収束した。木曜日（日付変わって金曜日）に先方に提出した資料で事細かに〝現状の新聞広告がどれだけ顧客獲得に貢献しているか〟〝これをすべてＷＥＢに回した場合どれだけの顧客を取りこぼすか〟を、シミュレーションを交えて説明した。役員はもう軽々しく「予算を全部ＷＥＢに突っ込め」とは言えなくなったらしい。それからダメ押しで才川くんが用意した、社長が入社当時に現場で携わった新聞広告も功を奏した。窓口の先方担当者の話では、その広告を見た社長は懐かしそうに目を細めて「この頃からのお客様を大事にしないとな」と言ったんだとか。

結果的に、この旅館チェーンのために広告枠を押さえてくれていた新聞社の担当に大損をさせずに済んだ。うちの会社のＷＥＢ広告担当だけが〝せっかく大口の売上が作れたかもしれないのに！〟とむくれていた。だけど、それも先週の部会で才川くんがＷＥＢ広告の事例発表をしたことで、部員が活発にＷＥＢ提案をしているらしく、なんだかんだ言われても感謝されていた。

一件落着。終電を逃がすような深夜残業もしばらくはないはずだし、今週は早めに帰って溜まった家事をゆっくりやっていこーっと。

そんなことを頭で考えながら〝よしっ〟と両手を握りデスクを見渡す。溜まっている書類はどれも処理が簡単なものばかり。時計をちら見する。ただいまの時刻、午後三時半。よし。六時には会社を出よう。そして今日は、スーパーに寄って才川くんの好きなものを作ろう。心に決めて、それとなーく今日は何を食べたい気分か訊きだそうと、隣のデスクを向く。

「才川く……」

呼ぼうとして、やめた。左隣を向くと、見えたのは才川くんの背中と椅子の背もたれだった。私に背を向けて彼は今、人と話しているところ。

前言撤回。一件落着。ただし一難去ってまた一難。才川くんと話しているのは、若くてかわいい新入社員の女の子。

「……飲みに？　俺と？」

「はい」

「サシで？」

「サシでお願いします！」

意外にも体育会系なノリで野波さんは力強く言った。柔らかなボブヘアーのふわっとした容姿とは少しイメージが違う。だめです。だめだめ。才川くんそういうギャップ、嫌いじゃないから……！

うるさい頭の中を無理矢理黙らせて、私は視線を才川くんの背中から剝がしてデスクの書類に戻す。無になろうと念仏の代わりにこの後の作業工程を唱え……ようとしたけれど、耳が会話に引っ張られる。

「了解。じゃあ、七時頃に出るか」

……了解してしまった……！

もう頑張れない。〝六時までに仕事を仕上げるぞ〟というさっきまでのやる気は急速に減退していく。野波さんは「はい、お願いします！」と緊張した面持ちで返事して、自分のデスクに戻っていってしまった。

椅子を回転させる音がして、才川くんがこちらを向く気配。私は渋々顔を上げる。

「……そういうわけだから、花村さん」

「……はい？」

「聞こえてたと思うけど、今晩は早めに野波さんと出るから」

……それは、晩ご飯は要らないってこと？

何それ。そういう家用の連絡はスマホにメッセージでくれればいいのに。

「はぁ、そう。……それ、私に何か関係ある？」

「いや、だから。花村さんも帰れるなら今日は早めに帰ったらいいよって。……なんか怒ってる？」

まるで何もわからないような顔で才川くんは言う。そのことにカチンときて、私はにっこり微笑んだ。

「いいえ、まったく。楽しんできてね」

才川くんは何も言わずに〝あ、そう〟という顔をした。

今日は一人で贅沢してやるんだから。家の最寄りのレストランで一人で良いものを食べて、帰りにコンビニに寄って自分の分だけダッツ買ってやる……！

そう決意すると心が幾分穏やかになって、私は自分のデスクへと向き直る。その時を見計らったように、才川くんが私のデスクに処理の必要な書類を置いた。あっ、仕事増えた！　と思うと同時に、左から耳打ちされる。

〝ほんとは起きてただろ、あの時〟

言われて左を見ると、才川くんはもうこちらを向いていなかった。彼自身の仕事を片付けるべく、メールの返信をしている。そのことにまたムッとする。言うだけ言っておいて。

「……」

ええ、起きていましたとも。

デスクに広がった書類に一つ一つ〝才川〟の印鑑を捺しながら思い出す。あの、いまいちすっきりしない、資料室での出来事を。

*

資料室で才川くんに迫られたあの時。

〝……本当にしちゃう？　ここで〟

〝俺たち、そろそろ同期以上の関係になってもいいんじゃないかな〟

〝キスだけじゃなくてさ〟

そんな言葉で体を寄せられ、内腿を触《さわ》られて。何事かと思ったけれど、冗談だとわかっていた。何を思って〝そろそろ同期以上の関係に〟って言ったのかはわからない。でも

〝ここでしちゃう？〟なんて本気なわけがない。さすがに才川くんが、そういうものを会社で持ち歩いているとも思えなかった。

だから私は、書棚の狭い隙間の中で後ろを振り返ったのだ。彼のほうを。また体が密着する。今度は正面で向かい合って。くっつくと身長差で、私はほぼ真上を向くことになった。彼の胸に手を置いて至近距離で目が合う。

「……同期以上にしてくれるの？」

彼の目は少し驚いていた。才川くんはきっと、会社で私がこんなことに応じるはずがないと思っている。

お酒の席でのキスは百歩譲って許せる。でも、仕事が差し迫った状況で、会社でそんなことするなんてありえない。才川くんは、そういう私の性格を知っているはずだった。

少し背伸びをして彼にキスをする。高い位置にある首に両腕を絡めると、才川くんの手は少し迷ってから私の腰を抱いた。ずっと上を向いていると首が痛い。薄い唇の隙間を舌でつつく。彼はまた少し迷ってから口を開いて、私が舌を吸うとガタッと肩を書棚にぶつけた。

「……大丈夫？」

結構痛そうな音がした。心配になって唇を離して尋ねると〝あぁ〟と返事して彼は、私の肩を押し離しながら、明らかに戸惑った顔をしていた。――珍しい。どうしてだろうと考えて、そう言えば、私からキスをするのはものすごく久しぶりだなと思った。

こんな時でも鋭利な瞳に、自分の顔が映り込む。冷たい瞳の中にある熱。ずっと見ていると理性が流されてしまいそうで、少し視線を下にそらす。すると口紅で汚れた唇に目が止まって、恥ずかしくなって。身動きが取りにくいほど狭いのに、私は思わず首に回していた腕を片方解いて、人差し指で彼の唇を拭っていた。

「……口紅ついてる?」

「うん」

「……」

私が薄い唇を触る間、才川くんは何を考えていたのか。綺麗に落ちた、と思って人差し指を唇から離すと、今度は彼に唇を奪われた。

「ん……ふ」

熱くて柔い唇の感触が気持ちいい。歯列の裏をなぞるキスは、いつかの朝の行為を思い起こさせた。そこで薄く目を開けると同じタイミングで彼も目を開けたので、才川くんもあの朝を思い起こしているんだと確信する。息遣いから欲情していることが伝わってきて、これが家ならなぁ……と思って目を閉じながら。――わかっていた。

激しいキスの途中で、唇は離れていく。

「……ごめん花村さん。がっついて」

仕事しようか、と彼は自分で自分の唇を拭いながら、反対の手でぽんぽんと私の頭を撫でていった。私は一人書棚の間で、自分の唇からはみでた口紅を指で拭う。

わかっていました。才川くんは避妊なしに私を抱くことができない。

「私、過去の新聞広告探すね」

「うん。頼んだ」

今の茶番にはどんな意味があったのか。結局わからないまま、私たちはそれぞれ仕事に戻る。デスクからノートパソコンを持ってきていた才川くんは、壁際にべたりと座り込んで腕まくりをした。すっかり作業モードだ。「テーブル使ったら？」と声をかけると、「今日は椅子に座りっぱなしだったから腰が疲れた」とおじさんみたいなことを言う。

何事もなかったように黙々と作業をした。私が資料室の中から使えそうな資料を見繕い、付箋を貼った書籍を才川くんのすぐ傍に積んでいく。彼はその資料の数値をグラフ化して、説明資料に落とし込んでいく。

終わりが見えてきた頃、私はつい、ウトウトとしてしまった。夜十時。いつもならデスクに置いてある辛いタブレットを食べて眠気を凌《しの》ぐ時間。

「もうすぐ終わるから、寝ててもいいぞ」

「……寝るくらいなら先に帰る」

「ダメ。今日はもうタクシーで一緒に帰ろう」

おいで、と肩に呼び寄せられて、〝あれ？　今のは家での口調かなぁ〟とわからなくなって。徐々に意識が遠のく。

ただ、深くまで眠りに落ちることはなかった。数分後。頬に接していた才川くんの肩がぴくっと揺れたことで私の意識は覚醒した。

「……何してるんですか？　こんなところで」

野波さんの声。あ、ちょっと恥ずかしいところを見られてしまった……。

私は照れ臭さで、起きていることを言いだせずに狸《たぬき》寝入りを続けた。自分の衣服ではない重みを肩に感じて、彼がジャケットを掛けてくれていることに気付く。

「誰かに様子見てこいって言われた？」

彼の肩に触れている頬から才川くんの声が振動で伝わる。寝たフリをしていることがだんだんムズ痒《がゆ》くなってくる。

「変な噂流れてるもんな。こんなに真面目に働いてるのに、心外だなぁ」

「……真面目に？」

真面目に？　と思った心の声が野波さんの声とシンクロする。ついさっきおどけた声で〝本当にしちゃう？　ここで〟なんて言っていた口がよくもまあ……！

言ってやりたい口がむずむずとするのをごまかし、自然な呼吸を心掛ける。すると、繋がりはよく見えないけれど、才川くんは野波さんにこう返事した。

「あぁ……かわいいでしょ、俺の奥さん」

さすがに声が出そうになった。前髪に何か当たったような気がしたけど、それどころじゃない。……奥さん⁉　今、奥さんって言った⁉　えぇちょっと何言ってるのこの人盛大に動揺するも、狸寝入りしているばかりに何もフォローできない。

……！

「……冗談に聞こえません」

……あ、冗談か。

「野波さんは勘が良さそうで怖いな」

「ほんとに、最初にご挨拶した時から冗談に思えなかったんです。どうしても他人に思えないっていうか……」

「夫婦は他人だよ」

「……ん？」

んんん……？

行き交う言葉についていけなかった。野波さんが、まさかまだ私たちの関係を疑っているとは思わなかった。最初に挨拶した時に〝本当に夫婦みたい〟と言われたことは覚えているけれど。あれからずっと疑っていた……？

「……ん？」

今度不思議そうな声を出したのは、才川くんだった。どうしたんだろう。目を瞑《つむ》っている私には状況がわからない。

「……どうしたの野波さん」

「……面倒なことを言ってもいいですか。才川さん、私……才川さんのこと、好きになってしまったかもしれません」

……。

才川くんの〝俺の奥さん〟発言には散々慌てふためいた私だけど、意外にもこの時は冷静な気持ちで。

お互い独身で通している以上、こうやって才川くんが告白されることはあるだろうなと予想していた。さすがにこんな形で現場に居合わせたことはないけど。

「……」

呼吸の音がする。

才川くんはどう返事するんだろう。私と結婚していることが明かせないこの状況で。こんな時でも〝花村が〟なんて言い出すのかな。それはちょっと……嫌だなぁ。

彼が口を開く気配がして――その時。

「野波ー！　無事かぁー？」

野太く大きな声が響いた。駒田さんの声だ。

それに乗じて私は、ピクッと驚き、たった今目を覚ましたという素振りで才川くんの肩を離れる。

「……」

その時の才川くんの疑わしげな目で〝これは寝たフリだったってバレてる〟と思ったけれど、あえて言葉にしない。資料室の中にずかずか入ってきた駒田さんは私たち三人を見下ろして、髭を触りながら大きな声で言った。

「野波がなかなか帰ってこねぇから、まさか二人に交じってヤってんじゃないだろうなって。みんな心配してたんだぞ」

「心配の仕方が最低です！」

負けずに大きな声を張る野波さんの顔は紅潮していた。

才川くんに好きだと打ち明けた野波さんの声は、揺れながらもはっきりと、一文字も有耶無耶《うやむや》にしない明瞭な声だった。駒田さんに邪魔されてしまったものの、その声はきっと才川くんの心に届いている。

もう一度ちらりと彼の横顔を窺《うかが》ってみたけれど、才川くんはすっかり会社での人好きのする表情に変わっていて何も読み取れない。

野波さんは言う。

「いかがわしいことにはなってませんでしたけど、肩枕でしっかりイチャイチャしてました」

え！

突然の告げ口に私が戸惑っていると、才川くんが弁解した。

「いやぁー花村の寝顔がかわいくて、起こせなくてつい……天使かなって」

「やだ才川くん、言いすぎ♡　恥ずかしい……」

そうおどけて返しながら、ドギマギする。

〝かわいいでしょ、俺の奥さん〟

演技で言ったことだとわかっていながら、初めて外で言われた〝奥さん〟という言葉に動揺していた。

「既に終わってしっぽりしてたとこかー」

「あはは」

「笑ってんな才川、否定しろ」

よく笑えるなぁ……。

自分に掛けられたスーツの皺を伸ばして埃を払いながら、私はやっぱり彼の考えていることが、よくわからなかったのでした。

*

六時を過ぎて、溜まっていた仕事は大方片付いた。パソコンの電源を落とし、すっきりとしたデスクをウェットティッシュでさっと一拭き。最後に才川くんに声をかける。

「才川くん」

「ん」

「私、お先に失礼しようと思うんだけど。大丈夫？」

「あぁ、うん大丈夫。ゆっくり休んで」

そう言って微笑む。今日はこの顔で、野波さんとお食事ですか。そうですか。

「お疲れ様です」

「お疲れ。また明日」

席を立ち、周りの人たちにも〝お先に失礼します〟と声をかけ、ボードの所へ歩いていく。〝花村〟の欄に〝帰宅〟のマグネットを貼って、何気なく野波さんのほうを見た。彼女は得意先相手か、電話を片手に楽しそうに笑っていた。もうすっかり営業さんだなぁと思う。松原さんの教育の賜物だろうか。

心配なんてしていません。これは別に強がりでもなんでもなく。

ただよくよく考えると、私たち夫婦は酷いもので。

・結婚していることを会社で公言できない
・結婚指輪を貰っていない
・ベッドは夫婦別々
・子どもをつくりたくなさそうな雰囲気
・頑なに一緒にお風呂に入ろうとしない

……まぁ最後の一個はアレですけど。客観的に見ると、なかなかな夫婦の危機なんじゃないでしょうか。

極めつけは一枚の紙。寝室にある彼のベッドサイドテーブルの、開《あ》かずの引き出しから出てきたもの。その紙を見つけたのは今年の三月。大学の卒業シーズン。結婚記念日が間近に迫ったある日のこと。その日、珍しく開かずの引き出しの鍵はかかっておらず、中が開け放たれていたのです。寝室の掃除をしていた私は、吸い寄せられるようにその引き出しの中を覗いた。中から出てきたのは、一枚の紙きれ。

〝離婚届〟でした。

15　○真相　才川夫妻の重要書類

才川くんが野波さんと飲みに行ったその夜。一人家路についた私は、家の最寄りのちょっと贅沢なレストランを前に数秒悩んで、結局入ることができなかった。ここのローストビーフは最高。おすすめで出してくれる赤ワインも美味しい。知ってる。すごくよく知ってる。結婚記念日のディナーに才川くんは必ずここを選ぶから。

スーパーに引き返してお惣菜《そうざい》を買う。アイスクリームのコーナーでダッツを一個買い物カゴの中に入れて、そこでも少し迷ってから、結局もう一個カゴの中に入れていた。

「……」

こんなちょっとしたことも後ろめたくなる自分って……！

染みついた忠犬根性に自分でドン引きし、二人で暮らすマンションに帰る。私の立場は、とことん弱い。

早く帰ってこないかなぁ。そしたら私は才川くんのスーツを受け取りながら「お帰りなさい」と言って、それからダメ元で「一緒にお風呂入る？」って訊くだろう。答えはわかっているのに性懲りもなく。いつかうっかり彼が「うん」って言う、ほんのわずかな可能性に期待して。


その晩、才川くんは日付が変わってから帰ってきた。

ガチャリと鍵が開く音がして、続く玄関からの物音で目が覚めた私は、ベッドの中から目覚まし時計に手を伸ばす。暗い部屋の中で時計のライトを点灯させると、時刻は深夜一時前。ちょうど終電で帰ってきたであろう時間。それだけ確認して時計を元あった場所に置き、布団を被りなおす。

程なくして才川くんが寝室に入ってきた。着替えを取りに来たんだろうと思った。起きようかな、どうしようかなと考えていると、一向にクローゼットを開ける気配がない。

……あれ？

不意に〝ギシッ〟とベッドが軋んだ。この状況、前にも……。性懲りもなく、期待に胸は高鳴った。

ワイシャツ越しに伝わる体温。自分より大きな体から少し体重をかけられて、苦しくなる。でも決して不快ではない重み。そのうち手のひらがそろりと私の頬を撫でて吐息を近くに感じた。――今日はほんのりお酒が香る。結構飲んだんだなぁ。野波さんはお酒強いのかな。

耳にかかった髪をさらりと指で流されて、耳に吐息がかかると、余計な考えはすべて流されていった。ぴちゃ、と彼の唇が開く音。

冷静に。冷静に。どうせまた「寝たフリすんな」なんて良い声で囁かれてしまうんだ……。今度は飛び上がらない。心に決めて、彼の言葉を待つ。

「花村」

……花村？

「っ」

耳の中に舌を入れられてゾクッとする。

「――かわいい、花村。好き」

どうして花村、と思う間もなく息を含んだ囁きは続く。舐めて、わざとチュッと音をたてながら。酔っ払ったように、少し舌足らずな甘い声で。

「好き、大好き。……花村。食べたいくらい好き」

「っ、あ……」

声が漏れそうになるのを自分の手で塞ぐ。もう起きてることなんてバレている。それでも彼の戯《たわむ》れは終わらなかった。

「……愛してるよ、花村。……めちゃくちゃに抱きたい」

「や」

「ナカがグチャグチャに泡立つまで何度も突いて。アンアン言わせて。〝もう無理〟って泣き叫ぶまでイかせまくって――子宮が下りてきたら、思い切り」

「んんっ……！」

体の芯に火をつけるような熱っぽい声。言葉はどんどん過激になって、もう……ギブアップ！

そう叫ぼうとした時、最後に囁かれる。

〝ナカに出したい〟

「ッ……！　酔ったフリしないでっ!!」

飛び起きてぼすっと枕を彼に投げつけた。才川くんはそれを簡単に受け止めて飄々《ひょうひょう》とした顔で言う。

「バレたか」

酔っているはずがない。彼はザルだ。結婚して七年、彼が泥酔しているところはほとんど見たことがない。

才川くんはほんのりとお酒の匂いをさせながら、ベッドから降りてネクタイを解く。

「起きてたんだな」

「起こされたの」

「起きてただろ」

「……」

「野波さんと何話したか、気になる？」

「……気にならない」

「あっそ」

意地悪く目を細めて、笑う。酔っ払ってはいないようだけど、お酒が入ってご機嫌の様子。楽しかったのなら良かった。何よりです。それにしたって許せない。

彼は最後に、冗談で言ってほしくないことを言った。〝ナカに出したい〟なんて。

「……才川くんちょっと」

「ん？」

「ここに座って」

そう言ってベッドサイドのランプを点けた。オレンジの薄明かりが広がって、才川くんの顔がさっきよりもよく見える。

「なに？」

自分のベッドの上に彼が座るスペースをつくる。すると才川くんは着替えを取り出そうとしていたクローゼットを閉めて、私のベッドに腰かけた。

「なんですか奥さん」

「才川くんの考えてることがよくわからない」

まっすぐ彼の目を見つめて真面目に言う。切れ長の目。深い色の瞳。正面から捉えれば何かが読み取れる気がして。でも、ダメで。

ふっと彼が会社の顔で微笑むから、掴みかけた何かは有耶《うや》無耶《むや》になって消えた。

「またまた。花村さんは先読みも素晴らしいし、とっても優秀で助かってるけど」

「そういうことじゃなくて」

「……みつき？」

「才川くん、ほんとに。最近特にさっぱり。まったく意味がわからない」

ベッドの上で姿勢を正している私と、中央に背を向けて腰かけながら、顔を私のほうに向けている彼。しばらく無言で見つめ合った。睨み合ったと言ってもいい。これはあのたった一回の、夫婦喧嘩の延長戦かもしれないから。

しばらくして、才川くんは私の目を見たまま言った。

「俺、不安にさせてる？」

私は首を横に振る。

「……じゃあ、寂しくさせてる？」

今度はどちらにも首を振らない。それは正直わからないのだ。ただ寂しい、とは少し違う気がして。だから正直にそう言った。

「……わからない」

「どうしたんだよ」

「最近の才川くんは、変」

「変？」

「会社には結婚してることバラさないって言ったくせに、結婚を匂わせるようなこと言うし。野波さんの前で〝俺の奥さん〟とか言うし」

「あぁ」

「子ども欲しくなさそうなのに酔ったフリしてあんな……あんなこと言うし」

「あんなこと？」

「……わかってるでしょ！　言わせようとしないで」

「ごめん」

謝って見せても、彼は絶対に悪いなんて思っていない。余裕のある表情から、本当のことを教えてくれる気はないのだと悟る。そう思うと気が抜けたけど、こんなに本音をぶつける機会もそうない。私は話を続けた。

「結婚指輪も貰ってない」

「うん」

「ベッドも別々だし」

「うん」

「何回もダブルベッドがいいって言ってるのに」

「なかなか諦めないよな、お前」

「お風呂も一緒に入ってくれないでしょ」

「それもなかなか諦めないよな……」

「言い続けたらいつか間違って〝うん〟って言わないかなって」

「言わないだろ。言っても間違いは間違いだから入らないだろ」

「うーん……」

おかしい。真面目に話しているつもりなのに、どうにも冗談っぽさが拭えない。これじゃいけないと思い、話題にあげるかどうか迷っていた一言を投げ入れる。

「離婚届」

「……」

「極めつけは、それです」

その一言で少しだけ、本当に少しだけ、才川くんの表情が固くなる。結婚記念日の直前に彼の引き出しから見つかったその紙は、彼にとっても記憶に新しいはずだ。

微妙な変化を読み取ろうと、私は視線をそらさない。

「………そうだな」

才川くんは肩を落として深く息をついた。

「そうやって聞くと、なかなか酷い夫婦だよな、俺たち。……っていうか、俺が酷い夫なのか」

「……」

「それでみつきは、何？　やっぱり別れたい？」

〝別れる〟という単語は、鋭利に尖って私の心をかすめていく。才川くんの口から発せられてその言葉は、何十倍にも何百倍にも研ぎ澄まされて痛かった。目と鼻の奥がツンとして、気を抜くとぽろっと泣いてしまうかと思うほど。――でも何の意味もない。

自分の膝の上に置いていた両手をきゅっと強く握った。伝えるべき言葉を頭の中で選りすぐって、開いた口から声にする。

「……だって、離婚届だよ」

「うん」

「そんなの見つけたら普通、〝もう気持ちが冷めたのかな〟って疑うし、信じろっていうほうが難しいでしょ」

「……うん」

「……でも少しも疑えなかった」

「…………え？」

〝別れたい？〟って訊く言葉も。離婚届も。

意味がない。

「私ね、才川くん。少しも疑えなかった。自分でもびっくりしたの。旦那さんが離婚届なんて持ってたのに、すごく自信があった。才川くんきっと――」

息を吸い込んで、はっきりと言葉にする。

「私に惚れてるでしょう？」

一瞬面食らった才川くんは、また会社での顔になって笑った。

「花村さん、照れるから」

だけどそんなことで逃がさない。ごまかさせてなんてあげない。私は声のトーンを変えずに言う。

「〝花村さん〟じゃなくて」

「……」

「〝才川みつき〟が好きでしょう？　才川くん」

傍《はた》から見れば馬鹿に見えるかもしれないな。事実だけ挙げれば酷い夫婦なのに、何を能天気に自惚《うぬぼ》れているのかと。だけど私には自信があった。

「私のこと大好きだよね」

「……前も思ったけど、ほんとすごい自信」

たった一つのことを除いて、才川くんのことは何もわからないと思っている。意味のわからない行動と言動。引き出しから出てきた離婚届。まったくもって意味がわかりません。七年も夫婦をしているのにさっぱり、彼の意図することは何もわからない。

ただ〝自分は彼に好かれている〟。そのたった一つの確信で、あの離婚届はただの紙きれだと思えた。

三月の、結婚記念日直前に見つけた離婚届。そこから始まった私たちの夫婦喧嘩が決着したのは、春になってから。

今年の四月一日のことです。

*

それを見つけたのは、春になって新入社員が入ってくるよりも少し前。三月の卒業シーズン。大学卒業と同時に籍を入れた私たちの、結婚記念日が間近に迫ったある日。休日だから気合いを入れて掃除しようと、私は寝室に掃除機をかけていた。それは、才川くんが掛布団をベランダに干しにいってくれている時のことでした。

寒がりだから冬はコタツから動こうとしないけれど、暖かくなってくると家事を手伝ってくれる才川くん。私が早々にコタツを片付けた時はすこぶる不機嫌だったけど、それも毎年繰り返していれば、もはや定番の流れです。とにかく私は、機嫌よく鼻歌なんて歌いながら掃除機をかけていた。

そしてふと気付いた。いつもは鍵がかかっているベッドサイドテーブルの引き出しが、開いていることに。私は吸い寄せられるようにその引き出しの中を覗き、出てきたのは、一枚の紙きれ。

「みつき、干せ…………あ」

なんだこれ、と思った。

離婚届を見つけた私を見て、才川くんが珍しく〝しまった〟って顔をするから、あぁここは怒らなきゃいけないんだ、と思って。怒るべき場面なんだ、と思って。

「……私、ハンコ捺せばいいのかな？　これ」

寝室の入り口に立っている才川くんに向かってぺらりとその紙を見せた。〝しまった〟という顔をしたということは、これは私に見つかってほしくないものだったんだろう。

才川くんは私の質問に、低い声でゆっくりと答えた。

「……捺したければ」

ふむ。

「そう」

それじゃあ、と私は離婚届をリビングに持っていき、テーブルに広げた。自分の通勤バッグから印鑑とボールペンを取り出して署名する。続いてスタンプ式の印鑑を、慎重に、ブレないように捺印。

少しも迷わなかった。〝才川みつき〟の文字の横にくっきりと真っ赤な才川の印。赤のインクがどこかに移ってしまわないよう、パタパタとはためかせて乾かす。会社でするのとまったく変わらない動きで。

そして、傍に立ってただ見ていた才川くんに離婚届を託した。彼は自然と手を出してそれを受け取る。とても静かな目をしていた。見つめると何かが読み取れそうで、でも結局何もわからない。それもいつものことだった。

「その紙は好きにして。あ、でも才川くんの印鑑は私が持ってるから、必要な時は声かけてね」

「……みつきはそれでいいんだ？」

いいわけがない。でも、いい。

「才川くんが私と別れられるって言うなら、いい」

〝あっそ〟と言って彼は、まだインクが乾いていないかもしれない離婚届を持って、部屋に戻っていった。

一見すると明らかに修羅場ですが、その日から私たち夫婦の関係が変わったのかといえば、実はそんなこともありませんでした。

翌日の会社でも。

「花村さん、請求書」

「封筒に宛名書いて送る準備してあるよ」

「ありがとう助かる」

仕事で顔を合わせるし、そもそも席が隣だし。避けるのにも限界がある。でもそれ以前に、特に険悪にもなっていなかった。何もかもいつも通り。

私たちのやり取りを見ていた駒田さんがいつものように声をかけてくる。

「花村はほんと優秀だなー。本気で俺の補佐にこねぇ？　ランチ代くらいなら毎日出してもいい」

「ほんとですか？」

ランチを毎日……！　言われて頭が勝手に試算する。まさか二人分のお弁当を作って持っていくわけにもいかないし、自分の分だけ用意するのも忍びない。残業でお互い遅い日が多いから、ランチは割り切って外食にしている。だけどそれも、平日五日間積み重なると馬鹿にならないのだ。

駒田さんの出した条件を〝なかなかオイシイ……〟と思っていることがバレたのか、才川くんが口を挟んだ。

「ダメですよ駒田さん、俺のです」

「……」

それならどうして離婚届？　と心の中で突っ込む。

「相変わらず花村にべったりだなぁ才川……」

私は駒田さんと才川くんのやり取りに困ったように笑う。いつも通りの〝才川夫妻〟。

家に帰っても特段変わったところはない。私が先に会社を出た日、遅れて帰ってきた才川くんからいつもと変わらない素振りでスーツのジャケットを受け取る。

「お帰りなさい」

「ただいま」

「先にお風呂？」

「いや、飯」

私はご飯を作るし、彼もそれを普通に食べた。さすがにアレかなぁと思って「一緒にお風呂入る？」とは訊かないし、極端に構ってほしがることはしないけど。いつもと違うことといったら本当にそのくらい。それ以外は七年間続けてきた夫婦生活と何一つ変わらなかった。

ただ、結婚記念日は何もなく過ぎた。いつもなら、才川くんはその日が近付くと三日くらい前に「夕飯行くだろ」と何気なく予定を確認してくる。別の予定なんて入れるはずがないのに。私はいつも少しだけもったいぶってみて「たぶん大丈夫」と答える。そのたびに才川くんは〝はッ〟と馬鹿にして鼻で笑った。そこまでが定番の流れだった。でも今年は綺麗に全部スルーした。

それだけがちょっと悲しかったけど、生活は何もなかったかのように続いていくから、わからなくなる。才川くんはあの紙をどうするんだろう。

このまま普通に、今まで通り暮らしていくことはできる。あの日私は開いた引き出しから、離婚届なんて見つけなかった。離婚届なんて、最初から存在しなかった。そう思い込むことも、できなくはない。でも才川くんの手元には、私の署名と捺印が施された離婚届が確かに残っている。それはきっと彼に、いろんなことを考えさせるはず。……まぁそもそも、なんで才川くんがそんなものを引き出しにしまっていたのかも、わからないんですけどね。

とにかく私は、もう少し待つことにした。

そして決着の日はやってきて、四月一日。

もしかしたら彼は有耶無耶にするつもりなのかもしれない。いつもと変わらない横顔で仕事をする彼を覗き見ながら、そんなことを思っていた。それならそれでいいのかな、とも。結婚記念日をスルーしてしまった私たちは、あれから数日間、一度も離婚届のことを話題に出さずにきた。

結局、何かの間違いかもしれないしね！　人からの預かりモノとか。誰かに〝代わりに市役所行って貰ってきて〟って頼まれたとか。……ないな。あまりに納得感がないし、あれは間違いなく彼が自分で貰ってきたものなんだろう。でも印鑑を寄越せと言ってくる気配もないし、離婚届を市役所に持って行った様子もないし……。

「……なに、花村さん。人のこと見つめすぎじゃない？」

おっと。横顔を覗き見していたつもりが、考えすぎていつの間にかガン見していたようです。私は反射的にありったけの愛嬌《あいきょう》で笑いかけた。

「ごめんなさい。見惚れちゃって」

「なにそれ、嬉しい」

「何時間でも見つめていられそう」

「花村さんに見つめられてたら、緊張で仕事にならない」

「穴開けてあげる♡」

芝居に乗って甘く笑う彼にニコニコと微笑み返す。いつもより甘さ三割増しの返答をして席から立ち上がった。お昼の十一時。部長が昼食に出る前にタバコを一服して、コーヒーを飲みたがる時間だ。

「部長にコーヒー淹《い》れてくるね。才川くんも飲む？」

「いや、大丈夫。ありがとう」

いつも通りのやり取りで、もう、いいかなぁと思えてきた。

給湯室で、ドリップポッドの前でカップにコーヒーが溜まるのを待ちながら考える。別に〝別れよう〟って直接言われたわけじゃない。私が印鑑を〝捺せばいいの？〟と訊いた時に〝捺したければ〟と返されたことは、少し寂しかったけど。

私に離婚届を見つけられることが彼の本意でなかったんだとしたら、忘れるべきなのかも。そうなると啖呵《たんか》を切って署名して捺印してしまったことが悔やまれる……。あんなこじらせるようなこと、しなきゃよかった。馬鹿みたいに「もぉー何よこれー！」って言って笑って済ませて……いやいやいや。それは正しくない。納得できなかったから私は、彼にあの紙を託したんだ。

お盆に部長用のコーヒー一杯だけを載せてオフィスに戻る。今日のコーヒー、すごく良い匂い……なんて思いながら、営業二課の奥にある部長のデスクへ運ぼうとした、その時。

才川くんの後ろを通り過ぎる前に。彼がぐい、と片方の手のひらを自分の肩の上で反らせた。何かを受け取るのを待つポーズ。

——え、今？　と心内で驚きつつ、私はコーヒーを載せたお盆を左手だけで持って、右手でスカートのポケットを探る。毎日使うソレは簡単にポケットの中から出てくる。

彼のデスクに目をやると、数日前に私が署名・捺印した離婚届があった。

「……」

〝才川くんの印鑑は私が持ってるから、必要な時は声かけてね〟

確かに私、そう言いましたね。右手の中の印鑑を、そっと彼の手のひらに預けた。そっと指先を剝がして、何食わぬ顔で部長のデスクにコーヒーを運ぶ。

「部長、コーヒー入りました。どうぞ」

「あぁ、ありがとう花村」

こんな時でも愛想よく笑えている自信がある。慣れって怖い。ずっと〝夫婦じゃないけど特別な二人〟を演じてきた。入社三年目で彼の隣の席になった時から比べれば、私はとっても芸達者になったと思う。

だけどそれだけじゃない。結婚八年目にして、私はとっても自惚れ屋になっていた。引き出しから離婚届を見つけた時、〝悲しい〟よりも〝苦しい〟よりもただ意味がわからなくて。しっくりこなくて。才川くんが私と離婚したいなんて、それだけはあり得ないと思うほどには自惚れていた。

空のお盆を脇に抱えてもう一度、才川くんの後ろを通る。その時、彼はまた何も言わずに紙を一枚、ぱっと後ろに手渡してきた。離婚届だ。

ちらりと才川くんの顔を見る。いつも通り。切れ長の三白眼からはやっぱり何も読み取れない。ただ、私がその紙を受け取った彼の右手は、小指側の側面が赤いインクで少し汚れていた。

「…………ふっ」

受け取った離婚届を見た瞬間、私は笑ってしまった。

思わずにやけてしまう口元を離婚届で隠した。こんな顔、誰にも見られちゃいけない。今の私は明らかに不審者だ。

後ろで、才川くんがバツの悪さをごまかすように頭を掻いている。それが振り返らなくてもわかって、余計におかしかった。――離婚届には。届出人の署名欄、妻の欄には私の名前が書いてある。その横には〝才川〟の印。私があの休日に、リビングのテーブルで捺したものだ。夫の欄には、何も書かれていない。

ただ余白に、ボールペンで書いた一筆と〝才川〟の認印が捺されていた。

〝ごめん、降参〟

四月一日。

私は賭けに勝って、また自惚《うぬぼ》れを強くしたのです。

「……結局、才川くんがなんで離婚届を持ってたのかはわからず終いだけど」

深夜一時を過ぎた私たちの家族会議も、そろそろ幕引きだ。ほろ酔いの才川くんにあれこれ言ってみたけれど、彼は何も答えてくれる気がないらしい。

才川くんは解いたネクタイを、向かいにある自分のベッドに放り投げた。

「それはみつきが〝別に教えてくれなくていい〟って言ったんだろ」

「うーん……。〝降参〟って書いてあったし、その時はまぁいっかって思っちゃって。〝仕方ないなぁもうっ……！〟ってなんか、あの時の才川くんかわいくて……」

「お前な……」

「大好きだもんね、私のこと」

「みつき。しつこい」

「才川くんが自惚れさせたんだよ」

彼は何か言い返そうとして言葉に詰まる。それはきっと、多少の心当たりがあるから。

「家では妙に距離を取ろうとするし、子どもとか結婚指輪とか、なぜかそういう夫婦らしいことは避けようとするけど。それでも、愛されてるなぁって思うもん」

「なんで」

「私と話す時空気が柔らかくなるでしょ」

＊

言ってみたものの、これって伝わるのかなと不安になる。

「才川くんは知らないかもしれないけど、話してるとだんだん目が優しく丸くなる」

「……」

「それに、会社の男の人のこと誰彼構わず牽制するし。そのためにあんな溺愛キャラまで演じちゃうし。最初こそびっくりしたけど、七年も経てばわかるよ」

「……何がわかんの？」

「恥ずかしいくらい愛されてるなぁって」

才川くんは私のベッドに腰かけたままで、視線をそらして居心地悪そうにしていた。だけど〝違う〟とも否定しなかった。私は彼に気を遣いながら言葉を続ける。

「大事なことはわかってるつもりなんだけどね……。わかんないことと言ったら、なんで家では淡白なのかってことと、なんで離婚届持ってたのかってことと。それからなんでベッドが二つなのかってことくらい」

あとなんで子どもつくろうってならないのかってことくらい、と小さな声で付け足した。

「……結構わかってないな？」

「でも愛されてる自信はある」

「うん……そうだなぁ……」

彼は肯定とも取れるようにつぶやいて、それからこんなことを言った。

「俺たち、早くに結婚したからな」

「……え？」

それって何か関係あるの？

訊きたかったけどそれよりも早く、才川くんの片方の手が私の頬を包んだ。

「自信があるくせに、なんで今日は〝わからない〟ってごねてんの？」

「……自信はあるけど疲れる。才川くんの言うこととかすることで意味わかんなくなって、信じられないくらいエネルギー使うの。結婚してもう七年も経つのに」

「……なんで？」

……なんで？

そう訊く彼の意地悪な顔に、いつか言わされた言葉を思いだす。気付いた時には遅かった。

「言わせないで」

「なんでそんな風になるんだ」

間近に迫っていた才川くんは、もう絶対に言わせるつもりの顔をしていた。

観念して小さな声でつぶやく。

「……好きだから以外ある？」

「ないな」

才川くんは満足そうに笑うと、私のベッドから立ち上がって隣のベッドサイドテーブルの別の引き出しを開ける。中から小さな箱を取り出して、銀色の正方形の袋を一枚つまみ出した。

私はぽかんとしてしまって一瞬反応が遅れた。

「……え、するの？」

「ダメ？」

「や、でもついこの間したとこだし……今から？」

朝目覚めたら抱かれていたことは記憶に新しい。後日一度だけダメ元で誘ってみたけど、〝ゴムを切らしてるから〟と断られてそれっきりだった。彼が二ヵ月も経たず、こんなに短いスパンで体を求めてくることは珍しい。……というか、結婚以来ない。こんなの戸惑う。

ギシッ、と彼の膝が私のベッドを軋ませる。座っていた私の上に、少しずつ迫ってくる。ネクタイを外したワイシャツ姿で。あまりに戸惑って若干後ずさってしまったけど、にじり寄られて距離はすぐに詰められた。

「抱きたいんだけど」

ダメ？　なんてまた訊かれてしまったら、ダメなんて言えるはずがない。黙っていると正面から唇を塞がれて、パジャマのボタンを上から外される。

「んンっ……」

少し強引な、唇を味わうようなキスだった。食んでくる唇の隙間から、漏れる息に交えて彼が言う。

「……一回だけにするから」

「……それも珍しい」

「なんで。……いっぱいシたい？」

「んっ、やぁっ……」

べろっとザラついた舌の感触で背筋が震えた。私が後ろに倒れそうになるのを背に回した手で支えながら、才川くんは、私の胸に顔を埋めて言ったのだ。

「……あともうちょっとだけ待って」

「………え？　っあ」

結局その晩、才川くんは何一つ明かさずに。

本当に一回だけ、これでもかというほど優しく私を抱いた。

16●真相　才川夫妻の馴《な》れ初《そ》め話

「ん…………」

体の節々が痛くて目が覚めた。気付けば、みつきのベッドにいた。

頭上に手を伸ばして彼女の目覚まし時計を探る。爪にカツッと当たったのを感じてそれを掴み、確認すると朝の四時前。体が痛いのは当然で、シングルベッドは二人で眠るには狭すぎる。よく落っこちなかったな、と思いながら腕の中の彼女を確認すると、とてもよく眠っていた。俺のシャツを掴んで、寝ぼけながら胸に頬ずりしてくる。

「……」

なんとなく離れがたいが、それでも離れなければいけない。

起こさないように最大限気を付けてそっと細い肩を押し離す。こちらを向いていたみつきを仰向けに寝かせて、ゆっくりと肩から手を剝がす。その間際、薄く開いた唇にキスを落とした。眠りの深い彼女はそんなことでは目を覚まさない。

体を起こして気付いた。自分の格好は帰ってきた時のワイシャツ姿のままだった。風呂に入らなければ。シャワーを浴びて、みつきが起きだす前に自分のベッドに戻らなければならない。

これまでずっとそうしてきたはずなのに。今日はなぜか、どうにも離れがたかった。

じっと寝顔を見つめる。

〝私のこと大好きだよね〟

〝……好きだから以外ある？〟

自信満々に言った顔と、悔しそうに頬を赤らめた顔を思いだし、さらりと前髪を撫ぜた。

会社では結婚のことを隠しているから、七年前に夫婦になったことを知っているのはごく少数。会社の人事部長と、総務担当。それから親と古い友人が数人ほどだけ。彼らでさえ、あんなに早く結婚を決めたのが俺のほうだと知ったら、驚くんだろう。

勝負はとっくの昔についていた。

＊

最初に出会ったのは大学三年の十月。

東水広告社の新卒採用説明会で、会議室に設置された二人掛けの机。俺の隣の席に座ったのがみつきだった。ニコニコと会釈をしてきたから、俺も合わせて会釈だけして、リクルートスーツに身を包んだ彼女を横目に見た。一つにまとめた髪とナチュラルメイク。他の就活生と変わらない姿。一目惚れをしたわけではない。ぴんと伸びた背筋に、ぼんやりと〝姿勢がいいな〟と思ったくらいで。特に会話をすることもなかった。

会社概要の説明があった後、先輩社員が登壇して自分の職種について語った。営業、マーケティング、クリエイティブ。見たことのあるテレビCMが、どういう意図で作られたものなのか。少し前に話題になったプレゼントキャンペーンが、どういう仕組みで話題化されたのか。実施する上でクライアントとどんな調整が必要だったのか。華やかに見える業界だけど実際は、裏でだいぶ泥臭い仕事もしているということ。残業もそれなりにあるということ。

その話を聞いている時も、隣の彼女はずっと姿勢正しくまっすぐ登壇者を見つめていた。前列に座る就活生のように、過剰に頷くこともなく、凛と。それが少し印象的で。ほんとにそれだけで、たまたま隣の席に座ったというだけ。本当だったら〝たまたま隣に座った名前も知らない子〟で終わるはずだった。

それで終わらなかったのは、先輩社員の話の後にグループワークがあったからだ。広告会社の仕事の一部を体感するために『百円のボールペンを売るためのアイデア』を近くにいた六人で考える。その前段として隣の人とペアになって、簡単な自己紹介と〝どうして広告業界に興味を持ったか〟を話す時間が設けられた。げ、と面倒に思ったものの、投げ出すわけにはいかない。就活生は人事担当者に言われるがままだ。

それほどここで力を入れる必要はない。適当に愛想よくやり過ごせばいい。周囲が少しの照れを滲《にじ》ませながら隣の席の相手と向かい合う。それに倣って俺も、彼女のほうを向いた。初めて正面からお互いの顔を見る。愛想笑いを浮かべて挨拶をした。

「才川です。よろしく」

「花村です。なんか……くすぐったいですよね、こういうの」

なんとなく幼い印象があったものの、相対した彼女の雰囲気は少し違っていた。ふわっとした前髪の下に覗いている目は大きく澄んでいる。見透かされそうだと思った。形のいい唇は、笑っているけれどしっかりと結ばれていて、意志が強そう。姿勢の良さと相まって、とても凛として見えて。

綺麗だな、と率直に思った。

「〝才川〟ってなんか、賢そうな名字。下の名前も訊いていいですか?」

「そう?　そうでもないと思うけど、ありがとう。下の名前は千秋です」

言ってから、次に彼女が言う言葉を想像する。〝素敵な名前ですね!〟と彼女は愛嬌のある笑顔で言うんだろうな。就職活動が始まってから、こんな風に初対面で挨拶する機会が増えて、そのたびにお決まりの自己紹介があって。本心かどうかはさておき、名前を褒められるこの一連の流れにうんざりしていた。でもそんなこと、俺は顔に出していなかったと思う。いつものようにちゃんと、嘘臭くないくらいの愛想の良さでいたはずだ。

みつきは俺の名前を褒めなかった。褒めずに、こう言った。

「……それは、なんと言うか……。呼ぶのにちょっと照れてしまう名前ですね……」

「……は？」

どういう意味だそれは。

一瞬けなされたのかと思った。けれど、なぜか照れている彼女の顔に悪意はなさそうで、どういうことだろうと一瞬考える。結論が出る前に彼女が言葉を繋いだ。

「私は花村みつきです。志望動機を話すんでしたっけ？」

「あ、あぁ」

さらりと下の名前を教えられて、それにコメントする間もなく次の話題。完全に彼女のペースだった。

花村みつき。柔らかそうで凛とした彼女の雰囲気によく合っていると思ったのに、伝える暇もなくて。いや、きっと言わなかっただろうけど。

「どっちから話します？」

「どっちでも」

「じゃあ私から話しますね。……と言っても、たいした志望動機じゃないんですけど」

初対面でお互いの志望動機を話すのも、就職活動におけるお決まりのパターンだった。

答えなんてだいたいいくつかの種類しかない。〝子どもの頃に見たＣＭが大好きで、それを制作したのがこの会社だと知って〟だとか、〝ＯＢ訪問で話を聞いた先輩に影響されて〟だとか。自分にとっては特別な理由でも、たくさんの中で並べられると同じカテゴリに分類されて、似たり寄ったりだと思われてしまう。

そんな中で。いまいちペースの摑めない彼女がどうしてこの業界に入りたいと思っているのかには、少し興味が出てきていた。何食わぬ顔で彼女の話の続きを待つ。

「社会に出たら、自立してしっかり生きていかなきゃいけないじゃないですか」

「……うん？」

「だからお給料が良くて、福利厚生の充実した会社がいいなと思って」

「……」

「あと私、どうにも飽きっぽいところがあるので。毎日同じ内容の仕事をコツコツやるのは向いてないと思うんですよね～」

「……」

それは今までにない回答ではあったが、あまりに即物的でコメントに困った。

なんだこいつ。夢見がちそうな外見とは裏腹に、超現実主義者じゃないか……。

「あ、才川くん今引いてるでしょ」

心を読むのはやめてほしい。おかしそうに笑う彼女は、決して人の気持ちに疎いわけではないらしい。自分の言葉を相手がどんな風に感じ取るのか、わりと正確に捉えている。

その上でとてもマイペースだった。

そのことに気付くとまた関心が膨れ上がって。ドン引きだ、とは言わずに質問をした。

「その動機なら、別に広告じゃなくてもよくない？　条件に当てはまりそうな業界は他にもあるし。わざわざこんな残業が多い……言っちゃえばブラックな業界に行く理由ある？」

彼女はなんと答えるだろう。膨れ上がる興味。

みつきはふいと視線をはずして、小首を傾げて考え始めた。こういう質問をされたことが今までなかったんだろう。十数秒ほど。彼女はよく考えて、それから口を開いた。

「……まぁ、人生一度きりですし。死ぬほど働いてみるのも悪くないかなって」

「……なるほど」

それはなかなか、悪くない動機だと思った。

納得したところで人事担当者が「そろそろグループワークに移ります」と案内をかけた。まだ俺は自分の志望動機を話していなかったが、特に進んで話したくもないので〝ラッキー〟と思って正面に向き直る。

隣で彼女が小さな声で言った。

「そう言うあなたは、実は結構ワクワクしてますよね。この仕事に」

「え？」

言われてみつきのほうを振り向くと彼女はニコッと笑って、正面に視線を戻した。

「……」

見透かされた気分だった。

お陰でその後のグループワークはちっとも身が入らなくて。『どうすれば百円のボールペンが売れるか』。与えられたお題は面白いと思っていたのに、頭がうまく働かない。隣で彼女が意見を言ったり、笑ったりするたびに胸がざわざわした。

元来俺は他人から〝何を考えているのかわかりにくい〟と言われるタイプだ。愛想よくもできるし、冗談も言える。だから取り立てて人付き合いに苦労した記憶はないけれど、付き合いの長い友達からも〝本当のところは何を思っているのかわからない〟と言われがちで。だから、珍しく何もかも見透かされているような感覚に落ち着かなかった。胸がざわざわする理由はそれだけだ。まさか会社説明会で、こんなにペースを狂わされるとは思わなかった。

そんなことばかり考えていたらグループワークの時間が終わった。六人で一つの回答を導き出したはずなのに、俺は、どうやって百円のボールペンを売ることになったのかさっぱり記憶にない。

彼女とはもしかしたら、この後に続く選考でまた顔を合わせることがあるかもしれない。そう思って、特に連絡先を交換することもせず「お疲れ」とだけ声をかけて席を立つ。みつきは一瞬じっと俺の顔を見て「お疲れ様でした」と言った。

そんな出会いだった。そこで終わっていれば、まあまああありふれた話。

説明会を終えてエレベーターで一階まで下りる。他の就活生たちの波に流されるようにして会社の建物の外へ出て、駅へ向かって歩きだそうとした時。

「ん……」

何かがコートに引っかかって、俺はそこから動けなかった。

「……花村さん?」

振り返るとみつきがコートの裾を摑んでいた。十月の夕方、少し肌寒くなった秋空の下で。ベージュのトレンチコートに身を包んだ彼女の顔は、少し興奮気味で。頰を上気させていて。走ってきたせいか、さっきまでの凛とした雰囲気とは違う。緊張した面持ちで口を開いた。

「才川くん。初対面でこんなこと言ったら、引かれちゃうかもしれないけど……」

「……はい」

この時点で、彼女の表情から何を言われるかは想像がついた。そこまで緊張しなくても。中高生じゃないんだぞ俺たちは。そう思いながらも緊張が伝染する。こっちまでムズ痒くなってきて、どんな顔をすればいいのかわからなくなる。

それなのに、彼女はあっさりと俺を裏切って、一人吹っ切れたように表情を変えた。

「才川くんのこと、好きになってしまったかもしれません」

——それが、あまりに可愛らしく、花がほころぶように笑うので。

「……あぁ、ほんとにな。ドン引き」

告白された後のことはあまりよく覚えていない。予想外の展開に頭の奥が熱を持って、余裕がなくて。

「ちょっと……ちょっと待って！　才川くん、なんっ……なんですか⁉」

初対面の彼女からの告白に〝ドン引き〟と返事をして俺は、彼女の手を引いて一人暮らしの自分の部屋まで連れ帰ってきた。性急な手つきで部屋の鍵を開けて、後ろ手に繋いでいた彼女の小さな手をグイッと引っ張る。前につんのめったみつきは土足で部屋にあがるわけにもいかなかったのか、慌ててパンプスを脱いだ。そしてバタバタと二人、慌ただしく玄関を抜けてまっすぐベッドまで。

正直なところこの時は、頭が沸騰していたので。

一秒でも早く彼女を自分のものにすることしか、考えていなかった。

「才、か……く……ひゃうっ⁉」

一体何が起こっているのか大混乱な彼女をよそに、纏《まと》っていたトレンチコートとリクルートスーツのジャケットを剝いで自分のベッドに押し倒した。合間に自分のジャケットも脱いでベッドの下に落とす。

細い手首を両手で押さえつけて彼女を見下ろして。清潔な白いシャツに、タイトな黒のスカート。意外と体のラインが出るその姿を一瞬だけ俯瞰《ふかん》して、すぐにその首筋に食らいついた。

「あっ……」

シャツのボタンを上から一つずつはずし、唇を肩へと滑らせていく。

「ん……やっ、待っ……待って！　こんな急にっ……」

「……怖い？」

「……怖くは……。っ、ふ……」

怖いと言われてもやめたくなかったから、そのまま唇を塞いだ。

「ん……んんっ……」

角度を変えて何度もその柔らかさを味わう。途中、微かに唇の隙間から漏れてくる甘い声に頭の奥が痺れた。それとさっき〝好きになってしまったかもしれません〟と言った唇の、甘いこと。

息苦しかったのか、彼女は背中に回した手でぱたぱたと俺の肩を叩いた。なんだろうと思って一瞬唇を離すと〝ぷはっ〟と息をして、酸欠で真っ赤になった顔と対面する。

「鼻で息しろよ」

「だっ……だってキスっ……突然するなんて思わな」

「口開けて」

「えっ……。っ、ん……！」

もう一度唇を塞いだ。今度は唇を食《は》みながら、舌先で唇の間を抉《こ》じ開けて侵食する。舌同士が触れた瞬間びくっと跳ねた体を抱き込んで、じたばたと抵抗する体を抑えつけた。

「ん……んんっ！　んーっ……！」

何か言いたそうにしていたけれど、舌を入れられたままでまともに発音できずに喉を鳴らして。それでもまだ、抱きしめている体は腕から抜けだそうと抵抗をやめない。非力な腕の突っ張りで精一杯俺の胸を押し離そうとしていた。……告白されたとはいえ。いきなり家に連れ込んだ上にこうまで抵抗されたんじゃレイプと変わんないよな……と思ったけれど。

触れるほどに〝欲しい〟という気持ちが頭の中を占拠して、どうしようもなくて。どうしようかな、と迷いながらキスを続けてへアゴムをはずす。ふわっと彼女の髪がベッドに広がる。頭の後ろに手を掻き入れて、そっとその長い髪を梳《す》いた。同時に舌を甘く吸いあげる。

「あ……ん……」

すると、じたばたと俺の下でもがいていた彼女がだんだん大人しくなる。大人しくなって、胸を押し返してくる腕の力が弱くなって。

それをいいことにもっと深く舌を伸ばした。自分の唇を開く動きで彼女の唇を押し開かせて、前歯の裏のずっと奥にある口蓋を舐める。彼女の体がゾクッと震えたのがわかって、もっと伸ばす。

「んんッ……！」

苦しそうな声がして、〝がっつきすぎだ〟と自覚しているのにやめられなくて。ふと、力をなくした彼女の手が俺の背中に回された。その手にきゅっと力がこもって、シャツの背中を摑まれる。驚いて口を離すと、彼女の唇はどちらのものかわからない唾液で濡れて光っていて。蕩《とろ》けた表情に視線を奪われた。

そして彼女は、俺の欲に拍車をかけるように言ったのだ。

「……キス、もっとして」

そこからは少しも躊躇わなかった。求められたのはキスだけだったが、そんなことも構っていられなかった。激しいキスをしながら、彼女の濡れそぼったナカを指でぐちゃぐちゃと掻き混ぜる。

「ふ、ん……んんーッ……！」

体が大きく痙攣して、ぐったりとベッドに沈み込む。仰向けになって髪を乱している姿はやけに艶っぽくて、さっきまでの童顔とのギャップもちょっと好きだと思ってしまった。……好き？　好きなんだろうか。今日出会ったばかりで？

どうにも陳腐さは拭えなかったけれど、体はもう止められない。……別にいいか。初めてってわけでもないだろうし。

沸騰した頭がまともに考えることも放棄して、俺は彼女の脚を押し広げ、自分の下肢を割り込ませた。彼女はもう何も言わずに、ただじっと俺の顔を見上げている。その眺めにもクラクラする。なんて目で見てくるんだろう、と思いつつ、指で散々ほぐした彼女のナカに自身を押し込んだ。

「っ……！」

少し挿れた段階で、違和感はあった。

今まさに突き上げようと少し引いた腰が静止する。

「……まさかとは思うけど」

「……はい」

見下ろした彼女の小さな口から、バツの悪そうな弱々しい声がする。

「……初めて？」

「……」

黙っているものだからそっと顔を上げて表情を確認すると、彼女は目にいっぱい涙を溜めて、手で半分顔を隠しながらこくこくと頷く。……まじかよ。

思わぬ答えに息をついて、それから。

「…………えっ。あッ、痛っ……！　んんっ……！」

面倒だな、なんて思うのは後で冷静になってからで、最中はそんなこと考えもしなかった。ただ彼女が処女だと知った瞬間、高揚感に襲われて。思わず陶酔の息をついて。俺の、という意識ばかり強くなっていって。

痛みを堪《こら》えるように爪を立ててくる彼女の耳に、唇を押し付けて囁いた。

「……力抜いて。もっと奥まで入りたい」

「ん……」

初対面相手に何を言っているんだろう、と思った。それでも欲しくて、たまらなくて。瞼《まぶた》や額、薄く涙がこぼれる目尻にキスをしながら、少しずつ奥へと腰を押し進めた。

「……全部挿入《はい》った。……つらい？」

訊くと彼女は、ふるふると首を横に振った。彼女は平気で俺に嘘をつく。俺を甘やかす嘘。都合のいい嘘を全部真に受けて、俺は動くのをやめなかった。

ゆっくりと腰を揺すり、胸にキスする。ツンと尖った胸の先を口に含むと、少しずつ彼女の口から甘い声が漏れだす。

「……っ、ぁ……んん……」

「……気持ちよくなってきた？」

「ん……才川くん」

「なに？」

「胸よりも口に……」

キスをたくさんねだってくる彼女がたまらなかった。

これは明らかによくないパターン。就活中に知り合った女と寝てしまうなんて、どう考えたって。同じような話を〝就活ラブだ〟なんて言ってゼミの奴が話しているのを聞いた時は、馬鹿だと思った。目的を見失っているし、就活でなんてどちらかが不採用になった瞬間、すぐに気まずくなって終わるに決まっている。

確かにそう思っていたのに、今一体自分は何をしているのか。泣きながらしがみついてくるみつきの上でそんなことを考える一方で、仕方がない、と思っている自分もいた。

花のように微笑んで〝好きかもしれない〟と言われた時の衝動は。

こんなに強烈に何かを欲しいとか、自分のものにしたいとか思ったのは初めてだった。

「あっ……あっ、あんっ！　やっ、あ、もうっ……やぁっ！」

自分の形を覚えさせるようにして何度も彼女のナカに突き挿れた。手に入れる術《すべ》をそれしか知らないみたいに。

「才川くん……！」

高く切羽詰まった、悲鳴にも近い声で名前を呼び、必死でしがみついてくる。甘い征服感に胸が満たされていく。彼女のナカがキツく締まって、俺のを飲み込むようにうねるたびに、心でも体でも求められている気がして、与えたくなって。

ゴムさえ取り払ってしまいたい欲を最後の理性で抑えつけた。

「はッ……………。ここに、俺のが入ってるのわかる？」

尋ねながら臍《へそ》の下に指を滑らせると「あ……」と感じた声を漏らした。それから泣きそうな顔で頷いて見せる。何から何まで煽るような仕草に腹が立った。しっかりと煽られている自分にも腹が立った。舌打ちして腰を打ち付ける速度を上げる。

「っ！　だめっ、才川くっ……激しっ……！　苦しいからっ、もうっ……！」

「っ……腹に力入れてるからだよ。……はぁ……っ、何度でもイっていいからっ……」

イって、と耳元で囁いた。そうされるのに弱いことに気付いて、試してみると効果てき面。彼女は俺の首に腕を回してぎゅっと引き寄せ、声にならない声をあげて達した。初めてでキツかった彼女のナカが余計に締まって、出してしまいそうになるのを堪えた。

首に回されていた腕の力が抜けて、くたりとベッドに落ちる。シャツの前ボタンを全部開けて、ブラもずれたあられもない姿。薄く目を開いて肩で息をするその姿に、まだ全然足りない、と思った。

一度彼女のナカから抜くとゴムには血がついていて、彼女が間違いなく処女であったことを物語る。笑ってしまいそうになるのを我慢しながら、上にたくしあげていたスカートのジッパーを下ろした。

「……才川くん？」

「腰浮かせて」

不思議そうに見上げつつも、従順に腰を浮かせる。俺がスカートを抜き取って、片方の脚を大きく抱え上げると彼女は目を丸くした。

「え……」

「俺はまだイってない」

「嘘っ……！　っあぁッ!!」

片脚を肩に掛けてベッドに座ったまま突き挿れた。初めての彼女を労わるとか、休ませるとかそういうことをしなかったあたり、ほんとに余裕がなくて、子どもじみたセックスだったなぁと後になって思うのだ。その後も俺は中枢が馬鹿になったみたいにまったくおさまらなくて、体位を変えて何度もみつきと交わり続けた。

初めて出会った彼女と、これで一生分じゃないかと思うほどのキスをして、突き上げて。それでもまったく自分のものになった気がしないから困った。


散々抱いて、啼《な》かせて。翌朝目覚めて腕の中の彼女と目が合った瞬間、やってきたのは盛大な後悔だった。――――やらかした。激しい自己嫌悪に襲われる。何が〝仕方がない〟だ。俺は犬か？　自分の理性があまりにクズだと知って絶望する。告白されて、なんですぐ抱こうと思った。他に何かあっただろ。断らないにしても、もっと他に穏やかな関係の始め方が何か……。輪をかけてバツが悪いことに、彼女は処女だった。面倒なことこの上ない。

「……才川くん」

「……おはよ」

気恥ずかしそうに名字を呼ばれて、どうしたものかと逡巡する。この状況をなんと説明しよう。もし「責任取って付き合ってください」なんて言われたら、なんて言い訳しよう。情けないことに、そんなことばかり考えていた。

するとすると彼女は、俺の胸をそろりと押し離して腕の中を出て行った。機嫌良さそうに口元を笑わせている。上体を起き上がらせて掛布団で胸元を隠しながら、ベッドの下に落ちている下着やシャツを片手で拾おうとする。

「……」

不思議な気持ちでそれを見ていた。どういうつもりなんだろう。何を思って、そんなに笑って。

「……なぁ」

俺は横になったままで、一生懸命服に手を伸ばすみつきの後ろ姿に声をかけた。こっち向け、と念じながら。

それが伝わったように彼女はこちらを向いて、ふにゃりと笑う。そして言う。

「大丈夫です、わかってます！　二度目は、ないんですよね」

大人の関係ですね、なんて無理して笑う顔にぐっときてしまって。

そんなことまで察するな。勝手に気持ちを読むな。昨日まで処女だったくせに何が大人の関係だ、と呆れながら。――愛しいかもしれない、なんて思ってしまって。

気付けば、ベッドの中から出て行こうとする彼女の腕を摑んで。尋ねていた。

「……付き合う？」

彼女は心底驚いた顔でこくりと頷いた。――彼女を自分のものにしようと、これからずっと苦心し続けることなんて、この時の俺はまだ知る由もなかった。

17 ●真相　才川夫妻の婚約

出会ったその日に関係を持ってしまった。そんな始まりにもかかわらず、みつきとの交際は順調だった。自分でも意外なことに、彼女と過ごすのは居心地が良かったのだ。

彼女はたまに俺の家に来るようになった。会社説明会の帰りにそのままスーパーに寄って、食材を買って手料理を振る舞ってくれることもあったし、休みの日にやってきて一緒に過ごすこともあった。

遠出をしたのは数えるほどだけ。俺が人混みを嫌がることを早々に察した彼女は、どこへ行きたいとか何がしたいとかいう希望をあまり言わなかった。人混みが嫌なのは確かなので正直有難かったが、まったく何も言われないと逆に気になる。

気まぐれに「行きたいとこないの」と訊くと、たいてい「特に思いつかない」と答える。それでもしつこく「本当にないのか」と訊くと、ある時は熟考の末に「水族館」と答えた。そして実際に水族館に連れて行くと、みつきは水槽に貼り付き目をキラキラさせていた。そんなに来たかったなら言えばいいのに。少しくらいわがまま言ったっていいんだぞ、と伝えようかと思ったが。その時、無脊椎動物の水槽の前で彼女がやけに楽しそうな声をあげた。「見て才川くん！　そっくり！」と言ってパイプに引きこもろうとする愛想のないエビを指さしたので「誰がそっくりだ」と否定していると、伝えたかったことは言い損ねてしまった。

ほとんどの時間を家で過ごしたが、始まりが始まりだっただけに、むやみに体を重ねるのはよそうと思った。最初に抱いた朝〝大人の関係ですね〟と言った彼女は、ともすればこの関係をセフレだと勘違いしかねない。勘違いした上でその関係さえも受け入れてしまいそうな危うさがあった。きちんと「付き合う」と言ったはずだが、念には念を入れて。俺はとても慎重に彼女に接していたと思う。

同じ部屋で過ごしていても、別々のことをしていることが多かった。俺がベッドで本を読んでいると彼女がローテーブルでエントリーシートを書いていたり、俺が筆記選考の勉強をしていると彼女が借りてきたＤＶＤを観ていたり。

稀に、彼女の隣で同じようにベッドに背をもたれて、一緒にＤＶＤを観ることがあった。そういう時が一番厄介で、途中、ウトウトとしたみつきが肩にもたれかかってくると、自分は試されているんだろうかと少し考えた。

真意を探るために「帰る？」と訊くと「帰ったほうがいい？」と訊いてくるから、「別に」としか言えなくて。自分の肩口で静かにテレビを見つめる彼女の、唇がやけに目につ いた。キスをしたほうがいいんだろうかと迷うけど、今テレビに流れているのはコメディ映画で。コメディを選んだあたり、彼女は別にそういう気分ってわけじゃないんだろうな、とか。肩にもたれているみつきは静かだが、時折ツボに入るようで小さく笑う。そのたび鎖骨にかかる髪がくすぐったくてかなわなかった。

「みつき」

「はい」

「くすぐったい」

「あ、ごめん」

言うと彼女は自分の髪が原因だと気付いて、すっと俺の肩から離れていった。別にどいてほしかったわけではないんだけどな……と思っていると、みつきは映画そっちのけでじっと俺の顔を覗き込んでくる。なんだ。

尋ねるより先に彼女が身を乗り出して、片膝を立てて座っていた俺の、もう片方、胡坐《あぐら》をかいていたほうの足の太腿に手をついて、ぐっと顔を近付けてきた。

それは一瞬の出来事だった。彼女が、唇の表面だけを突き合わせてきた。

なんの前触れもなかったし、何よりみつきからというのが意外で。俺は、目を閉じるとか抱きしめるとかそんな余裕もなく、しばらくフリーズしてしまって。

数秒後。唇を離した彼女は間近できゅっと変な形に口を閉じ、俺の顔を見た後、少し頬を赤らめながら気まずそうな顔で言った。

「……ごめんなさい。キスしたいのかなと思って」

気まずそうな顔は〝あれ、やばい違ったかも〟という顔だったらしい。……なんだそれ。

「……そんなことまでわかんの？」

「え？」

「すごいけどみつき、惜しい」

太腿に置かれていた手を引き寄せる。向かい合わせになるように彼女を自分の膝の上に乗せながら、思った。みつきの読みはすごい。だけど完璧なわけじゃない。そんな触れるだけのキスがしたかったわけじゃないんだ、と。

「ん……」


むやみに体を重ねるようなことはしなかった。

彼女がこの欲に気付いていない時にだけ、教えるように手を伸ばした。

あぁなんだ。始まりこそおかしな展開だったけど。案外ちゃんと、俺たちは段階を踏んで関係を築いていけそうじゃないか。

そんな風に考えていたのを、自分の手で打ち砕くことになったのは大学四年の六月。みつきと付き合い始めて八ヵ月が経とうとしていた頃、東水広告社から内定が出た。どちらか一方ではなく、二人とも。正直俺が一番心配していたのはそこだった。

〝就活中に付き合ったって、どちらかが不採用になった瞬間に気まずくなって終わるに決まってる〟

過去の自分の考えがブーメランになって自身を襲っていたのだ。選考が進んで、結果のメールを開くたびに走る緊張。みつきが通っていて自分は落ちていたら、やっぱりちょっと顔向けできなくなっていたと思う。やっとまともに築き始めた自分たちの関係に、そんなことで水を差されたくなかった。

だから、自分に内定の電話がかかってきた時は嬉しいより先にひとまずほっとしたし、その後みつきから内定が出たと連絡があった時は、心の底からほっとした。良かった。自分の心配は杞憂《きゆう》だったとわかって、それからやっと、第一志望の会社で働けるんだという実感が湧いてきて。ふつふつと、嬉しくて。ガラにもなくみつきに「二人でお祝いしよう」なんて電話口で言ってしまうくらいには、浮かれていて。

だからこの後やってくるどんでん返しには気付かなかった。

内定が出た日の夜。両手にはち切れんばかりのレジ袋を提げてきたみつきは、いつもより豪勢な手料理を振る舞ってくれた。ビールと酎ハイで乾杯をして、腹が苦しくなるほど食べて。選考中の笑い話や、入社してからやりたいことを語ったりなんかして。俺は少し饒舌《じょうぜつ》になっていた。二人して同じ会社で勤めるとややこしいこともありそうだが、それさえも些細《ささい》なことだと思っていた。いつもと比べて楽観的な自分。

だから本当に、それは不意打ちで。食事の片付けをして、二人分のコーヒーを淹れてくれたみつきは、俺の隣に座って信じられないことを言った。

「内定なんだけど……辞退しようかと思ってるの」

「……は？」

本当に驚いた声が出た。少しの酔いは完全に吹き飛んで、動揺を抑えつけて隣に顔を向ける。

「なんで」

内定が出たことを伝え合った時、みつきの声は嬉しそうだったと思う。家に来て一緒に祝ったみつきも、ついさっきまで嬉しそうにしていたはずだ。「辞退しようかと思ってる」と言った声も別段暗いものではなくて、いつものトーンだからなおさら、混乱する。

俺の疑問に答えようとする彼女は、暗くはなかったが言葉を探すのに困っているようだった。うーん、と考えながら宙に視線を彷徨《さまよ》わせる。しばらくすると自分の中でまとまったようで、口を開いた。

「私が大学を卒業したら、うちの家族はみんな田舎に引っ越すみたいで」

「……うん？」

要領の摑めない始まりに疑問符が隠せない。……家族が田舎に引っ越す？

付き合って八ヵ月ほど。まださほど深く知らない彼女の、家庭のことを聞くのもこれが初めてだった。

「ずっとこっちにいるものだと思ってたんだけど、この間初めて引っ越しの話を聞かされて。そしたら就職先も考え直さないといけないかなぁって」

「……家族についていくから？」

「ううん、その逆。〝好きなようにしていい〟って。てっきり〝実家にいてほしい〟って言われると思ってたんだけどね。お兄ちゃんが就職で出て行っちゃった時、両親とも寂しそうだったし」

「……好きなようにできるなら、なんで」

言いながら、兄がいたのか、と基本の家族構成を知る。まだ八ヵ月しか付き合っていない。でも八ヵ月一緒にいるにしても、自分は彼女のことを知らなさすぎた。同じく俺のことも、彼女は何も知らない。俺に妹がいることを彼女は知らないんだろう。だって言ってない。

あまりに心を読まれるものだから、それでいろいろわかるつもりになっていた。だけどそれはよくよく考えると、彼女が俺の内面をわかっているというだけの話だった。

なんでもない世間話のようなトーンで、みつきの話は続く。

「実家にいてほしいものだと思ってたから、〝それなら働くのも東京の会社がいいな〟って考えてて。でも、みんな田舎に引っ越しちゃうって言うし。〝好きなようにしていい〟って言われたら、別に東京の会社にこだわる理由もなくなっちゃって」

出会った時からみつきは現実主義者だった。実利的だし、家事のスキルといい金銭感覚といい、やたらと生活能力が高い。彼女の考え方は、どうやら育った家庭環境に根付いているらしい。一人でも自立して生きていけるように、変に甘やかされず大事に育てられてきたんだろう。どうりで物分かりがいいわりに、強《したた》かなわけだ。そういう意味では、みつきの両親は方針通りに娘を教育したと言えるんだろう。いや、でも。だけど。それでどうして。

「……なんで、それで内定を辞退するってことになるんだ？」

「あ、なんかうまく答えられてないね。えーっと……〝実家から通えるところ〟っていう縛りがなくなって、〝じゃあ自分はどうしたいんだろう〟って、最近また考えるようになって。それで、考えれば考えるほど……」

「……」

「私のこれからって、ものすごく自由なんだなぁって」

……頭が痛かった。

「そう考えたら、就職ってすごく良い機会でしょ？　新しい扉が開けそうで。いっそ、すごーく地方か、海外か。ずっと遠くまで行って働いてみるのも、いいかもしれないなって思って」

「……」

今こそ俺の気持ちを読んでほしかった。――いや、嘘。読まれなくて良かった。〝そしたら俺とのことはどうなるんだ？〟なんて思ってしまったことは、格好悪すぎて絶対に知られたくない。

出会った時、あの会社説明会で彼女が最初に言っていたことを思いだす。

〝あと私、どうにも飽きっぽいところがあるので。毎日同じ内容の仕事をコツコツやるのは向いてないと思うんですよね～〟

〝……まぁ、人生一度きりですし。死ぬほど働いてみるのも悪くないかなって〟

……言ってた。うん、知ってた。実利的でありながら意外と刺激も求めてるってことも、これから働くことに対して熱を持ってるってことも。

わりにしっかりしている彼女のことだから、遠くに行っても立派に生きるのかもしれない。俺なんてまったく関係のないところで、幸せに暮らしていくのかもしれない。――そう思うと、すぐに捕まえなければいけない気になった。

「……俺も大事な話があるんだけど、みつき」

「え、今？」

「今」

「唐突だね」

「聞いて」

「どうぞ」

「結婚しよう」

「……」

みつきは、理解できなかったのかきょとんとしていた。

俺は言ったそばから後悔していた。熟考の末でもなんでもない。完全に勢いで口から出てきた言葉。みつきを繋ぎ止めたいがためだけに出てきた言葉。自分がこんなに考えの浅い人間だとは思わなかった。

目を丸くしたみつきを見るとどうしようもなく頭を抱えたくなって、死にたくなって、こんなの俺じゃないって言いたくなって。「ごめん冗談」と言おうとした時。

みつきはまた、花がほころぶように笑って見せた。

「──はい。喜んで」

…………嘘だろ？

こうして、俺と彼女は付き合って一年経たずして結婚を決めた。

それは百パーセント、俺の焦りとわがままで決まった結婚だった。

18　●真相　才川夫妻の入籍

——ごめん、冗談。結婚は言いすぎた。

その言葉は喉まで出かかっていたのに、みつきが心の底から嬉しそうに「喜んで」と言うものだから、言えなくて。

「……いいのか？」

「え？」

「地方とか海外とか、考えてたんだろ」

この期に及んで俺は、結婚すると言った彼女が籍だけ入れてどこか遠くへ行ってしまう可能性を考えていた。冗談だと撤回したいくらいのプロポーズだったけど、繋ぎ止めておきたい気持ちは確かにあって。

みつきは笑って言った。

「いいの。才川くんのお嫁さんになるほうがずっと魅力的だもん」

……あ、ダメだ。冗談だなんて絶対に言えない。「結婚したら〝才川みつき〟になるんだね～」なんて照れ笑いしている彼女には、絶対に。口が裂けても言えないと思った。

それでも何度か言おうとしたのだ。勢いで言ってしまったことなんだと正直に打ち明けて、なかったことにさせてほしいと伝えようとした。結婚なんて一度も真剣に考えたことがないのに、現実になるのは想像がつかなかったし。こんなことで彼女の将来を貰ってしまうのは、責任が取りきれないと思った。自分には重すぎると。

当時のみつきとの付き合いが本気じゃなかったというわけではなくて。でも出会って一年も経たない間に、お互いのことも実際にはよく知らないで。あまつさえ〝行かないでほしい〟なんて幼稚な動機で。結婚なんてしていいわけがない。――でも言えなかった。言えなかった理由は、たぶんいろいろある。撤回したらやっぱり遠くへ行ってしまうんだろうなと思ったし、勢いでプロポーズしたなんて幻滅されてしまうかもしれないとも思った。

でも何よりも。

〝私のこれからって、ものすごく自由なんだなぁって〟

その自由を投げうって、俺と結婚するほうが魅力的だと言ってくれた彼女の笑顔を、嘘にしていいものか？　〝ごめん冗談だったんだ〟なんて言葉で濁らせていいものだろうか。言えなかった。勢いだけのプロポーズだったけど、嘘にしたくない、と切実に思ってしまうほどに。あの瞬間、彼女が迷わず自分を選んでくれたことが、本当は目の奥が熱くなるほど嬉しかったんだ。

そうこうしているうちに、みつきの両親に挨拶をしに行くことになった。十月の内定式が済んで、もう卒業式までしばらくスーツを着ることもないなと思っていたら。まさか結婚の挨拶で着ることになるとは……。普通に気が重い。

しかも相手はみつきの両親。摑みどころのない彼女を育ててきた親だ。なんとなくクレイジーな予感がする。正直とても行きたくなかった。みつきは「案外普通の両親だよ？」なんて言っていたけれど、信じられるわけがない。

そもそもこんな結婚、許してもらえるだろうか。学生結婚な上に出会って間もない。みつきは俺とのことをどこまで正直に両親に話したのか。まさか〝去年の十月に出会った〟なんて馬鹿正直に話してないだろうな……いや、話しかねない。考えれば考えるほど結婚を了承してもらえるとは思えなかった。いっそ認めてもらえないほうが、都合がいいかもしれない、なんて思ったりして。

ただ、出会って間もないしとか認めてもらえないほうがとか、いろいろと悩んだわりには。

「みつきさんのことを心から大切に思っています。結婚させてください」

何十回と考え直して結局シンプルになったその言葉は、すとんと自分の中に落ちてきた。

みつきの両親は本当に普通の人だった。恰幅《かっぷく》がよく、寡黙だけど目元の優しい父親と、小柄で品よく、慎ましく笑うみつきによく似た母親。どれだけ厳しそうな人たちに出迎えられるんだろうと構えていたから、最初に挨拶をした時は拍子抜けした。

ただただ善良そうな二人を前に、この二人が大事に育ててきた娘を自分は〝くれ〟と言っているんだと思うと、心臓がぎゅっと縮んだ。俺が親だったら、絶対にこんな結婚は了承しない。

だけど俺が頭を下げた後に、頭上から降ってきたみつきの父親の言葉は。

「好きにしなさい」

穏やかで、だけど威厳のある、背筋の伸びる声だった。

「みつきがキミを選んだなら、好きにしなさい。ただし籍を入れるのは大学を卒業してからにしてほしい。卒業した後だったら、自分たちの責任でなんでも好きなようにするといい」

妙に突き放すような、それでもそこに、娘への絶大な信頼があるような。

これは認めてもらったということでいいんだろうかと戸惑いつつ、俺は「ありがとうございます」ともう一度頭を下げた。それから隣のみつきを窺うと、父親の答えは予想通りとでも言うようにニコニコと笑っている。気楽なもんだな……と呆れて見ていたら、彼女のちらりと見えている耳が赤くなっていることに気付いて、なんとも言えない気持ちになった。

大切に思っているとか、ともすれば〝好き〟の一言すらも、みつきには言ったことがなかった。この日はきちんと言えたほうだ。ただ一つ、迷った末に「幸せにします」の一言だけ言えなくて。

そのまま昼食をご馳走になることになって、テーブルに移動すると厳粛な空気が一気に緩んだ。それを境に、みつきの母親はずっと我慢していたのか堰《せき》を切ったようにしゃべりだす。

「ねぇ才川くん、みつきからいろいろと聞いてはいたんだけど」

「はい」

……いろいろと？

外向けの笑顔を浮かべながら、嫌な予感がした。

「去年の会社説明会でこの子と会ったのよね？　一体どこが良くて付き合おうと思ったのかな～ってずっと気になってたのよー」

やっぱりバラしてた……。みつきを見ると、バツが悪そうでもなくてむしろ〝私も気になる！〟くらいに興味津々でこちらを見ていた。おい。

次に会う時は説教だと心に決めて、それを笑顔の下に隠し彼女の母親に向き直る。

「みつきさんがとてもまっすぐに告白してきてくれたので。それにほだされて、ですかね」

「あらやだ、みつきから告白したの？」

母親の問いかけにみつきは、照れながらも笑って〝うん〟と頷いた。

「そうなの？　……でも付き合おうって言ったのは才川くんからなのよね？」

「え」

「朝、ベッドの中で付き合おうってなったんでしょ？　〝やだすごいロマンチックー♡〟と思って聞いていたんだけど……」

違うの？　と彼女の母親は、みつきにそっくりな大きな目をパチパチさせて訊いてきた。

「……はは」

俺はごまかすように笑いながら、生きた心地がしなかった。〝え？〟という顔をしたみつきの父親からバッと顔をそらして、もう二度とそちらを向くことができない。

みつきを見ると前髪を片手で押さえて真っ赤になって黙り込んでいた。……お前がしゃべったんだろうが！

次に会う時は絶対に泣かせてやると心に決めて、なんとか話題をそらそうと奮闘した。

結婚の挨拶は（概ね）つつがなく終わりを迎える。幸か不幸か結婚の承諾を得て、それなりにみつきの両親と打ち解けることができた。帰り際、駅まで送ってくれるというみつきが支度してくるのを玄関で待ちながら、思う。自分の中での今日の評価は及第点。

早くも少し気が抜けていたところ、みつきの父親に声をかけられた。

「才川くん」

「はい」

「みつきのことはあまり甘やかさず、でも……幸せにしてやってほしい」

彼女の父親のこの言葉で、みつきがとても大事に育てられてきたことを改めて実感した。同時に〝幸せにする〟という言葉は、こんな風に言わされるのではなくて、自分から宣言するべきだったと、後悔した。

「……わかりました」

強めに頷く。

この時やっと、自分はみつきを妻にするんだという実感が湧いた。

そして、翌年の三月十八日。大学の卒業式の日。たまたま俺の通う大学も、みつきの通う大学も卒業式の日程が被った。

よくよく考えればこの日に急いで籍を入れる必要はなかったし、三月末まで二人の身分は学生だった。けれど卒業式を境に、彼女は住む家をなくすという話だったので。俺たちはそれぞれゼミの謝恩会の後に合流して、市役所の夜間窓口に行った。

手続き自体はあっさりしたもので、たった一枚の婚姻届で俺たちは夫婦になった。戸籍謄本を準備したり証人の署名捺印を貰ったりという手間はあったけれど、それでも提出する瞬間は一瞬で。

「……意外とあっさりしてたね」

「まぁ……そういうもんだろ」

「結構緊張してたんだけどなぁ……。なかなか寝付けなかったの、昨日。袴《はかま》の着付けで早起きしなきゃいけなかったのに」

　お陰で寝不足です、なんて言って口を尖らせているみつきは、ついさっきまでの花村みつきと何も違わないはずなのに。妙におかしくて、少し前を歩く彼女に声をかけた。

「才川さん」

「…………え？」

　遅れてみつきが振り返る。卒業式だったからだろうか。いつもより少しはっきりとしたメイクで、髪をアップにしていて。スプリングコートの下には謝恩会のドレスを着込んでいる。

　この後全部自分の手で解いていくのを想像する。

「ちゃんと、反応しなきゃダメだろ。才川みつきになったんだから」

「……あぁ！」

「自覚が足りないんじゃないか？」

　言ってやるとみつきは「ほんとだね」と照れるように笑った。

　花村みつきは、才川みつきになった。たったそれだけの、言葉にすると一行で済んでしまう変化。それだけのことがとてつもなく大きく、自分の世界を変えてしまうような、重大な、圧倒的に特別なことに思えるのは。どうしてなんだろう。

　自分のもの。

「……うちに帰ったらさ」

「初夜……!?」

「……」

いや、そこは読んじゃダメだろ。わかってても先に言っちゃダメだろ、この空気で。

あくまでマイペースな彼女に呆れた。ただ、彼女の読心術はなかなか鋭くて、言おうとしたことがあながち外れていないから、どうしたものかと。緊張した面持ちで確かめてきたみつきに、否定するのも馬鹿らしかった。

「……うん。新婚初夜だから」

〝朝までしよ〟と馬鹿みたいなことを囁いて、手を繋いで、自分のコートのポケットの中にその手を突っ込む。するとマイペースな彼女も大人しくなった。赤くなって小さな声で「朝まで……？」と尋ね返してくる。それには答えてやらない。

家まで帰る道で、これから始まる結婚生活のことを考えていた。彼女の父親に言われたのは〝甘やかさず、幸せにする〟こと。後から思い出すとこの言葉はなかなか深くて、これからずっと心の中に留まって道しるべになっている。自分の妻になった彼女と、どうやって付き合っていくべきか。

これからの計画を考えると、もしかしたら自分の気持ちを疑われることがあるかもしれない。みつきが、不安に思うようなこともあるかもしれない。

だから今日だけは、精一杯彼女を甘やかすことに決めていた。これから不安になる時があっても、今晩の記憶だけは彼女を甘やかすように。それからきっといろいろと我慢をすることになる、これからの自分のために。

家に帰りつくなり、後ろ手に玄関のドアを閉め、どちらからともなく軽いキスをした。唇を離すとみつきは照れ臭そうに目を伏せて、少し赤くなる。

思わず笑ってしまった。

「ほんとに今日、化粧濃いな」

「しっ……仕方ないでしょ！　普段のメイクじゃ袴に顔が負けちゃうしっ……」

似合ってないのもわかってるけど！　と怒りながら弁解するみつきに、つい気が緩んだ。こんな風に怒る彼女すら、今日から自分のものだということ。それがどれだけ信じられなくて、嬉しいことか。

笑って、スプリングコートごと彼女を抱き寄せる。鼻の頭を擂《こす》り合わせながら言ってやった。

「童顔」

「……知ってる！」

「みつき」

「なん……」

「しよっか」

「っ……」

真っ赤になって下を向き、それでも小さく頷いた。合意を確認するなり彼女の手を取って、ベッドまで手を引いて連れていく。スプリングコートだけを脱がせてベッドに寝かせた。

シーツの上に広がるレースの裾。ホルターネックのそのドレスは真っ白で、ウエディングドレスに見えないこともない。

「あの……ドレス、汚れるのはちょっと」

「大丈夫。最後は脱がす」

そう返事して肩にキスをした。みつきはくすぐったそうに笑って俺の頭を撫でる。

「……本当に夫婦なんだね、もう」

「実感ない？」

「まだちょっと。ほら、私童顔だし人妻感ないでしょう？」

「根に持つなよ……」

「あなた、とか呼んだほうがいいのかな」

「いや、それより名前だろ」

「……名前？」

「才川くんって呼ぶのはもうおかしい」

「えぇっ」

明らかに困った顔をされて、肌へのキスを中断する。名前を呼ぶくらい何を渋ることがあるのか。

「呼べよ」

「えっ……嫌だ」

むっとした顔で見つめても、みつきはきゅっと口を結んで頑なに拒む顔を見せた。なんだそれ。変なところで意固地な彼女は、ほんとによくわからない。

「……あッ」

黙って見つめ合っていたところ、不意に下肢に手を伸ばすとびくんと体が震えた。いつも以上の感度に触れた瞬間こっちが戸惑ったが、彼女も彼女で今日を特別に思っているのかなぁと思ったら、その反応も愛しかった。

名前を呼ぶまでやめないとか、そんな意地悪くらいしてやりたかったけど。今日はそれもちょっと違うような気がした。

感じた声を出したことを恥じているみつきの内腿を撫でながら、その耳に唇を寄せる。

「みつき」

「はい……？」

「好きだよ」

「っ……！　え、あっ……んんっ！」

言われたことが予想外だったのか、みつきは目を見開いた。その瞬間を見計らって中指を彼女の潤んだ穴の中へ押し込む。反射的に弓なりに跳ねたみつきの体を押さえつけてキスをした。

「は、っん……あっ、あぁっ……」

「ん……好き。勝手に俺の考えてること読んでくるところも」

「待っ……才川くんちょっと、止まっ……」

「俺に気を遣って、なんでも我慢しようとするところも」

「やぁっ……♡」

照れているのか、みつきは両手で自分の顔を覆った。それでもキュウキュウと指を締め付けてくるから悦んでいるとわかって、そんな姿に興奮を煽られていく。

気付かれないようにスーツのスラックスの前をくつろげる。みつきはもう充分に濡れていた。

耳の中を舐めながらそっと宛がう。

「やっ……耳やめて！　やだっ……ぞくぞくするっ……」

聴覚にばかり気を取られているみつきに余計に嗜虐《しぎゃく》心を煽られて、耳に唇を押し付けて囁き続けた。

「……みつき、顔見せて。好き」

「っん……そこで囁かないでっ……」

「好きだ……実は結構エッチなところも好き」

「っ……！　そんなことなっ……あぁん！」

油断しているところに突き挿れた。

急な挿入に彼女の体はガクガクと震えて、達したのだとわかる。それでも腰を振るのをやめない。

「っ、あ、あーっ……！」

「好き……すごく、好き」

言えば言うほど切実な気持ちになって、声はだんだんかすれていった。


それから何回したかわからない。

シーツの上にもベッドの下にもゴムの入っていた開封済みの銀袋。家に置いていたストックはもう一つも残っていない。

「……好き。みつき」

「っ」

好きと言いながら突くたびにびくんとナカが反応して、みつきの息が詰まるのがわかる。キュッと締めつけられ、遅れて自分の息が詰まって、出したい欲が高まっていく。みつきには言っていないけれどこの一回は。この一回だけは、俺はゴムを着けていなかった。

「好き。好きだ、大好き……」

「や、だ……耳元ッ、や、あッ……またイっちゃうからぁっ……！」

「初めてだな、こんなにイってばっかなの。……好きって言われるのそんなに感じる？」

「っ……面白がって、好きって言わないで……」

「言うか馬鹿。……思ってなかったら言わない」

「も、やぁっ……！」

このまま。

このまま中に出しても、夫婦なんだから、別に。

「みつき、好き」

了解を取る余裕もない。もう我慢できない。

——そんな時、一番奥に擦りつけた瞬間にみつきがぎゅっと首に抱きついてきて、息も絶え絶えに言った。

「は……私も、好きっ……好き。才川くん……大好き」

「っ」

その言葉が甘く響くと同時に、襲ってきたのは罪悪感。

好きだと言われたことで一気に射精欲が昂って、みつきの苦しげに開いた唇を乱暴に塞ぎながら、吐き出す直前に引き抜いた。

「あッ……！」

みつきの腹の上にかけてしまった自分のものを見て、全身の疲労感に襲われる。着けていなかったことをなんと説明しよう……と自分の下にいる彼女の顔色を窺うと、疲労で眠りこけていて。

「……」

着けないでして、結局中に出す勇気もない。これが一番情けない結果だと思った。

翌朝。起き抜けに昨晩の最後の一回のことを謝ろうとしたら、みつきは掛布団を奪い取ってそれに包まり、一向に話を聞こうとしなかった。

「……怒ってる？」

「怒ってなんか……怒ってなんかないけど！」

「じゃあなんなんだその反応は」

顔見せろ、と無理矢理に布団を剝ぎ取ると彼女は予想外の表情。顔を真っ赤にしてバツの悪い顔をしていた。……なぜ？

「……照れすぎじゃないか？」

初めてしたわけでもないのに。っていうか初めてした日の朝は、機嫌のいい顔をつくって笑っていたくせに。

彼女はバツの悪い顔のままでおずおずと口を開いた。

「……あのね、才川くん」

「うん」

「私、すっごいやらしい夢を見たかもしれない……」

「……どんな？」

嫌な予感がした。

「私、才川くんと、その……」

「なに」

「しちゃった。……着けずに」

……夢だったことになってる！

そうきたか！　と衝撃を受け、頭の中で必死に情報処理をする。夢だと思われているということは？　そういうことにしとけばいいのか？　死んでしまいそうなくらい照れているみつきの顔を見て、昨晩ティッシュと濡れタオルで拭いた彼女の腹のことを思いだす。

俺は苦し紛れに言った。

「まぁ……そのうちな」

「だよね！　……まだ早いよねぇ、昨日籍入れたばかりで」

「……」

罪悪感がすごい……。

ふにゃふにゃと笑うみつきが照れながらすり寄ってきて、その頭を撫でながら。新居のベッドは絶対に二台、別々に離そう、と決めた。それから一緒に風呂に入るのは絶対に避けよう、と心に決めた。

絶対にしないと心に誓うことばかりが増えていく朝。

〝才川みつき〟になった彼女の体を何度も愛して、もうこんなには二度と言わないと思うほど一生分、その耳に「好きだ」と囁き続けた初夜だった。

19●真相　才川夫妻の調教術

大学卒業と同時に結婚生活が始まって、少し遅れて社会人生活が始まる。

俺たちが入社した頃、配属の前に長めの新人研修があった。新入社員を会議室に集め、広告の基礎やプレゼンの仕方をみっちり教え込むという研修。朝起きて家で朝食を食べた後に、また会社でみつきと顔を合わせることになる。言葉を交わすこともあるだろう。

会社で毎日のように嫁と顔を合わせるって、どんな状況だ。そもそも、新人が既に結婚していて、しかも夫婦揃って同じ会社に入社してきたなんて、先輩社員の目にはどう映るだろう。二人して同じ会社に勤めることのやりにくさは、入社前から想像がついていた。

だから俺たちは、あらかじめ決めていたのだ。

籍を入れてすぐ。俺の一人暮らしの部屋から、二人で暮らす新居に引っ越した日のこと。俺はみつきに一つ提案をした。

「会社では他人でいよう」

「……他人？」

みつきは、俺が段ボールから取り出した卒業アルバムを手にぽかんとして固まっていた。

〝新入社員が既に結婚してるなんてきっと生意気に映る〟

〝変にやっかまれるのも馬鹿らしいし〟

それらしい理由を並べて、他人として振る舞うことがさも最善であるかのような口調で説得する。そういうことは昔から得意だった。

「うん。結婚してることは最低限、必要な人にだけ話して。みつきも旧姓で仕事してさ」

言って、ちらっと彼女の様子を窺う。前に一人暮らしの家に来た時は、今手に持っている俺の卒業アルバムを開いてはしゃいでいた。それを今日はただ手に持ったまま、不思議そうに目をパチパチとさせて。それから、こう言った。

「わかった。そうするね」

「……」

嫌だと言われるのかと思ったら、良い笑顔で返事をされて。〝あ、いいんだ……〟なんて少し気落ちした。まあまあ計画通りだからいいか、と思い直す。

計画。このマイペースな彼女を、少しずつこっちのペースに引き込むための計画。

・一つ、会社では他人のように振る舞うこと。

俺の目下の目標は、みつきを飽きさせないことだった。

家でも職場でも俺と一緒なんて、みつきはきっと飽きてしまう。〝毎日同じ業務内容は無理だから〟と言って広告業界に入ろうとしていた彼女だ。同じことの繰り返しに耐えられない彼女に、ずっとこちらを向かせ続けるためには、どうすればいいか。

そんなことに、ほんと、嫌になるくらい知恵を絞った。

四月になって、東水広告社に入社して。新人研修が始まると、俺は事前に取り決めたことを忠実に守った。会社ですれ違う時には必ずすっと視線をそらす。研修の中で二人が同じグループになることがあっても、みんなに笑いかけながらみつきとは目を合わせない。研修をしていた会議室の入り口で、たまたま鉢合わせてしまっても同じ。才川千秋と花村みつきは、たったの一度も言葉を交わさない。それは同期にしては少し不自然なほど、徹底的に。

最初こそみつきは〝オッケー! わかった!〟と言わんばかりに意気込んだ顔を見せて、与えられたミッションを楽しむような様子でいたから、俺は複雑な気持ちになりもしたが。効果はじわじわと現れた。目が合うことを避け続けるうちに、彼女は会社で俺に気付くなり自分からふっと顔を背けるようになった。ほんと嫌になるくらい従順で。みつきが顔を背けたのをいいことにその表情を窺うと、思わず笑ってしまいそうになる。もどかしそうな顔がたまらなかった。

すごく惚れてくれているらしい一方で、こちらの事情を察して離れていこうとする、物分かりがよすぎる性格。〝自分は自由だ〟と簡単に地方にでも海外にでも行ってしまいそうな奔放さ。俺の手の中にいるようで実はそうじゃないことがたぶん、気にくわなくて。ちゃんと自分の手の中に落として、ずぶずぶに離れられなくしてやりたい。彼女を心から大切だと思う裏にある、自分のそんな仄暗《ほのぐら》い感情にも気付いていた。その上で着々と計画を進めた。

・一つ、夜眠るベッドは別々にすること。

新居の寝室には新しいベッドを二台入れた。お陰で学生時代の貯金はだいぶ消耗してしまったけれど、必要経費だったと思う。

運び込まれたベッドを見て、みつきは言った。

「……才川くん？」

「ん？」

「ベッド、二台もいるかな？」

「え？」

「え？」

〝何言ってんの？〟って顔で見てやれば、〝そっちが何言ってるの？〟って顔で見返してくる。だからはっきりと言ってやった。

「いるだろ」

「いやぁ〜いらないんじゃないかなぁ……」

彼女の言い方がいかにも不満げで、おかしくて。つい笑ってしまいそうになるのを我慢する。〝会社では他人〟をあっさり了承したみつきが、それだけはちょっと嫌そうにしてくれて安心している自分がいた。

会社では目も合わせない。夜眠るベッドも別々。そんな日々が続いて、ある夜。それぞれのベッドで寝つこうとしていると、彼女が俺のベッドの中に潜り込んで、背中に張りついてきた。

暗闇の中で背中を抱きしめてきて、彼女は黙っている。

「……ん？　なに、みつき。どうした」

ベッドを別々にして一定の距離を置いた。俺が引いたその線を、彼女が勝手に越えてきたことが大きな進歩だと思った。付き合った日の彼女ならきっと。〝大人の関係ですね〟なんて割り切ったように笑って見せた彼女なら、きっと。引かれた線を従順に守って、こっちには入ってこなかっただろう。

ベッドの中に潜り込んできた彼女に、確かな手応え。どうして潜り込んできたのか。答えはわかっていたが、黙っている彼女に尋ねる。

「なに？　……寂しいの？」

強がりなのか、なんなのか。彼女は明確に〝寂しい〟とは言わなかった。

けれどこう言った。

「……結婚したのに、なんか遠いんですが」

「……そうだな」

返事をした俺の声は、もしかしたら少し笑ってしまっていたかもしれない。かわいかったし、嬉しかった。だけど後ろを向いて抱きしめ返したら、すべてが水の泡になる。伸ばしたくなった自分の指先をきゅっと我慢すれば、背中からは静かな寝息が聞こえてきた。

彼女は明らかに変わってきていた。少しずつ。じわじわと。もどかしいとか寂しいとかいう感情で、みつきが俺に落ちていく。——その密かな陶酔感の一方で。俺には一つ負い目があった。それはこの結婚が、完全に自分のわがままで結ばれた契約だということ。

勢いで決めてしまった結婚がいつまでも心に引っかかっていた。離れていってほしくなかったから「結婚しよう」と言ったのに、もし自分がそう言わなければ、みつきは今とはまったく違う人生を手に入れていたんだろうな、なんて。そんな当たり前の事実がすごく重くて。自分の勝手で彼女の未来を縛ったことに、漠然とした罪悪感があった。

いつか彼女が真面目にあの日のことを思い返して、〝あんなのはやっぱりおかしかった〟〝あんなノリで結婚なんて決めちゃいけなかった〟と思う時がきたら?

自分の手の中に収めたいと願いながら。彼女が〝別れたい〟と言う時がきたら、その時は素直に手を離さなければいけないと思っていた。必要ならいつでも差し出せるように離婚届を手元に置いて。買った結婚指輪を嵌めさせることもできずに。子どもをつくるなんてとんでもないと思いながら。幼稚な感情で結んでしまったこの夫婦関係は、みつきを縛るあらゆることを俺に渋らせた。

自分のことながら、なんだか随分弱気だ。

三年目になったタイミングで、俺とみつきは同じ部になる。

内示を受けた日、夕飯を食べながらみつきは「私異動するみたい！」と嬉しそうに話した。そう言えば自分も異動があることを伝えていなかったなと思いつつ、とりあえず彼女の話を聞く。

「へぇ。どこの部？」

「二課！」

「……」

え？　と聞き返しそうになったのを寸前で我慢する。

「……営業二課？」

「そう。松原さんが〝人が足りない！〟って前に言ってたから、松原さんの補佐かなぁ〜なんて、勝手に思ってるんだけどね」

「ふーん……」

俺に今日出た内示も、営業二課への異動だった。なんとなくみつきには黙っておくことにする。言わなくてもどうせ四月一日になったらわかることだし。

ちょうどいいと思った。この時、会社で他人のフリをする生活にみつきが慣れ始めていた。最初のようにベッドに潜り込んでくることもなくなって、いつも機嫌良さそうに働いて、家事をしてくれて。機嫌が良いのに越したことはないんだろうけど、単調な生活に飽きられたら終わりだ。

だからちょうどいい。今まで意図的に離れていた距離が強制的に縮まれば、それはまた少しの間緊張感をつくって、彼女の刺激になるだろう。……それくらいに思っていたのだが。

四月一日になってみると、予想していた以上に俺たちの距離は近くなっていた。物理的に。

「……」

異動に伴う席替えで荷物を新しい席に運ぶと、隣の席にはまだ誰もいなくて、荷物もなくて。まさか……と思っていると、当時向かいの席だった松原さんが俺に声をかけた。

「あぁ、そこ花村の席だから」

「……あ、そうなんですね」

隣かよ。

それでよくよく部長に話を聞けば、俺の補佐にみつきを就けると言う。それはさすがにやりにくいだろうと思って「同期なんですけどいいですか」とエクスキューズをつけたが、「何か不都合があるのか?」と返されて。そりゃそうだ。仕事なんだから同期だとか関係ない。

俺とみつきの夫婦関係を知る人事部長にも、配置ミスじゃないかと一応確認してみると、「まぁ、面白いしいいかなと思って」と返された。大丈夫かこの会社……。

同じ部になったと知ったみつきは恨めしそうに俺のことを見ていたが、隣の席だと知って、今度は状況が処理できないというようにぽかんとしていた。


そしてその日の夜。

「むりむりむりむりむり！」

家に帰るなり、エプロン姿の彼女が詰め寄ってきた。

隣の席で他人のフリなんてできるわけがない、と彼女は自信満々に断言した。

「今まで通りは、無理だからね」

「なんで」

「ドキドキするから」

「……」

それは正直なところ意外な答えだった。てっきり、他人のフリをしながら仕事をするのがただ大変なんだろうと思っていたから。ドキドキするんだ、と思うと、どうしても訊きたくなってしまう。

「……なんで？」

「……なんで、って」

あ、困ってる。

明らかに狼狽えているその顔に、絶対に言わせなければという気になって。風呂に入ろうとしていたのに気が変わった。戸惑う顔にすっと近付いていく。みつきは〝近い！〟と喚いたが、首元に両手を差し込んで、耳元で囁くと静かになった。

「……なんか楽しそう」

「っ……楽しくなんか」

会社での離れた距離に慣れきっていた彼女が、珍しく動揺してはしゃぐ。その様子は飽きとは程遠くて、安心する。

「なんでドキドキするんだ？」

「勘弁してっ……」

耳元で囁くとみつきは顔を赤くした。その表情の中にある妙な色っぽさに察しがついた。うなじまで真っ赤になった彼女は今、きっと前に抱き合った時のことを思い出している。前に愛し合ったことを思い出して、唐突に生まれた劣情に苦しんでいる。

キッチンに立っている彼女を不意打ちで後ろから襲ったのはもう二ヵ月以上前のこと。

それも結婚以来の計画の一つだった。
・一つ、簡単には抱かないこと。

絶対に慣れさせたくなかった。みつきに俺を意識させるのに、セックスはとても重要な要素だった。頻度の低い営みに焦れて、彼女は俺が傍《そば》にいてもいなくても、俺のことを意識する。もどかしそうに欲しがってくれる顔には興奮もしたし、安心もした。だから抱いてほしそうにされても期待には応えず、いつもタイミングをずらして不意打ちで仕掛けていた。

竹島からみつきとの関係を訊かれた時、俺は〝夢の中で三回は抱いた〟とおどけて答えた。それもあながち冗談じゃない。抱きたくないわけじゃないのに二ヵ月も三ヵ月も我慢していれば、そりゃ夢にも出てくるよなって話で。みつきを飽きさせないための計画で、俺は自分にも勝手に我慢を強いてきた。それはなかなかにしんどい我慢だった。

だけどそんな馬鹿なことにも、ちゃんと意味があったと思う。腕の中に捕まえた彼女に「なんで」と、ドキドキする理由をしつこく尋ねると、彼女は耐えかねたように怒って「好きだから以外ある⁉」と叫んだ。

そうか。好きか。

それなら我慢してる甲斐があるよと、勿論言葉にはしないけど少し口が緩んでしまう。代わりに「やっぱり楽しそうだ」と言ってやった。

そして翌日、新たに思いついた作戦を実行した。

「花村さん、俺のタイプど真ん中なんだ」

白昼のオフィスでみつきの手を握り、周りによく聞こえるように言った。一帯がざわっとどよめく中で、みつきだけがぽかんとしている。

すごく馬鹿なことをしている自覚はあった。彼女を飽きさせないためだけに、こんなことまでしてしまう自分が、少し怖い。けれどおくびにも出さずに周囲に笑って見せる。

「すみません。なるべく我慢しますけど口説くかも」

そう言ってから、ずっとぽかんとしたままのみつきの耳に〝ドキドキしてていいよ〟と囁く。ようやく意図を理解した彼女は頬を赤らめて、困ったように口を変に結んだ。

（ドキドキしてろ）

心の中で、本当はそう思っていた。


そうして始まった〝同期の花村を溺愛する才川〟という設定は、その後五年続いた。いつ頃からか〝才川夫妻〟と揶揄《やゆ》されるようになったり、俺が一方的に迫るだけの関係から彼女も慣れた返事をするようになったりして、関係を少しずつ進展させて。

会社ではベタベタに甘やかしておき、家では素っ気なく振る舞う。これが効果てき面で、彼女の心が毎日グラグラと揺れるのが手に取るようにわかった。同時に、彼女は俺のことがよくわからなくなっていった。

夫婦でいれば、夫婦になっていけるような気がしていた。勢いでしてしまった結婚の負い目も、ちゃんとみつきの意識を自分に向けて時が経てば、いずれ気にならなくなるだろうと思っていた。七年も経ったんだ。さすがにもういいだろ。

結婚八年目の記念日に、今まで渡せなかった結婚指輪をみつきに渡そうと思っていた。指輪はずっと寝室に、ベッドサイドテーブルの引き出しに鍵をかけてしまってあったので、結婚記念日が間近に迫った休日、そっと開いてリングケースの中を確かめた。七年間人の肌に触れてこなかったその指輪は黒ずむことなく、まっさらなままだ。

これを渡そうと決めて、リングケースを引き出しの奥にしまいなおす。ちょうどその時スマホが鳴った。相手は新聞社の営業担当だった。休日にまで……と思ったが、きっと週明けの広告掲載に何か問題があったんだろう。そのまま電話に出る。

「——はい、才川です。……いえ、大丈夫ですよ。どうしました?」

スマホを片手に持ちながら俺は、引き出しをきちんと閉めたつもりだった。

結局、電話の内容にそこまで問題はなくて、ただ広告の掲載面が移動したという報告だった。やれやれと思い、みつきに布団を干すよう頼まれていたことを思いだす。ベッドの上の掛布団を抱え、ベランダに向かう。

——開けっ放しだったらしい引き出しの中で、離婚届だけをみつきに見つけられてしまったのは、本当に間の悪い偶然で。

寝室に戻って、掃除機を脇に抱えたまま離婚届を手にするみつきを見た時は眩暈《めまい》がした。適当にごまかせばよかった。だけどこんな時に限って言葉が出てこない。

そうこうしているうちにみつきが口を開いた。

「……私、ハンコ捺せばいいのかな？　これ」

どくん、と、心臓が大きく脈打つ。

みつきは泣くでもなく、怒るでもなく、ただ凛とこちらを見ている。

「……捺したければ」

「そう」

短く相槌を打つと、彼女は離婚届をリビングに持って行ってテーブルに広げ、必要な箇所を記入して印鑑を捺した。迷いのない動きで。

なんでこうなった……。

うんざりしている間にも、嫌な心臓の音が鳴りやまない。みつきは捺印した部分のインクを乾かすように離婚届をはためかせ、それを俺に手渡した。

「その紙は好きにして。あ、でも才川くんの印鑑は私が持ってるから、必要な時は声かけてね」

「……みつきはそれでいいんだ？」

がっかりしたなんてもんじゃない。

彼女のあまりの潔《いさぎよ》さに、〝俺の七年間はなんだったんだろう？〟と苦しくなった。これじゃあ何も変わらない。出会ったあの日に「大人の関係ですね」と言って離れていこうとした彼女のまま。あの時の関係のままだ。

やっぱり、勢いだけの結婚は二人を夫婦にはしてくれなかった。こんなに簡単にくっついたり離れたりできるような結びつきで、どうして指輪なんて渡せるだろう。〝俺の〟だなんて言えそうにもない。あと一体何をすれば、彼女は自分のものになるんだろうか。

痛む心臓に苦々しさが顔に出そうになるのを堪《こら》えていると、みつきが質問に答えた。

「才川くんが私と別れられるって言うなら、いい」

「……」

それは突き放すようでいて、どこか絶対的な信頼を含んでいる気がする言葉だった。同じようなニュアンスの言葉を聞いたことがある気がして、すぐにそれが、みつきの父親の言葉だと思い至る。みつきが選んだのなら、結婚でもなんでも好きにすればいいと。そこにあったのは、娘は間違えないだろうという信頼。

じゃあ今のみつきの言葉には？　〝私と別れられるって言うなら、いい〟という言葉に、含まれていたものは何だ。それは。


〝絶対に別れられないでしょう？〟と彼女は、そう言った？

確信が得られずに「あっそ」と言って寝室に戻った。結婚指輪の残った引き出しにとりあえず鍵をかける。手の中にある離婚届は、どうしようか。やっと捨てられそうだと思ったのに。こんな一枚の紙きれをなかなか捨てられなかったばっかりに、よっぽど厄介なものになって手の中に残ってしまった。

　修羅場と言ってもいいようなやり取りの後、みつきの様子は普段と何も変わらない。会社でも安定の先読みで仕事に滞りはないし、家で作ってくれる飯もいつも通り美味しい。

　ただ、いつも必ず「一緒にお風呂に入らない？」と訊いてきたくせに、それは無かった。甘えたそうにする様子もない。そのまま、結婚記念日も何でもない日と同じように過ぎてしまった。それでも彼女からは何も言ってこなかった。

　離婚届のことにみつきのほうから触れてくることもない。あくまで〝委ねた〟というスタンス。ともすれば、俺がこのまま離婚届のことを有耶無耶にして振る舞っても笑って見逃してくれそうな気さえした。

　でもそれでいいだろうか、本当に。言われたことと委ねられたことの意味を考える。彼女が何か答えを待っているのだとしたら、俺はちゃんと考えて回答を出さないといけないんじゃないのか。

　たとえば、この離婚届に自分も署名・捺印して。両親に証人印を貰って、市役所に提出に行くとして。

「……」

　委ねられた離婚届を肌身離さず持って、家でも会社でも同じことを考えていた。

　ずっと自分で隠し持っていた離婚届を彼女のほうから突きつけられて、わかったことは一つだけ。

——あぁ、全然無理。

いつか別れたいと言われた時は手を離さないといけない。縛るように指輪を嵌めさせることもできない。子どもなんて、できてしまったらもう後戻りできなくなる。——そんな風に思っていたはずなのに、もう、とっくに手放せなくなっていたことに気付く。

彼女が今更なんと言ったところで、もう無理なのだ。どうしたって手放せない。離婚届には〝降参〟と書いて、みつきから受け取った印鑑で認印を捺した。そもそもあんなに重要な書類、スタンプ式の印鑑が有効なわけがない。今思えば、それも承知の上でみつきは簡単に印鑑を渡してきたのかもしれないけど。それでも俺の負けに違いなかった。背中から、なんの効力もない離婚届を受け取ったみつきが笑う気配。かなわない、とひどく悔しい気持ちになって、それも今回は仕方ないと目をつむる。

年貢の納め時かもしれない。どれだけ自分で〝あのプロポーズだけは無かった〟と悔いていても、自分たちは七年前に結婚しているのだ。俺は今度こそ、ちゃんと彼女の人生を貰《もら》い受ける覚悟を決めるべきかもしれない。自分のデスクで頭を掻きながら、そんなことを考えていた。

勝負はとっくの昔についていた。それをつい最近になって、やっと認めることができたのだ。そして追い討ちをかけるように今晩、みつきは言った。何を考えているのか全然わからないと言いながら、それでも確信を持って「私のこと大好きだよね」と。俺のことでわけがわからなくなって半泣きになりながら、恋をしているような必死さで「好き」だと。

自分のほうを向かせたくて、切なくさせてしまうようなこともたくさんしてきたのに。絶対的な信頼で想ってくれている。彼女にこれ以上何を求めることがあるのか。

＊

シャワーを浴びて、タオルで髪を拭きながら寝室に戻ると、もう一度彼女のベッドに腰かけた。顔を覗き込む。みつきは疲れたのか、呼吸で胸を上下させてぐっすりとよく眠っている。

「……」

すり、と頬を手のひらで撫でた。いつまででもこうしていられそうだな、と思う。

さっき一度だけ抱いたら、誘った瞬間彼女は〝ついこの間したとこなのに？〟と目を丸くしていた。前にした時から一ヵ月も経っていなかったから、意外だったんだろう。俺のせいだけど、みつきはその辺の基準がだいぶ変になっている。〝今日は我慢できなかった〟なんて絶対に言えない。

思えば絶対に言えないことばかりだ。告白された瞬間の笑顔があまりにかわいくて、欲しくてたまらなくなって衝動的に抱いてしまったことも。みつきが遠くへ行こうとした時、〝俺とのことはどうなるんだ〟と無性に寂しくなってプロポーズしてしまったことも。結婚してからもずっと欲しくて、七年もの間いろいろと知恵を絞り続けたことも。

絶対に言えないし、言ってもみつきは戸惑うだろう。何度も虐めてきた裏で考えていたことが、実はこんなにも情けないことだと知られてしまったら。もう何をしたって格好つかないじゃないか。

ほんとのことは口が裂けても言わないし墓場まで持っていく。もう決めていた。自分の勝手で貰ってしまった人生だから、絶対に退屈なんてさせない。マンネリなんて無縁の結婚生活にするんだと。よぼよぼになっても彼女を一喜一憂させるような、そんな夫になるんだと。そのために摑みどころのない男でいるんだと。

みつきは一生知らなくていい。

死んでも言えない。それはあの離婚届の一件の後、今日までずっと準備をしてきたこともそうだ。それを明日、実行に移したら。彼女はどんな顔をするだろう？

できれば告白してきてくれた時みたいに。

結婚を承諾してくれた時みたいに。

笑ってくれればいいな、と思う。

20　証言⑦　あなたの愛する人

さぁ皆さん、なじってもいいんですよ。

なんのことか思い出せませんか？　言ってもつい最近のことです。私、新入社員・野波由佳が先週の深夜、資料室でやらかした愚行のことですよ。

〝才川さんのこと、好きになってしまったかもしれません〟

言った瞬間、花村さんの頭を肩に乗せて床に座っていた才川さんは、目をパチパチさせて驚いた顔をしていた。何か、返事をしようとしていたのかどうかはわからない。結局私の告白は、駒田さんの乱入によりなあなあになってしまったから。

あの直後。私は心の中で叫びました。

死ねぇぇぇぇぇぇぇ!!

うわぁぁぁぁ自分死ねぇぇぇぇぇぇぇ!!

自分がこんなにも愚かだとは思わなかった。会社に気になる男女がいて、気になって気になって仕方がないから追っかけて調査して、そしたら男のほうを好きになっちゃいました？　馬鹿じゃゃん！　すっごい馬鹿な奴じゃん私！　あれほど咬ませ犬はごめんだとか考えてたくせに、好きとか……。

あの後、下着メーカーの再プレゼンの準備で私はまたしばらく深夜残業が続いた。才川さんに弁解できるような時間はまったくなくて、そもそもなんと言えばいいのかもよくわからなくて。何回か代理で電話を受けた時だけ、ドキドキしながら取り次いだ。すると才川さんは、まるで何事もなかったかのように〝ありがとう〟と爽やかに笑って普段通り接してくれた。

電話の伝言メモを彼に手渡す時に、思った。これはあれかな。無かったことにしてしまうのが得策……？　しかも今になって気付いてしまった新事実。才川さんから花村さんと同じシャンプーの匂いがするものだから、もう……。ここまで徹底的に、百パーセント負け戦なのは初めてだ。どうして今まで気付かなかったんだろう？

どうして、ここまで完全に無理だとわかっていて、まだもやもやしているんだろう。

水曜日の再プレゼンはつつがなく終わった。私はプレゼンテーターではなかったから、関係者の控え席で、先輩たちが入れ替わって説明するのをただじっと見守っていた。松原さんは一回目のプレゼンの時と変わらず、優雅に、けれど緩慢にならずキビキビと得意先の経営陣を説得していて。私はその姿を見て、とっても不謹慎だけど別のことを考えてしまった。——こんなに強くて、優しくて完璧に見える人でも、咬ませ犬になることがあるのだ。

再プレゼンが済んで、今日こそ定時で帰宅……とはいかなかった。プレゼンの準備に割いた時間、後回しにしてきたレギュラーの業務がだいたい水曜日締切で。それを松原さんと一緒に捌《さば》ききった頃には終電は終わっていた。私たちは一緒にタクシーで帰ることにした。

タクシーに乗り込むと松原さんは、いつもピンと伸びている背筋をルーズに反らせてシートに沈み込んだ。

「……さすがに疲れたわね」

「はい」

松原さんの化粧は深夜でもまったく崩れていない。それでも、隣から見る横顔にはうっすらとクマが見える。超人的に仕事ができても人間。私のトレーナーは、すごいけど人間。それを忘れないようにサポートしなければと思う。

「今日の結果、いつ連絡きますかねー……」

「うーん……前は当日だったからなぁ。どうせもう決まってんでしょー？　と思っちゃうわよね……。返事を伸ばす理由は……タレントが気に入らないとか？　それならすぐ希望投げ返してくれる気もするしなー」

「もやもやしますね……」

「そうね。でもまぁ、そんなものよ。やることはやったから、結果が出るのが楽しみでもあるわね。返事は早く欲しいところだけど、こういう宙ぶらりんは嫌いじゃない」

「ははぁ……さすがです」

　素直に感嘆しながら、その言葉を自分の状況に当てはめて考える。結果が出ないことは、もやもやする。そして私はやることはやったのかと言われると……無かったことにしようかなんて考えていて。だけど相手が、もう決まった返事を用意していそうな場合、私はどうすれば？

「……松原さん、全然関係ない話してもいいですか？」

「その話面白い？　面白いならどうぞ」

「弟子の話くらい面白くなくても聞いてください」

「あら、言うようになったじゃない。いいわよ。何？」

　私はトレーナーに答えを求めることにした。

「松原さんは、好きになった相手に高確率で恋人か奥さんか、パートナーがいそうな場合、相手に好きだって伝えますか？」

　訊いてからすぐ後悔が始まった。トレーナーが、何を相談されたかと思えば恋愛相談って。〝色ボケてるなこいつ〟って幻滅されてしまうかも……。

撤回しようと、恐る恐る隣の松原さんの表情を確認すると、窓の外の街灯に照らされた顔が何か真剣に考え込んでいた。

「……」

あれ、もしかして聞いてなかった……？

それならそれでいいけど、なんだか寂しい……。私が複雑な気持ちで正面に向き直った時、彼女が口を開いた。

「うーん……。まず、本当にパートナーがいるかどうかは確かめるでしょうね。諦めるかどうかはさておき、既婚者はさすがにややこしいから遠慮したいかなとも思うし……」

「……ですよね」

ちゃんと聞いて真面目に考えてくれていたことに安堵《あんど》して、その答えのまともさに少しだけがっかりする。欲しかったのは自分では辿《たど》りつけない回答。ブレイクスルーのためのちょっとぶっとんでるくらいの突破口。いや、答えてもらっておいてですけど。先輩に何を求めてるのって感じですけど。私は私のトレーナーのことを、人間だけど、すごい人間だと思っているから。

そんな不遜な感想と勝手な期待に気付いたのか、松原さんは余裕のある顔で私に笑いかけた。

「それでもね、野波。私は結構、告白推進派なのよ」

「……そうなんですか？　意外です。松原さん、望みがないところにぶつかっていくのって非効率で嫌いって言いそう」

「それはきっとまだ私への分析が甘いんだわ」

「咬ませ犬はごめんだって言ってたじゃないですか」

「勿論できれば避けたいとは思ってる。でもそれで済まないことって、ままあるじゃない」

　松原さんの後ろに見える外の景色が左から右に流れていく。街灯があったり、なかったりして、彼女の顔を照らしたり、影を落としたりする。それでも変わらない表情が綺麗だった。

「私はいつでも自分を一番大事にしているの。告白することで自分は傷つくのか、それ以上にすっきりするのか。自分にとって今の衝動が大切か、告白した後の現実のほうが大切か。告白して得られるものがあるのか、ないのか。自分にとっての最良を考えて、ちゃんと選んでるつもり」

「……自分のことだけですか？」

「ええ。私が告白することで相手がどんな気持ちになろうが関係ないわ。だって無理な時は無理だって断るでしょう？　相手にはその選択の自由がある。でも告白した段階で、自分にはもう選択肢がないの。とっても不自由なの。相手がどう思うかなんて最初から心配するのは馬鹿みたいじゃない？」

「自己中じゃないですか、それって」

「自己中よ。でもそうなってもいい時があると思う。告白なんて、自分が伝えることで相手に心境の変化があるかどうか試すためにするものでしょう?」

「ただ好きってことが伝えたいだけの告白もあるじゃないですか」

「そういう気持ちって私はちょっと信じられない。男女間での〝好き〟で知ってほしいだけなんてあり得る? 絶対にそんなことないと思う。相手にどこまで望むかは別にしても、少なくとも、今よりちょっと気にしてほしいとか、何かしら欲を孕《はら》んだものだと思うけど」

いつも以上に饒舌な松原さんに、私はついに黙る。そして考える。

あの時の自分の告白の中に含まれていた欲。衝動的ではあったけれど、そこに何か望みがあったとすれば。……あれだろうな、と思い当たることが一つだけある。

「……まぁ、告白すればいいんじゃない。才川に」

「……ええ!?」

「〝なぜバレた!〟みたいな顔してるけど……さすがにわかるわよ。入社した日から野波は才川と花村のことばっかりだったし。特に最近は、才川のことよく目で追ってたみたいだしね。本人にも気付かれてるんじゃない?」

さすがに〝既に一回告白しちゃいました!〟とは恥ずかしくて言えなかった。

あまりのバツの悪さにシートの上で縮こまっていると、松原さんはふっと笑ってこっちを見た。

「私はあんたのトレーナーだからね。一段落したらちゃーんと飲みに連れていって忘れさせてあげるから、任せなさい」

「……玉砕すること前提じゃないですかぁ」

「なんなの、勝つ気あるわけ？」

そんなのあるわけがない。

松原さんにバレていたことで気が付いた。私はてっきり、あの日見た不思議なものに惹《ひ》かれているんだと、ずっと思っていたけれど。最初に気になったのは、そう言えば才川さんの真剣な横顔だったなぁ、と。深夜帰宅のタクシーに揺られながら、思い出していたのでした。


そして翌日、木曜日。午後三時半。

私はまっすぐ、彼のデスクに歩いて行った。

「才川さん」

呼ぶと才川さんはキーボードを叩いていた手を止めて、椅子を回転させて体ごとこちらに向けた。ふわっとした髪が揺れる。両端の上がった感じの良い口元と、切れ長の目。まともに向かい合うと少し息苦しくなる。だけど。

「どうしたの野波さん」

「今日、飲みに連れていってもらえませんか」

苦しくなるけど、できたら今日、私は。彼と向き合っていたいと思う。

お誘いをした瞬間の才川さんは、私が告白した時と同じように少しぽかんとして、不思議そうな顔で口を開く。

「……飲みに？　俺と？」

「はい」

「サシで？」

「サシでお願いします！」

思わず両手で拳を握って叫んでいた。緊張に耐えられなくなってきて、思うよりも力の入った声が出てしまった。恥ずかしい。

野波由佳。公表していませんが大学時代は女子ハンドボール部キャプテンでした。なぜか出してしまった体育会系のノリに一人死にそうになっていると、才川さんは何かを見極めるようにじっと私の顔を見てから、言った。

「了解。じゃあ、七時頃に出るか」

「はい、お願いします！」

やった！

素直に心が喜んだ。自分の用件を考えると決して浮かれていられないのに、それでも。嬉しくなってしまっている。

くるりと自分のデスクに戻って席につく。隣でメールを打つ松原さんは、今の一連の流れが聞こえていただろうに、何も言ってこなかった。その態度にも少し安心した。一段落してからのことは任せなさいと言ってくれたから。だから私は一段落するところまで、好きなようにやろう。

業務をこなして、七時。帰り支度を整えていると、デスクに鞄を持った才川さんがやってきた。

「出れそう？」

「あ、はい」

ただ返事をするだけで、自分の声が緊張してしまっている気がする。これから二人で話すというのに、こんなんで大丈夫だろうか……。不安になっていると、隣の席の松原さんが手元の書類から顔を上げて私たちを見た。

「何か言いたげですね松原さん」

「別に。何もないわよ」

「野波さん借りていきます」

「どうぞ。良いモノ食べさせてよね」

「了解です」

お先です、と続けて言って才川さんはオフィスを出て行く。私も、お先に失礼します、と言って彼の後を追いかけた。その時、才川さんの島のボードをちらりと見る。花村さんの欄は〝帰宅〟になっている。

さてさて。

野波由佳、最後の聴き取り調査です。

才川さんが連れてきてくれたのは、会社からタクシーで十分ほど走ったところにある和創作ダイニング。社風なのか、入社してから先輩たちが入れ代わり立ち代わりでいろんなお店に連れていってくれたけれど、だいたいは会社から徒歩圏内にあるお店だった。タクシー移動は初めてだ。加えて、こんなちょっとおしゃれな感じなのも初めてだ。いつも〝絶品焼肉！〟とか〝名物餃子《ギョウザ》！〟とかだったから。

ぽわんとした暖色の照明。高い天井。和風モダンな店内装飾。そして通されたのは、天井は高いのに取られたスペースはこぢんまりとした二人掛けの個室。……大衆居酒屋とかでよかったのに……！

またせり上がってくる緊張にそんなことを思ったけど、私の今日の目的から考えると本当はこのほうが合っていた。人の耳を気にせずゆっくりと話せる場所。ただ、ばっちりすぎて尻込みする。そしてこういう場所を選ぶあたり、才川さんは私の目的をきっちり把握しているらしい。

向かい合って座ると、私はテーブルの隅に立てかけてあったメニューに手を伸ばして、才川さんのほうに向けて置こうとする。彼の手は私からそれを取り上げるように奪った。

「……え？」

奪った才川さんはテーブルに肘を突き、両手にメニューを重ねて持って、ニコニコと笑う。

「そんなにガチガチじゃ料理の味もわかんないでしょ」

「は……」

「何か言いたいことがあるなら、先にしない？　ここの料理は美味しく食べてほしい」

「っ……！」

ダメだ。全部バレてる。

一度告白はしているのだから、当たり前といえば当たり前だった。ただ、こんな風に仕掛けてこられるとは思わなくて。不意を突かれて心臓が早鐘を打ち始める。

（速攻でケリをつける気じゃないですか……）

全力でドキドキしているのに絶望的な気分、という不思議な状況の中。店員さんがお水とおしぼりを持ってきて、束の間の会話中断。ありがとう、とおしぼりを受け取りながら才川さんはメニューをテーブルの隅によける。店員さんは「ご注文が決まりましたらそちらのボタンでお呼びください」と言って一礼して去っていく。これでもう、ボタンを押さない限りは、二人。恐る恐る才川さんの目を見ると、余裕のある表情でこちらを見て微笑んでいた。

私は思う。――そんな顔じゃないんです、欲しいのは。

昨日、プレゼンをする松原さんを見ていて思った。

〝こんなに強くて、優しくて完璧に見える人でも、咬ませ犬になることがあるのだ〟

そう思うと、まだ青くてなんの武器もない私は、どうすれば才川さんの視界に入ることができたんだろう。自覚する前から全面的な敗北が決まっていた恋に、何かしら正解を探そうとしていた。きっとそんなものどこにもないのに。わかっていながら、肩で眠る花村さんを愛しげに見たあの目が、どうすれば自分に向けられるのか。ただ知りたかった。

告白した瞬間の私の欲望は、ただ一つ。

あの愛しげな眼差しを、少しでも自分に向けられたら。

「……才川さん」

「うん」

「もう一度言いますね」

「どうぞ」

「才川さんのことが好きです。私と、付き合ってください」

「……好きになってしまったかも、って前は言ってなかった？」

「確信になりました」

そっか、と言って才川さんは一度息をついた。きっと答えは決まっているだろうに、口元を笑わせたまま少し考えるように視線を下ろして、時間を取る。

ドキドキしながら、私は、ゆっくりと諦めていく。

「野波さん、ごめん」

諦めていく心に、チクリと〝ごめん〟が刺さって唇を噛んだ。それでも顔は下げずにじっと才川さんの顔を見て。

彼は今までとは違う笑い方をした。それはいつもの愛想のいいニコニコした笑顔じゃなくて、もっとこう、ふわっと和らぐような。言うなら、花がほころぶみたいな。――誰かの笑い方を思わせる笑顔。

「俺、ずっと前から好きでたまらない大事な人がいるんだ」

だから付き合えない、と。欲しくてたまらなかったその顔が、清々しいほど私を拒絶する。

「……ですよね。私もずっと、そんな気がしていました」

私の〝好き〟は一ミリも彼の気持ちを動かさなかった。だけどきっとこんな表情、もう一度向き合わない限りは見られなかったんだろうな、と。それならこの告白に価値はあったかもしれない、と。自分を納得させていく。

テーブルの下、膝の上でぐっと拳を握って深く息を吸い込んだ。

「――よし！　すっきりです！　ご飯食べましょう才川さん、私お腹ぺこぺこですよもう」

「あぁ、好きなだけ食べて。野波さん酒は飲めるの？」

「大好きです」

だ。

「いいね」

それからの私たちは、至って普通だった。気まずくなるでもなく、告白をなかったように振る舞うでもなく。自然で、泣くのはあまりに場違いすぎて、目の奥が熱いのはすっと引っ込んでいった。一段落ついたと区切るのは、今日才川さんと別れて一人になってからだ。

才川さんが選んでくれたお店の料理は美味しくて、意外なことに珍味が多かった。クリームチーズの鰹《かつお》の酒盗のせ。かにみそ。ほたるいかの沖漬け。お酒の進むメニューに舌鼓を打ちながら、いろんなことを話した。

「松原さん、厳しい?」

「厳しいですよ。でも優しいです」

「だろうな。野波さんもよく松原さんに付いていけてると思うし。良かったよ、二人が相性いいみたいで」

「相性いいですかね?」

「いいと思うけど? あの人、トレーナーやるの初めてだから、きみが配属されてくる前は結構緊張してたんだよ」

「想像できない……!」

「そう? でも杞憂だったってわかったんだろうな。野波さんが来て張り切ってるのか、今まで以上に仕事楽しそうだなって傍から見てて思う」

「……そうだったら、すごく嬉しいですけど」

お酒が進む。ちょっとずつ気持ちが大きくなってきて、私は思い切って彼に言った。

「噂流したのって、才川さんですよね」

「え？」

「あれです。才川さんと花村さんが深夜の会議室で……っていう。ほら、あの、アウトな噂」

「あぁ、ヤってるっていうやつ？」

「個室でもやめてください！」

「ごめんごめん。俺が？　自分で噂流したって？」

「タバコ部屋で噂になってたって聞いたので、いろんな人に訊いてみたんですけど……どうしても噂の出所がわからなかったんです」

「……それみんなに訊いてまわったのか？　野波さん」

「表現には気をつけましたよ。結局出所は摑めなかったんですけど、才川さんなんだろうなぁって。なんとなくそんな気がします」

「ほんとに勘が良くて怖い……」

「なんでそんなことしたんですか？」

「さあね」

珍味が載っていたお皿をキレイに空けて、それでもお酒はまだまだ進む。ふわふわ心地よくなった私は、いつしか絡み酒になっていた。

「結局のところ、才川さんと花村さんは結婚してますよね？」

「野波さん。酒回ってきてるみたいだけど、さっきからさ、なんでも確信もって言ってくるのやめて」

「してるでしょー。私は最初にご挨拶した時から、ずぅーっとそう思ってましたよ」

「どうしてそう思った？」

「……空気感？」

「……ふーん」

「嬉しそうにしないでください。むかつきます」

「きみはちょっとお茶を飲め」

「先週、資料室を覗きに行った時。私ほんとに行くの嫌だったんですからね。喘ぎ声が聞こえたら速攻でセクハラ委員に泣きつこうと思ってました」

「それは行かせた駒田さんに言ってくれ。……でもあの夜さ。野波さんじゃなくても、もっと早く誰かが覗きに来るかと思ってたんだけど」

「え？」

「誰も来なかったな」

「そうですね……？」

自分が何杯おかわりしたのかもわからなくなった頃、ふと自分の腕時計に目をやると、いい時間になっていた。

「席の時間、そろそろですよね。二軒目行きません？」

「あぁ、行こうか」

「……意外です。いつもあんなに早く帰りたがるのに」

「たまには遅く帰って妬いてもらわないと」

「はー……。告白してきた後輩を当て馬に使うなんて最低です」

「なんとでも。花村以外に好かれようなんて思ってないし」

「才川さんほんとに！　ほんとに今日むかつきます……！」

たくさんのことを話して、この人、呆れるくらい花村さんのこと好きだなーと泣きたい気持ちになりながら、私は思い出していた。才川さんばかりが花村さんを好きなわけじゃない。花村さんも。

思えばあんな話を聞いたから、私は才川さんを意識するようになってしまったんだ。同時に、自分が絶対に勝てないということも思い知らされてしまった。

深夜のオフィスは、苦いことばかり。

＊

少し前に、人が少なくなった夜のオフィスで花村さんと話をした。才川さんの席に座って私が花村さんに尋ねたのは、神谷さんのことが好きだったのかっていうこと。でも私は、望田さんの仮説を少しも信じていなかった。だから〝興味で訊いちゃいました、すみません〟とすぐに撤回して。

続けて、違う質問をした。

「じゃあ、才川さんのことは？」

「え？」

「好きなんですか？」

本当は最初からこれが訊きたかった。いきなり放り込んだ質問に、花村さんは一瞬固まる。それからごまかすように笑った。

「……あ！　この間のだったら冗談だからね。竹島くんが〝ホテルから出社か～〟なんて言ってたの。いつものノリで返しちゃったけど、あんなの全部冗談だから！」

「はい。間髪入れずに息ぴったりの切り返しだったから、さすが才川夫妻！　って感じでした！　……あれは冗談として、ほんとのところってどうなんでしょう？　本当は、才川さんのことどう思ってるんですか？」

「……びっくり。真面目に訊かれることってあんまりないから」

冗談ですよ、とは茶化さずに真面目な顔で答えを待つ。

すると花村さんは、私が諦めそうにないことを悟ったのか、〝んー〟と考えるように宙を見て、それから私に視線を戻した。

「……すごく尊敬してる、かな」

そんな曖昧な言葉でごまかされない。好きなのか、どうなのか。きちんと問いただそうと――したけれど、花村さんはニコッと嬉しそうに笑う。

「普段はあんなだけど。すごい同期なんだよ、才川くんは」

そして続けて語りだしたから、私はとりあえず花村さんの話を聞くことにした。

「野波さんも薄々感じてるかもしれないけど、この業界って結構ドライな人が多いでしょ？　冷血、くらい極端に言ったほうがわかりやすいかな。仕事だからってなんでも割り切れちゃう人が多いし、そうじゃないと渡っていけないところもあるんだと思う」

「……そうですね」

「結構みんな言うんだよね。〝今回はあそこに死んでもらうしかない〟とか。長く付き合いあるところでも〝守りきれないから切れ〟とか。なんか物騒でしょ？　でも慣れていくんだよね。だってこれは〝仕事〟だから」

わかる話ではあった。会社の人はみんな面倒見がいいし、親切だ。私にもとってもよくしてくれる。でも身内に優しくても、外側を向く時にはまた別の一面を持っていた。仕事だから、利益のために切られていく関係がままあるということ。華やかな仕事の裏にほど、割を食う人がいるという話をよく耳にする。

花村さんは笑った。

「でもね。才川くんは絶対に誰のことも死なせないの。すごく考えて知恵を絞って、奔走して、最終的に割を食いそうな人の立場をきちんと救ってあげる。……だから残業も多くて大変そうに見えるけど、味方はすごく多いんだよ」

それをすごく誇らしそうに言う。私は何も言えなかった。才川さんがすごいということは、よくわかった。でもそれ以上に。わからされたのは〝勝てない〟ということ。

「なんか、そういう働き方を傍で見てるとね。それだけでこの会社に入った価値ってあったなーって思う。そういう人の補佐をできるのって、幸せだなって」

「……大好きじゃないですか、才川さんのこと」

「……うん。こういうのも好きって呼ぶなら、そうなのかもしれないね」

花村さんは照れるように微笑んだ後で「絶対本人には言わないでね！」と私に念押しした。その直後に花村さんのスマホにメッセージ通知がきて〝今日直帰〟と。表示された名前は〝アキちゃん〟だった。……カモフラージュのつもりでしょうか？　それとも家ではアキちゃんと呼んでいるのか……？　才川さんのフルネームが、才川千秋だということは知っている。それで花村さんが自分のボードを消すついでに、才川さんのまで消したら、そんなのもうバレバレだ。

＊

思いだしてもしょっぱい記憶だった。ラブラブか！　心の中で先輩に毒づく。あーもう無理。無理無理無理。そりゃあんな風に自分のことを見ててくれる人がいるなら、大事にしたくもなるだろう。「当て馬に使うなんて最低」と才川さんに文句を垂れながら、当て馬にさえなれないこともわかっていた。

二軒目のバーも私は酔ったままで、たまに才川さんから惚気《のろけ》を打ち込まれながらくだらない応酬をした。好きになっておいてなんだけど、意外とこの人デリカシーない……。告白してきた後輩にここまで嫁の話をしてくるだろうか、普通。それさえも、完全に私を諦めさせるための策なんだろうか。嫁からすれば、浮気の心配のない良い夫なんだろうけど。

素敵なご夫婦です、さすが才川夫妻。ご馳走様です。……そう言えば、結局二人は本当に夫婦だったんだろうか？

最後の聴き取り調査と謳《うた》っておいて、白黒つけることができず。この件は迷宮入り――かのように思えましたが。

その答えは、（私が二日酔いで苦しむことになる）翌日。

思いがけない形で知ることになるのです。

21 ○真相　才川夫妻の恋愛事情

朝。目が覚めるといつも通り、私は自分のベッドで眠っていた。

「……あれ？」

ぼんやりと昨晩のことを思いだす。

昨日夜遅くに、野波さんと飲みに行っていた才川くんが帰ってきた。才川くんがふざけていろいろ囁いてきて、私が怒って、少し話をして。……話をしたものの、わからなかったことは結局わからないまま終わったんだった。

それなのに。

「……」

思いだすと布団に埋まりたくなる。一体何だったんだろう、昨日のエッチは……。

いつもと全然違っていた。いつも、というほどしていないけど。でも記憶にあるものとはまったく違う。才川くんは宣言通り一回だけ私を抱いた。その一回はすごくゆっくりだった。激しくもなくて、意地悪でもなくて。ただひたすら気持ちよくさせようとしてくれているのがわかって、無性に照れた。〝抱きたい〟なんて言うから酷くされるのかな、なんて構えていたのに、ずっと優しくて。黙って動きながらキスばかりして、唇が腫れるかと思うくらいいたくさん……。

　頑張って最後のほうを思いだそうとするのに、どうしても記憶がおぼろげだ。終わった後、才川くんは私を抱きしめてくれていた気がするんだけど。

　ちらりと才川くんのベッドを見れば、体を起こして眠そうに目をこすっている彼がいる。いつも通り彼自身のベッドで眠ったらしい。こちらに気付くと、欠伸を噛み殺しながら言う。

「おはよ」

「おはよう。……ちゃんと寝た？」

「うん、まあまあ」

　そう言ってすっとベッドを抜け出ていく。洗面所に行ったらしい。もう出社の準備をする時間かー……。ベッドで寝返りを打ち、ぐーんと猫の伸びをする。ぜっっったいにこのベッドで一緒に寝てた気がするのに、気のせいなんだろうか？　気のせいかなぁ……。頑なに別々に眠ろうとする彼が、いきなりそれを許してくれるとは思えなかった。でも最近の才川くんは変だしなぁ……。

　それから、行為の間際に彼が言った言葉も気になっている。

〝あともうちょっとだけ待って〟

　私は一体何を待つんだろう？　わからなくて悶々としたまま、私もベッドを出て洗面所へと向かった。

眠そうにしていた才川くんも、会社で顔を合わせた時にはキリッとしていて。朝からエンジンがかかっているようで、素早くキーボードを叩いていた。パソコンの画面を盗み見ると、作っているのはＷＥＢ広告の週次レポート。

そこでふと疑問が湧く。毎週金曜日に作って得意先に提出しているこのレポート。いつもならお昼を食べて午後から作り始めるのに、今日はやけに取り掛かりが早い。

「才川くん」

「ん？　なに、花村さん」

「もしかして今日、午後に何か予定がある？」

「え？」

才川くんは少し驚いた顔で手を止め、こちらを見た。その反応にこっちが少し戸惑ってしまう。

「や、レポート作るのがいつもより早いなと思って……。何か作業が詰まってるなら、こっちに回してくれても」

「ああ……。いや、平気。ありがとう。花村さんは？」

「え？」

「今日の午後って、時間固定の案件ある？」

「ない。新聞の入稿も今日はないし……。午後は溜まってきた広告素材を整理しようかなと思ってたくらい」

「そう」

「……ん？」

「え？」

「や、何か任せてくれても大丈夫だよ？」

「いや、いいよ。平気だって。何もないなら、午後はそのまま空けといて」

「……はい？」

　不思議なことを仰る。やっぱり最近の才川くんは変だ。隣の席の彼をちらちら訝《いぶか》しむ目で見ながら、私は午前中の自分の仕事に取りかかる。

　しばらくすると才川くんの席に野波さんがやってきた。

「才川さん」

「ああ、野波さんおはよう」

「おはようございます。昨日、ありがとうございました」

「いーえ、お疲れでした。……顔色悪くないか？」

　才川くんがそう言ったので、気になってちらりと二人のほうを見た。……確かに。野波さん、顔が白い……。

「二日酔いです……ハイパーグロッキーです。逆になんで才川さんは平気なんですか？」

「いや、昨日は俺も酔ってたよ。家に帰った時はフラフラだった」

嘘つき。

「フラフラの才川さんって想像できませんね。……それで、ええと、私……。酔ってて記憶が確かじゃないんですけど、まあまあ失礼なこと言いましたよね？　才川さんに」

「はは」

「すみませんでした……」

「二十回くらい〝むかつく〟って言われたかなぁ」

「ごめんなさい……」

「いいよ、また行こ。今日は一日しっかり水分摂って酒抜けよ」

「はい……」

ありがとうございました、とお辞儀をして、野波さんは自分の席に戻っていった。二人の会話があまりに楽しげな雰囲気で、私はつい心の声をこぼしてしまう。

「……むかつく才川くん」

「ん？　何？」

「昨日、楽しかったみたいで良かった。後輩に〝むかつく〟って連呼されるなんて、一体どんな話したの？」

「……別に気にならないんじゃなかったっけ？」

そう言って薄く笑われると、私はうっと詰まってしまう。そんな家で言ったようなことを引き合いに出してくるのずるい。「そうでした」と笑って、私はまた自分の手元の作業に戻る。

隣で小さく笑う声が聞こえて、つられてまた彼のほうを向いてしまう。

「……なに」

「いや。むかつくって言われたのも、花村の惚気《のろけ》ばっかり言ってたら野波さんに怒られただけなのになーと思って」

「やだ、嬉しー♡」

「信じてないだろ。別にいいけど」

そう言うと、才川くんも自分の作業に戻ってまたキーボードを叩きだした。……信じてないこともないんですが。でも本当にそうだったからと言って、私はどんな反応をすればいいんでしょう。

なんだか本当に才川くんが野波さんに私のことを話したような気がして、ちょっとムズ痒い気持ちになってしまう。

（仕事しよう……）

きちんと仕事をこなして、私は今日も才川夫妻の嫁をまっとうする。彼が彼の仕事でベストを尽くせるように。

いつものように才川くんと昼食をとって、午後。

今日は時間に余裕があったので外で食べようということになり、二人で行きつけのお蕎麦屋さんに行った。お腹いっぱいになってオフィスに戻ると宅配業者の人がいて、社員証でしか開かない扉の前で立ち往生していた。

「あ、すみません！　宅配ですよね。サインします」

声をかけて、伝票にサインする。荷物は営業二課宛てで、内容は〝バラ〟と書かれていた。お花なんて手配した覚えないんだけどな……しかもバラ？　誰か営業さんが、タレントへのプレゼントにでも用意したんだろうか。

不思議に思いながら白い大きめの箱を受け取ると、中身が花だからかとっても軽かった。それを後ろにいた才川くんにひょいと奪われる。

「え」

「持つからドア、ロック開けて」

「あ、うん。ありがとう……？」

それなら才川くんがドアを開けてくれたらいいのに……と思いつつ、言われた通り社員証をかざしてドアを開ける。先に中に入ってドアを押さえていると、才川くんは箱を抱えたまま、すたすたと二課の自分のデスクに向かって歩いていった。

私は小走りで後ろを追いかけて尋ねる。

「それ、誰が注文したか知ってる？　私頼んだ覚えがないんだけど、宛名には〝二課〟としか書かれてなくて」

「うん、大丈夫」

知ってる、と言って彼はその箱を自分のデスクに置いた。かと思うと、そのまま中を開け始めた。私は隣に立ったままぽかんとそれを見つめる。

「……もしかして才川くんが頼んだ？」

「そう」

「珍しい……お花の手配なんていつも任せてくれるのに。急ぎだった？」

「まあまあ」

「んん……？」

何か濁すような物言いに違和感が残る。中から取り出されたバラは色濃く真っ赤で、本数の多いボリュームのあるものだった。箱から出てきた瞬間に小さく〝うわ……〟と声をあげてしまったくらい。

「すごいね……。でもこれ、箱から出しちゃって良かったの？　このまま送ったほうがいいんじゃ……」

「いいんだよ」

花束を手に抱えたままで小さく笑う。彼がこんなにバラを抱えている姿を見ると、ちょっとおかしかった。

「結婚しよっか、花村さん」

「……え？」

唐突に彼がそんなことを言って、私は一瞬固まってしまう。昼休み明けのオフィスには、昼食に出かけていた人達が戻ってきていて結構な人数がいた。自分たちに注目が集まるのがわかる。

一瞬ドキッとしてしまったけれどすぐに気付いた。ああ、いつものやつね。バラが手元にあるからって、そんな演技……。

合図くらいくれたらいいのに、と思いながら微笑んだ。

「もー、才川くんったらまたそんなこと言って♡　本気にしちゃうでしょう？」

「本気」

「……才川くん、冗談が」

過ぎるよ、と言うよりも先に詰め寄られる。手を握られた。おかしな芝居が始まったあの日みたいに。――ただ違うのは、才川くんの表情は、会社での演技の顔じゃなくて。

「真剣に。花村さん」

「俺と結婚してください」

ざわっとオフィスがどよめく。「才川夫妻が！」「ついに！」と嬌声をあげる人たち。私は頭の中が真っ白になった。……どういうこと？

気付けばバラの花束は自分の腕の中に。

「もう隠さなくていいように」

続けて彼はそう言った。その言葉を聞いた周囲の人々から「今までも全然隠せてねーよ！」と野次が飛ぶ。――そうじゃない。彼が言っているのは、そういう意味じゃない。

左腕で花束を抱え、握られている右の手は震えた。ぽろっと泣きそうになるのを堪《こら》える。彼が言っているのは、ずっと隠してきた夫婦関係のこと。ずっと周りに言いたくて、言えなかったこと。

「……もういいの？」

「うん」

「ほんとに？」

「うん。……みつき。夫婦になりたい」

みつきって呼んだ！　と周りがザワつく。才川くんはそんな声が聞こえていないかのように穏やかに笑って、それから私の耳元で囁いた。

〝ちゃんと俺のものにしたいんだ〟

……そんなことを言われてしまったら、断れるわけがない。

ぐすっと鼻が鳴りそうになるのをバラの花束に顔を埋めて隠した。一瞬だけそうして、落ち着いたら顔を上げる。すぐ傍に立つ才川くんをまっすぐ見つめて、返事をする。

「――はい、喜んで」

八年前に「結婚しよう」と言われた時と同じように。……もしかしたらそれ以上に満たされた気持ちで、微笑み返した。

「というわけで改めまして。うちの妻です」

おめでとー！　と祝福の拍手を受ける中、才川くんはいつもの社内用スマイルに戻って「ありがとうございます」と爽やかに微笑んでいた。私はその隣で嬉しいやら混乱するやらで複雑な心中を隠し、同じように「ありがとうございます」と微笑む。

そして何が始まるのかと思えば、午後から才川くんの後ろについて各部署を回る結婚報告。「局長たちにも時間もらってるから」と彼はしれっと言って、管理職の面々の前で「ついに落としました」とか「ここまで長かったです」とか「新婚旅行でお休みいただくことになると思いますが、ご迷惑おかけします」……だとか！

何一つ聞かされていないことが彼の口からポンポン出てきて度肝を抜かれる。秘密は終わったはずなのに、これはこれで心臓に悪い……！

それでも「おめでとう」と言われるとにやけてしまう。午後をたっぷり挨拶回りに費やして、その日。〝才川夫妻〟は社内公認の本当の夫婦になった。

その夜。金曜日だったこともあり、営業二課で〝才川夫妻の結婚祝い〟と称した飲み会が行われた。最初はまともに部長の挨拶から始まり、お祝いの言葉を貰って。「一体いつ付き合ったの？」という質問が飛んできて私がドギマギしていると、才川くんは「内緒ですよ」と言ってすべてひらりとかわし続けた。

ただ、わかっていたけれど、営業二課の面々は酒癖がよろしくない。時間が経ってお酒の減りが早くなるにつれて、松原さんの絡み酒が始まる。

「なんなの才川。ほんとになんなの……？　出世だけじゃなくて結婚まで私より先なの？誰に許可とったの？」

「すみません松原さん、お先です」

「は～ほんとむかつきますね才川さん！　昨日私と話したことって一体なんだったんです？　むかつきます！」

「うん、野波さん。お前はお茶を飲もうな」

才川くんに絡む二人を見て、ほんとに似た者師弟だなぁと思った。

一軒目を出る頃には大半が酔っ払っていて、強引に全員参加の二軒目に突入する。「行くぞぉー！」と部長が先導を切るのに一同がぞろぞろとついていく末尾で、才川くんが話しかけてきた。

「帰るだろ？」

「え？」

「二軒目行きたい？」

「や……でも才川くん行くでしょう？」

「行かないだろ。なんでプロポーズ成功した日に同僚と飲み明かすんだよ」

「は」

そうなの？　と訊こうとしたけど、先に彼がバッと私の手を摑んで上に高く掲げた。

「――すみません！　俺たちここで抜けますね。今日はありがとうございました！」

ええっ！　と不満の声が聞こえてきたのを、才川くんは気にすることなく私の手を引いて回れ右をした。そのまま足早に自宅方面に歩いていく。

「えっ、才川くん……いいの？　せっかくみんな祝ってくれてたのに」

「いいよ別に。みんなもう目的変わってるだろ。それに、こんな日くらい許してもらえる」

それから彼は何も言わずに家まで私の手を引いて歩いた。少し急ぐようなその足取りが、手の熱さが。告白して初めて才川くんの家に行った日を思い出して無性にドキドキする。

この流れと、さっきの「こんな日くらい」という言葉。それからきゅっと力の入っている握った手。

（……今日もエッチするのかな）

なんて、不埒《ふらち》な考えが頭をよぎった。

マンションに辿りついて部屋に入ると、私はいつも通り才川くんのスーツを受け取る。

「……さすがに今日は疲れたな」

「うん……」

「びっくりした？」

「当たり前でしょ」

「そっか」

小さく笑って彼はネクタイを解く。

「風呂どうする？　みつき、先入る？」

「ううん、才川くん先に――あ」

「あ？」

「や、んーと……。……一緒に入らない？」

「……」

今日はもしかしたら、という期待が拭えない。

才川くんは黙ったまま、首元を開けたワイシャツ姿で近付いてくる。すっと手を伸ばしてきて、私の横の髪をくるりと指で遊んだ。

じっと見つめて、黙り込む。目の色は深く、彼の出す答えはさっぱり予想がつかない。……もしかして、考えてる？　検討中？　――そう思った途端、うわぁ、と恥ずかしくなって、ぱっと視線を下にそらした。

「入らないよ」

「……あ、そう」

頭上から降ってきた答えに脱力した。やっぱりそれはダメですか……。

その後才川くんは一人でお風呂に入って、交代で私が入った。髪を乾かすともういい時間になっていて、深夜一時。明日も仕事だったら、今日はもう休むだろう。でも明日は土曜日だ。もしかしたら、と密かに胸をドキドキさせて、そっと寝室に足を踏み入れる。

才川くんはいつも通りベッドに座って文庫本を読んでいて、私に気付くと視線を上げ、ふっと笑った。

「こっち来る？」

「……うん、行く」

部屋の入り口から彼のベッドに行くまでの距離で、尋常じゃないほど緊張している自分がいた。才川くんは私が近付くと少し横にずれて、「どうぞ」と言って私を招き入れる。そろりと忍び込んだベッドの中は温かく、とても居心地が良かった。ぴたりと隣の才川くんにくっついて下を向く。

「なんで黙ってんの」

「……うん、なんかね」

「うん？」

「照れるね」

「何に？」

「〝ちゃんと俺のものにしたいんだ〟とか言われちゃうと……」

「……ああ」

低く甘くなった声のトーンに上を向くと、すぐ傍に顔があって唇が重なった。私は目を閉じて、手元にあった布団の端をきゅっと両手で掴む。

「ん……」

キスは少しずつ深くなって、私の体はだんだん後ろへ反っていった。ヘッドボード以外が壁から離れているうちのベッドでは、後ろに傾きすぎるとベッドから落ちてしまう。気付いた才川くんがそこでキスをやめる。

「危ないな……上乗って」

「うん……」

抱きとめてくれている体から一度離れて、足を伸ばして座っている才川くんの膝の上に、向かい合う姿勢で座る。すると首筋にキスされて、そこから顎を辿ってまた唇に行きついた。チュッと音をたてて吸われるとたまらなくなって、才川くんの首に腕を回す。

昨日の夜を彷彿とさせるキスだった。唇を食むキスを交えながら、角度を変えて何度も舌を奥まで伸ばしてきたり。時にくちゅくちゅと口の中をもてあそんだかと思えば、ついばむような軽いキスを繰り返してきたり。いやらしいキスに自然と腰が浮いてしまう。

「っ、は……ん……才川くん……」

「ん……？　……はぁっ。何……？」

「したいっ……」

「何を？」

「やっ……お願い。意地悪しないで、今日はっ……」

「意地悪って何。……何がしたいの？」

「っ」

グリッと硬いモノを押し当てられる。それだけで足の爪先まで痺れて、達してしまいそうだった。

「……こら、腰振ってないで。何？　ちゃんと言わないとわからない」

「っ……！」

半分泣いていた。こんなのあんまりだと思う。なんで彼は、こんなに言わせたがるんだろう。ここまでずぶずぶに心も体も溶かされて、今更やめられなかった。首に腕を回して抱きしめながら、浅い息の漏れる唇を彼の耳元に運ぶ。

「――――」

思い切って囁くと、才川くんは私の口からバッと耳を離した。

「……そ、れは。お前っ」

「んっ」

「そこまで言えって言ってない……びっくりした、エロすぎっ……」

「ふ、ん……！」

また唇を塞がれた。パジャマを着たままで、股間部分を擦りつけられながらキスをされて、飛んでしまいそうになる。

〝ちゃんと俺のものにしたい〟と彼は、昼間にそう言っていた。〝ちゃんと〟ってどういう意味なんだろう。今までは違ったのかな。これから何が変わるんだろう。

彼の言葉はまた新しい疑問を生みはしたけれど、一つも不安にはならなかった。やっぱり愛されてるなぁという実感だけが、いつも色濃く私の中に残される。

「才川くっ……あっ、やだっ……もうシてっ……！」

膝の上でほとんど喘ぎながら、私は才川くんにしがみついて強くねだった。

欲しくて欲しくてたまらない。……そう思っていることが、ちょっとでも彼に伝わればいいな、と思う。

「はッ……」

けれど息を乱して、才川くんは。

「ん」

チュッと最後に私の口を吸って、唇を離すと。

笑って言った。

「――しないよ」

「え」

「これで終わり」

「…………………ええ⁉」

彼は、ブレないドSだった。


なぜか。今日も私は自分のベッドで一人、眠りにつこうとしています。…………なぜ？

ベッドの中、自分の体の中の熱を逃すように身をよじるけど、そんなことではどうにもならなくて。今回ばかりは本当に才川くんのことを恨んだ。

だいぶ抗議したのだ。このタイミングでやめるのだけはおかしい！　もうドSとか通り越してるよ！　ストイックな変態だよ！　と恥も外聞もなく抗議したけれど、意味がなかった。「でも気分じゃないし」なんて絶対に嘘。絶対にそんな気分になってたくせに。ますます才川くんがわからなくなった。

私は自分のベッドの中で、延々とショックを受けていた。悶々と。体に残された熱に耐えながら、とっても理不尽な思いで、夫の安定のドS具合に耐えていた。……ほんとになんなんだろう？　不安とはまた違った涙が出そうになる。

〝俺のものにしたい〟って言ってくれるなら、もうちょっとくらい。可愛がってくれたらいいのに――。

悶々としたまま寝れるわけがないと思っていたのに。今日も一日彼にドキドキさせられっぱなしだった私は、いつの間にか眠りに落ちていた。

翌朝。今日は土曜日。

出社の時間を気にしなくてもいい。ゆっくりと睡眠を貪っていられる。ふわふわと幸せな気持ちで、ふかふかの布団の中でいつまでも眠っていられる――はずが。またしても。

体の上にのしかかる重みで目を覚ました。

「……才川くん？　っあ」

「おはよ」

「っ、またっ⁉　また朝からっ……！　あ、んんっ……‼」

ずるりとナカから引き抜かれる感覚に声が漏れる。

完全に前と同じパターンだった。パジャマを脱がされ、自分のベッドで。私が眠っているうちに布団の中に忍び込んできた才川くんと、体を繋げていた。

「もっ……だめっ、あっ。あんっ……気分じゃ、ない、って、言ったっ……んんっ！」

「は……。なんて？　……っ……喘いでて、何言ってるかよくわかんないんだけど」

「っ、じゃあ止まって！」

「無理だろ、こんなに気持ちいいのにっ……。ん……なんか、もう、昨日言われたこと思いだすだけでイきそう……」

「……忘れて！」

「もう少し頑張れってこと？」

「違っ……あ。っ……あーっ……」

腰がぐずぐずに溶けてまったく力が入らない。なんだかいつも以上に体が熱い。腰を振りながらチュッ、チュッ、と音をたてて肩や首筋にキスを落としてくる才川くんの、毛先が肌に触れるだけでもびくびくと体が反応する。――何かが、変。

「……みつき、気付いてる？」

「んっ、あんっ……え、何……？」

「俺いま、避妊してないんだけど」

「っ……!!」

信じられなかった。

――専《もっぱ》ら、嬉しいほうの意味で。

「っ、なにその顔……喜びすぎだろっ……」

「だってっ……ん、あっ、あぁっ！」

ゴムを着けていない。初めてそのままの彼を受け入れているんだと自覚した途端、感じ方が尋常じゃなくなった。才川くんがピストンするたびに鳴る〝じゅぷじゅぷ〟という音はどんどん大きくなって、ナカは彼に絡みつこうと急激にキュゥッと締まる。

「んっ、キツ……っ、出るかと思った……。…………今日って、危険日？」

「え……？　え、あ……んんッ……」

体を大きく揺さぶられながら、一瞬考える。そうだと言ったら、やめてしまうんだろうか？

「……みつき？」

「…………危険日」

「そっか」

やだ、と思って真上の体を強く抱きしめると、離れていくどころか彼の両腕は私の頭を強く抱き込んだ。腰の動きがいっそう激しくなる。

「あっ……んっ！　あんッ！　や……」

「っ……このまま中に出していい？」

「……へ？」

「子ども欲しいんだけど」

みつきはいらない？　と、汗の浮かんだ顔が困ったように笑って訊いてくる。

言われたこととその表情に胸がぎゅっとなって、泣きそうになった。

「っ……欲しいっ……」

「ん。わかった」

それだけ言うと才川くんは私の額にキスを落とした。なんだか無性に恥ずかしくて、自分の左手の甲でキスされた部分に触れた。その時。額に当たった感触が、ひんやりと冷たい。

「……え？」

自分の目の前に左手をかざして、初めて、左手の薬指に指輪が嵌まっていることに気付いた。びっくりして頭の中が真っ白になる。

それに気付いた才川くんが一瞬、腰を振る速度を落とす。

「……何これ。……え？　いつ……？」

「……内緒」

「内緒、って……あっ」

「こっち集中して」

「んんっ……！」

べろりと耳の中を舐められ、忘れてしまっていた快楽が戻ってくる。腰を打ち付ける動きが激しさを増して、何にも隔てられていない直《じか》の感触に、腰の下のあたりから迫りくる何か。

「あ、っ……あンッ！　んんーっ……だめぇっ……！」

「だめ……？　はぁっ……嘘つけ。自分から腰振ってるくせに」

「あっ……あーっ……」

「〝もっと奥に欲しい〟って言われてるようにしか思えない」

「や、っ、深ぁっ……！」

ゴリゴリと最奥を亀頭で擦られる。さっきよりもずっと大きくなっている才川くん自身を強く打ち付けられて、求められている実感に頭の奥が痺れた。

まったく意味がわからない。急に子どもが欲しいと言い出したことも、自分の左手に指輪が嵌まっていたことも。意味はわからないのに、満たされてしまっている。

「才川く……も、激しすぎっ……」

「みつきっ……」

「んぁっ……キスっ……キスしてっ……！」

「ん……」

「ふ、んんっ……」

――たぶん彼の愛情は、底知れない。

「みつきっ……は、出すぞ、中にっ……お前の中に、全部っ……！」

「うん……うん、欲しいっ……才川くんが欲しいっ……！」

「っ、くぁ……っ……出るっ！」

「んんーッ……!!」

ドクドクとナカに注ぎ込まれる感覚に、息が止まるかと思った。広がる熱を感じて、本当に彼が避妊していなかったとわかって、ぽろっと泣いてしまいそうになる。嬉しくて。

私のナカで果てた才川くんは、乱れて苦しそうな呼吸を整えながら私を見た。手が伸びてきて、するっと頬を撫でていく。触れるだけのキスを一度だけ。離れていく彼の顔を、まだ頭がぼーっとする状態で見つめていると、頬にぽたぽたと汗が落ちてきた。

私の上には、まだ欲しそうに見下ろしてくる愛しい顔がある。

「……もう一回、いい？」

「……うん」

その後もひたすら甘く抱き合って、お昼を過ぎても二人でベッドでまどろんだ。

結婚生活始まって以来の、新しい休日の過ごし方。


「意味がわからない。才川くん、ほんとに。まったく。全然。ちっとも意味がわからない」

子どもをつくる行為も一段落した頃。シャツを被った私は水を飲みながら、そう言って口を尖らせた。

「子どものことだし、結婚指輪も……どういう心境の変化？」

「さあ」

まだ私のベッドに寝そべっている才川くんはそう言うばかりで、こうなった今でも真相を教えてくれる気はないらしい。やっぱり彼のことはよくわからない。……でも、そこがいいと思っていることは、言わないでおく。

今度は才川くんがぼやいた。

「ほんとは、七年も我慢することなかったんだよな……」

「え？」

彼はまたよくわからないことを言って、寝そべったところから手を伸ばして私の頭を撫でた。

「わからなくていいよ。お前は今まで通り、自分は才川みつきなんだってことだけ自覚して、愛されてるなって思いながらぼけーっとしててくれ」

「人をアホの子みたいに……」

「あとたまにでいいから、俺のことも名前で呼んで」

「え」

予想外のお願いに一瞬固まる。才川くんは寝そべったまままちらっと私の顔を見た。

いやいや、恥ずかしいものは恥ずかしい……と思ったけど、なんだか今は、言えそうな気がして。

「…………千秋」

呼んだ途端、才川くんは私の枕に顔を突っ伏した。

（え、え？）

なんでなんでどうして！　と、呼ばされた私が一番恥ずかしいはずなのに！　と、おろおろしていると、才川くんは。

「……くくっ」

ぷるぷると震えていた。

「……」

こいつ、笑っている……！　呼ばせておいて笑っている……！

「……ちょっと！」

それはあんまりだと思って私が怒ると、才川くんは枕から顔を上げて。

「あー、ドキドキした」

そう言って、見たこともないほどくしゃっと顔を崩して笑った。

「……っ」

その顔が、恥ずかしくて見ていられなくて、鼓動が早くて苦しい。――好きすぎる。ドキドキしているのは私のほうだ。

私は一体いつまで、旦那さん相手にときめいたり、胸が苦しくなったりしなければならないんだろう？

願わくばずっと最後まで。

優しいあなたと恋していたい。

《才川夫妻の恋愛事情》終

後日談① 才川夫妻の犯行予告

二度目のプロポーズは白昼のオフィスで。真っ赤なバラの花束と一緒に贈られた言葉に頷けば、誰にも言えずに息苦しかった秘密は、いとも簡単に公の事実となった。

その日のうちに社内各所に結婚報告に行って、話の中でお偉方からは「仕事は続けるんだろう？」「部署異動はどうしようか」という声もちらほら。まあめでたい報告だしそれはまた追って、と一旦保留に。夜には営業二課でお祝いの宴会を開いてもらった。抜け出して帰宅したら、良い雰囲気だったのにその夜は何も起きなくて。

どうして⁉　と思っていたら、翌朝にはいろんなことが起きた。左手の薬指に嵌まっていた指輪と、「子ども欲しいんだけど」なんていう意外すぎる告白。あ、子ども欲しいの私だけじゃなかったんだ……と。今まで胸の中でつっかえて苦しかったことが、たくさん求められるうちに魔法みたいにするすると溶けてなくなった。

ここから始まるのは新しい夫婦生活！　……と、思っていたけれど。

中には、変わらないこともありました。

「明日の午後一は研修が入ってるから」

「はい」

「資料は、それが終わってからすぐ確認できるといいんだけど」

「大丈夫。用意しておくね」

営業二課の島から近い場所に設けられた打ち合わせスペース。小さな丸テーブルの上に手帳を広げ、才川くんと私は向かい合って今週の業務スケジュールを確認する。

二度目のプロポーズからは数日が経っていた。いつもと何も変わらない打ち合わせの光景。目の前で才川くんは自分の手帳に目を伏せて、抜け漏れがないように確認を取っていく。

「今日の夕方の来訪」

「第三会議室を予約してます。プロジェクターの準備も」

「助かる。あと来週のＣＭ撮影の……」

「お花？」

「うん」

「当日の午前中にスタジオに届くように手配してる」

「ありがとう」

「色紙とペンを事前搬入の荷物の中に入れてあるから、着いたら確認してね」

そこでふと、彼が手帳から顔を上げる。

「……俺、お願いしたっけ？」

「えっ、いらなかった……？」

「いや」

「社長のアテンドするって言ってたから、その場でタレントさんにサイン貰おうってことになるかなぁと……」

「うん。お願いしようと思ってた。花村さんさすがです」

少しおどけた口調で褒められる。褒められると嬉しくて、でも浮かれてることは知られたくないから、さっと手帳を確認するフリで口元を隠す。にやけて緩んだ口は見せまい。

きっとバレているけれど。

「っていうか、やっぱり俺の頭の中読んでるよな？」

「まさか」

そんなことができるなら、あんなにはドキドキしない。

長く続けてきた〝才川夫妻〟は、傍目には何でもわかり合っているように見えるそうな。だけど実際はそんなことなくて。仕事のことはわかるけど、わからないことのほうが圧倒的に多かった。彼が私に明かそうとしないことはなおさら。

「……確認事項はそれくらいかな？」

私は自分の手帳のメモにチェックを入れながら尋ねる。確認しなきゃと思っていたことは才川くんが言ってくれたし、抜け漏れもないと思う。

「んー……そうだな。あとは……」

彼も自分の手帳をぺらぺらと捲りながら、視線を落としたまま。

それまでとまったく同じトーンの声で言った。本当に何気なく。

「今晩しよっか」

「…………えっ？」

二秒ほど遅れて声が出た。その時もまだ、意味がわかっていなかった。

「じゃあ、そういうことで」

よろしく、と言って彼は席を立つ。その間際に、ふっ、と家でよく見せる笑い方をした。……………ええっ⁉

「よ……よろしく、って……！」

何を、とは言われなかった。でもその笑い方で察しがついた。私は今の会話を誰かに聞かれなかったかが気になって、きょろきょろと辺りを見回す。みんな真剣な顔で仕事をしている。……会社でなんてことを！

誰も聞いていなかったらしいことにほっと胸を撫で下ろし、遅れてカァッと頬が熱くなるのを感じた。一人取り残された打ち合わせテーブルで、体温が上がるのをどうにもできずに思ったこと。

（ほら読めない……！）

頭の中を読めるだなんてとんでもない。それならこんなに心臓が痛くなったり、調子を狂わされたりなんかしないのに。「今晩しよっか」なんて。

そんな爆弾をさらりと放り投げてくるから、やっぱり才川くんがよくわからない。

私が先に帰宅して、そのあと八時過ぎには才川くんが帰ってきた。今晩っていつだ今かと私が構えていたら、彼は普通に夕食を平らげ、着替えを持って脱衣所へと向かう。お風呂ですか……。

帰ってきてからの会話も、特に昼間の発言に触れることはなくて私をヤキモキさせた。でも、だからといって自分から切り出すのも「そんなに期待してたのか」と馬鹿にされそうで……期待してるけども！

事前に予告があったのって、最後はいつだっただろう。才川くんがお風呂に入る間、食器を洗いながら考えていた。結婚してもう随分経つけれど、頻度の低い営みは頑張れば数えられそうだ。あまりしないが故に何度も反芻《はんすう》してきたソレは、思い返せばいつも私が油断している時だった。

たとえば料理中に背後から、私が気付かないうちにコンロの火を消して。ある時はコメディ映画を見ていて、お腹を抱えて笑っている時に唐突に。お正月に、お風呂掃除をお願いしたら戻ってきていきなりコタツの中で、なんてこともあった。最近多いのは、朝のまだ眠っているうちに私のベッドに入ってきて、気付いたら繋がっていた……なんてことも。

　思えば不意打ちばっかりだ。いや、でも、そういうもの？　予告はないのが普通？

　記憶にあるのはたった一回。婚姻届を出した帰りに「新婚初夜だから」と。手を繋いで「朝までしよ」なんて言われた時はそりゃあもうときめいた。家までの帰り道ずっと、口から心臓が出てきそうなほど緊張していたのを覚えている。それももう何年も前の話。今もたいがい緊張しているから、そんなに変わりないのかもしれないな。

　私が洗い物を終えた頃、ちょうど才川くんがお風呂から出てきた。濡れてぺたっとした髪をガサガサとタオルで拭きながらリビングへやってくる。スウェット生地のズボンに黒のティーシャツ。いつもと何も変わらない。変わらないのに、じっと見てしまう。……本当に今日するの？　と、ちょっと疑わしい気持ちだった。

　私も着替えを持って、彼と入れ違いでお風呂に向かう。

「ちゃんと髪乾かしてから来いよ」

　すれ違いざまに声をかけられ、期待度が一パーセント上がる。つい足を止めて、出来心で尋ねていた。

「……パジャマは着てたほうがいい？」

　才川くんがくるっと振り返って、まともに視線が絡んでしまう。途端に恥ずかしくなった。「バカか」と一蹴されて終わるかと思ったら、意外にも微笑まれる。

「なし。タオル一枚で」

「……！」

……えっちだ！

その場にしゃがみ込んでうずくまりたくなった。今のはダメージが大きい……！

えぇぇぇえっ、と動揺したまま、ふらふらと脱衣所へ転がり込む。読めない。やっぱり読めない。

まさかの要求に早くも瀕死《ひんし》状態だった。お風呂の中で、じっくり体を磨いて全身ピカピカにしたい欲求と、さっさとお風呂を出てぎゅっとされたい欲求がせめぎあう。僅差で、万全で挑みたい気持ちが勝って時間をかけてしまった。

言われた通りにしっかり髪を乾かし、言われた通り、バスタオル一枚だけを体に巻き付け、そろりと寝室に向かう。「冗談だったのに」と笑われる可能性もまだ拭いきれない。真に受けてしまった自分って……と思いつつ、そーっと寝室の中を覗く。自分のベッドの中に入っていた才川くんはすぐこちらに気付いて、読んでいた文庫本を閉じた。

「……ん？　なんで入ってこないんだ」

「……」

「みつき」

寝室の外で、じり、と二の足を踏む。本当にバスタオル一枚で来てしまった今の状況が、じわじわ恥ずかしくなってきて、死にそうになっていた。やっぱり一旦引き返す？　下着くらいは着けて来たほうがいいのでは……！

「……ちょっとタイム！」

「は？」

「出直してくるので、しばしお待ち……」

「もうだいぶ待ったけど」

「……」

「なかなか風呂から出てこないし」

「ご……ごめん……」

「こっち来て」

そう言われてしまうと……。あれだけ〝恥ずかしい〟とか〝死にそう〟とか思っていた感情が、一旦全部後回しになる。私の中の優先順位を、簡単に引っくり返してしまう声だった。おずおずと彼のベッドまで向かう。

才川くんは黙ってこちらを見たまま動かない。「本当にタオル一枚で来たんだ？」とも言わない。私がすぐ傍まで行くと、ゆっくりとした動きで隣にずれて、ベッドにスペースを作った。

「どうぞ」

いつもと変わらない余裕のある表情。心の中はさっぱり読めない。きっと私だけが恥ずかしい。

タオルがはだけないように気を遣いながら、空けてもらったスペースに潜り込む。どんな顔をすればいいかわからず、〝うーっ〟と不細工に伸びた口をどうにもできず。ひたすら上がり続ける心拍数に息苦しくなっていって。私がベッドに入ると才川くんは、掛け布団を足元によけながら、「寝て」と私に横になるよう言った。

言われるがまま彼のベッドに横になった。当たり前だけど、どこもかしこも才川くんの匂いがする。そのことに一気に緊張する。彼のベッドですることは今まであまりなかった。私のベッドや、リビングの床。ソファやキッチン。果ては脱衣所なんかでもした記憶がある。……結構いろんなところでしてるな……。思い出して一人照れた。回数が少ないわりに、シチュエーションだけは多彩。いつも予告なく突然始まるから、結果的にそうなっただけかもしれないけど。

それでいうと今回は、至って〝普通〟なはずだった。「今晩しよっか」という約束があり、一応心の準備をした状態でベッドにいる。

(……なのに、どうしてこんなに!)

装備は本当にタオル一枚。この下にはブラもショーツもない。

「さ、才川くん」

「なに」

「布団被りたい……」

「寒い？」

「そうじゃなくてっ」

恥ずかしいからに決まってるでしょ！

直訴しようかと思ったけど、覗き込んできた彼の顔が笑っていたからやめた。わかっているんだ本当は。寒いわけじゃないんだって。

彼はわかっていてわざと。

「布団はなし。被ってヤったら汗だくになるからやだ」

「……！」

わざと私が、恥ずかしくてたまらなくなることを言う。〝被ってヤったら汗だくになる〟なんて、言えば一瞬でも思い浮かべてしまうと知っていて。

布団の中でこめかみや首筋から汗をこぼし、必死で腰を振る才川くんをばっちり想像してしまった。もう顔が熱すぎて、そういう意味では布団は確かに必要なかった。

隣に寝そべってきた彼が勝ち誇ったように笑う。

「なに顔赤くしてんの？」

「……してません」

この確信犯を誰かどうにかして。

横になった才川くんは、自分は寝間着を着込んだままで、特に何をするでもなくじっとこっちを見てくる。

「……え？」

「ん？」

「や……えぇ？」

しないの？　……とは、なんとなく訊きたくなかった。〝なんで私だけこんな格好で〟とか、〝なんで完全に寝転んじゃったの？〟とか。言いたいことはあったけど、一旦我慢して飲み込む。バスタオル一枚の姿で寝転んで、何もせずベッドの上で才川くんと向かい合って見つめ合う。奇妙な状況だった。私は恐る恐る尋ねる。

「……もしかして、眠くなっちゃった？」

「ああ……だいぶ待たされたし？」

「……」

「んなことないよ」

彼はそう言って柔らかく笑うと、寝心地のいい体勢を探るようにもぞもぞと動く。腕を組みながら。

まったく自分に伸びてきそうにない手に、焦れる。

「……」

「……タオル一枚って抵抗なかった？」

あっ、結局訊くんだ……！

もうそれには触れずにいてくれるものかと思ったら。不意を突かれてぶり返した羞恥心に顔を覆いたくなるのを、耐えて答える。

「抵抗あるに決まってるでしょ……」

「そっか」

そこで初めて彼は手を伸ばしてきて、バスタオルの端に触れる。そして〝ぴらっ〟と。

「っ⁉　や、見っ……」

「見るだろ、普通に」

「ちょっ、と……！」

才川くんは寝転んだままで私のバスタオルを捲った。繰り返すけれど私の装備は本当にそれ一枚で、捲られればすべてが見えてしまう。才川くんは目線だけを動かし、上から下までじっくり見た。

恥ずかしくて死んでしまうかと思った。端っこを奪われるともう隠しようがなくて、慌てて彼の手からバスタオルを奪い返そうとするけれど。

「こないの？」

「……っ」

それはこっちのセリフだ。なんかもっと、こう……ガバッ！　ときてくれるものだと思っていました。これだけ体を張って恥ずかしい格好をしたからには、さぞやる気を出してくれるんだろうなぁと。それを〝こないの？〟とは。……行きますけどね‼

奪われたタオルの端っこは諦めて、目の前の才川くんにぎゅっとしがみついた。タオルは彼が手に摑んでいるから、私が動けば当然体からは落ちてしまうわけで。脱皮するみたいに私は、一糸纏わぬ姿になる。

抱きついて、しばらく彼の首筋から顔を上げられなかった。才川くんが服を着ているから余計に恥ずかしい。実質彼のティーシャツ一枚にしか隔てられていないせいで、心臓の音もダイレクトに伝わってしまうんじゃないかと思った。

「みつき」

名前を呼ばれる。顔を上げることはできない。絶対に無理だと意固地になって深く首筋に顔を埋めなおすと、片方の頬にするっと手のひらを滑らされた。たいして力を加えられたわけじゃない。でも、その手に導かれるようにして、私は顔を上げてしまう。

優しく唇を奪われる。

「んっ……」

裸体をどうにか隠したい気持ちを頭の片隅に置いていた。それも、口蓋を舐められるとどこかに飛んでいってしまった。甘く丁寧なキスに舌を絡め取られる。

最後に舌をきつく吸い上げられて、唇は離れていった。

「ッ、はぁ……」

「……あぁ。垂れた」

私の口の端についた、どちらのものかわからない唾液を彼の親指が拭う。その時にも目が合う。まだ余裕が見える冷静な瞳。下に視線をずらすと、才川くんの唇も濡れていた。

——私だけが確実に欲情させられていく。

全身が密着した状態で、彼の手が触れているのは私の唇と、キスするために固定していた後頭部。〝そこだけじゃなくて〟と、つい、思ってしまって。

「才川くんっ……」

「ん？」

「からだ、触ってほしっ……」

「……どこを？」

冷静な瞳に訴えかけると、心なしか彼の纏う空気は嬉しそうになった。

才川くんに触れられればどこだって気持ちいい。とっさに浮かばなくて「ぜんぶ」と答えると、また唇を塞がれた。キスされながら肩を撫で回され、ゾクゾクと感じてしまう。

「ふ、んっ……」

「ん……体、火照ってきたな」

「は、あ、んんっ……」

「汗ばんで、手にしっとり吸い付いてきて……」

「ふあぁっ」

背筋を撫で上げられて首を竦《すく》めた。鼻にかかった甘い声をあげてしまって、これじゃあ気持ちいいのが筒抜けだとまた恥ずかしくなる。何をしたって恥ずかしいのだ。わかっているのに、羞恥心は捨て切れない。

そろそろ私だけが裸なこの状況も勘弁してほしかった。

「……脱がないの？」

「脱ぐよ」

そう返事をすると、彼はもう一度私にちゅっとキスをしてから体を起こした。着ている黒いシャツを捲り上げる。引き締まったお腹が見えて、それから視線が移ったのは乱れた前髪。そのすぐ下の、少し欲情が垣間見える目。

私はそれを仰向けになったまま、見上げて問いかける。

「……下は脱がないの？」

「うるさいな」

「言われなくても脱ぐ」とちょっと鬱陶しそうに言われて、面白くてついにやけてしまう。笑ったら不機嫌になっちゃうかな。

口元を隠そうと手で覆っていると、ギシッ、とベッドの上で体重が移動する気配。

「……あ」

顔の横に手を突かれ、マウントポジションを取られる。彼は脱ぐと言っていたものの、スウェットのズボンを完全には脱がずにいた。少しずらして腰で穿いた状態で、穿き口から張り詰めた欲望をこぼれさせて。

見てはいけないと思いながら、しっかりと見てしまう。彼が片手で支えている竿《さお》は、ギン、と硬く反り返って、大きくなっていた。照れつつも、自分に反応してくれているんだと嬉しくなる。

「……触ってもいい？」

私が問いかけると、才川くんは一瞬複雑そうな顔をしてから、「うん」と小さく返事した。

覆い被さられたまま、下に手を伸ばして。脈打っているソレに慎重に触れる。すると、目前にある形のいい眉がピクッと動く。その反応をじーっと観察していたら「見んな」と怒られた。

「触ったら気持ちいいのかな、と思って……」

「……」

才川くんはやっぱりちょっと複雑そうな顔をしていて、何か言いたそう。でも結局何も言わないで、〝あ〟と大きく口を開いた。

食べるみたいにキスをされる。同時に、既にとろっと蜜が溢れている私のナカに、長い指が沈み込んでいく。

「は、あ……んーっ……」

彼の性器を右手の中で扱きながら、私も彼から激しい愛撫を受ける。クチャクチャと秘部を掻き混ぜられると、お腹の下側や腰の裏に気持ちいい波がやってきて、私は彼の下で悶えるしかなかった。

「ふぁっ、あっ」

「ん……口、もっと開けれるだろ」

「は、んんっ……」

キスも手加減がない。ナカで指が蠢くのと同じように、舌が器用に動いては口の中を舐めて、吸って、味わって。蹂躙《じゅうりん》するような激しいキスが続く。

「ふ、んんッ！　はぁッ……さい、か……んむぅっ……」

唾液を飲まされて。咽《む》せそうになって。

上も下も気持ちよくて何も考えられない。彼を感じさせようと頑張って動かしていた手も、途中からすっかりおろそかになってしまった。長くたっぷりキスと愛撫を施され、脳が蕩けてきた頃。唇が離れていく。名残惜しさに目を開ける。

「あ……やっ、キス、もっとっ……」

「ん……だめ」

「はぁ……あ、んっ……」

「口はまたあとで」

そう言って才川くんは、私のナカを触っている指はそのまま残し、もう片方の手で私の左手を取った。……なんだろう？

〝気持ちいい〟ということと、〝もっとキスしたい〟ということで頭がいっぱいになっていた。彼はそんな私の様子を笑って、手に取った私の左手を自分の口元へ持っていく。何をするのかと思ったら。

「ふぁっ……！」

結婚指輪を嵌めている薬指を、ベロッと舐められた。ゾクゾクッ、と快感が走る。才川くんはそれを見逃さない。私が引っ込めようとした手を強く摑んで、捕まえて、薬指をむしゃぶるように舐め回す。

「だめっ！　それっ……やっ……」

生温かくザラついた感触。すぐ目の前で才川くんの舌が、私の指の間をいやらしく舐《ねぶ》る。彼は舐めながらたまにチュッと吸ったり、私の目を覗き込んだりした。

それだけのことに意味がわからないくらい感じて、蜜壺《みつつぼ》の中に沈められていた彼の指をキュウキュウと食い締めてしまう。

「……これ嬉しい？」

「っ、ふぅっ……」

――だめって言ってるのに。

だめって言ってるのに、〝嬉しい？〟って訊いてくる。左手が熱い。結婚指輪の周りは彼の唾液でテラテラと光り、舐められているのがくすぐったくて手がプルプル震えた。かかる吐息も熱くて、火傷してしまいそう。

「みつき……」

「あ、やぁっ……」

舐められながら名前を呼ばれ、いっそう昂《たかぶ》っていく。薬指をそんな風にする意味を勝手に想像してしまう。〝自分のものだ〟と言われているみたい。独占欲を見せつけるみたいにされると……彼の言う通りだ。嬉しい。

もう彼のモノを触っている余裕なんてなかった。私はあられもない声が出そうなのを、舐められているのとは逆の手の甲で必死に抑える。

「んんッ……」

「……挿入っていい？」

「っ」

こくこく頷く。確かめなくてもわかる。さっきからずっとナカで蠢いている指のせいで、私のそこはすっかりほぐれてトロトロになっていた。

才川くんは私のナカから長い指を引き抜くと、最後に薬指にチュッとキスをして手を解放する。そして、私の左側に肘を突く。さっきよりも幾分大きくなっているモノの竿に手を添え、亀頭をぴとりと蜜口に押し当ててくる。何も着けていない生の感触に期待で息が詰まった。初めてじゃないのに、慣れない。

「力抜けよ」

「うん……」

ぐっ、と先端が蜜口を抉《こ》じ開けて。次の瞬間には。

「あっ。はっ、あぁあっ……!!」

じゅぷんっ、と一気に根本まで飲み込んだ。力を抜けと言われたけど、急な異物感につい力んでしまう。

「っ、お前っ……！」

「やぁ、んっ……だっ、て、いきなりっ……」

〝締めすぎ〟と言われているんだとわかった。彼が苦しそうにひそめた眉から。何かを堪《こら》えるように詰まらせた呼吸から。

気持ちよさそうな顔をされるとゾクゾクしてしまう。

「は、ぁっ……すご……腰、溶けそっ……」

少し余裕のない声。触れ合った部分から上がっていく体温と、だんだん激しくなる動き。理性が目の前で少しずつ崩れていくのを見ている。

「っ、はぁ、激しっ………ふぁぁっ！」

「気持ちいい？　……ここ？」

「あ、っ……そこ……そこ、きもち……いっ、いぃ！　んんっ！」

がむしゃらに突いているようでいて、そうじゃない。

壊れてしまいそうなほどベッドを激しく軋ませても、理性をなくしてしまったみたいに奪ってきても。自分本位なセックスをするフリをして、彼は絶対に私の気持ちいい場所を探す。

「あっ！　はっ、はぁっ……あんッ！　あぁぁっ……！」

「すごい感じ方。ナマでしてるから？」

「ひぁッ!?」

意地悪に笑って耳の中を舐めてくる。打ち付けてくる腰の動きがゆっくりになったと思ったら、今度は大きくグラインド。彼の言うナマの感触は、奥をゴリゴリと擦ってきた。

「ひぅッ……！　だめぇっ……なんかっ……」

「イきそう？　……ナカのうねり方すごいな」

「それっ……イッちゃっ……ぁアっ‼　まっ、てっ……待ってっ！　あぁっ……」

私が「待って」と叫んですぐに、ずるりとナカから抜けていった。自分でお願いしておきながら、甘いお菓子を取り上げられてしまったみたいに、もどかしくて寂しい気持ちになる。〝どうして〟という顔をした私を一瞥すると、才川くんは私の体をひっくり返した。

「……え？」

さっきまでの余韻でガクガクと震える体をうつ伏せにされて、何をされるのかと思ったら。腰を抱き上げられ、膣《ちつ》の中に再び異物感。

「あっ……あぁっ」

さっきのとは違う。

「さっきよりもグショグショになってる」

「やっ……なんで抜いたの……？」

「指でされるの好きだろ」

「んっ、でも……っ、しかも、こんな格好っ……！」

お尻を突き出した状態で、ナカに入った中指をパチュパチュと上下に動かされる。一度彼を受け入れたあとでは物足りなくて、だけど、お腹の下側からぞわぞわとせり上がってくる快感に腰が震えていた。

「は、あ……ん、ん……」

「ここ、好き？」

「あうっ……んぅ……はぅ……」

「好きならちゃんと言って」

「っ！　知ってるでしょ⁉」

「あんまり好きじゃなかった？　じゃあ抜くか……」

「あッ……好き！　好きだからぁっ……」

「……ちょろすぎてちょっと心配になるよ、お前」

そんなこと言われても……！

指じゃ物足りないと思っていたのに、あっという間に〝あと少しでイけそう〟な状態にされていた。枕に顔を押し付けて喘ぐ声を押し殺す。

「んっ、んんっ……！」

だけどそれも。〝もうあと少し〟というタイミングで、やっぱり彼は指を引き抜いてしまった。

「はっ……」

くたりと枕に頭を預けたまま。ちらっと後ろを向いて彼を睨む。

「……ひどい……」

「ひどい？」

「あ、あぁっ……」

間髪入れずにまた違う異物感に襲われて、私は枕に突っ伏した。さっきよりも更に大きくなったモノでお腹の中を満たされる。〝帰ってきた〟と体が勝手に悦ぶ。

「あっ、あっ、あっ……」

パンッ、パンッ、とお尻と太腿がぶつかる音。さっきほどは激しくないのに、相次ぐ寸止めのせいで尋常じゃない快感だった。ガクガクと腰が震える。そこでまた彼が、蜜穴から抜けてしまいそうなほど腰を引くので。

「っ、やだ！　……も、抜かないでっ……」

私は振り返って、ほとんど半泣きで哀願した。――その時の彼の嬉しそうな顔といったら。

「あんッ……!!」

そのあと、彼は一度も私のナカから抜くことなく腰を振り続けた。後ろからのしかかって犯すみたいにがっついて、余裕なんて少しもない。

「ひあぁあんっ！」

私だってない。

「っあ……みつきっ、もうっ……！」

「あんっ！　だしてっ！　才川くっ……だしてぇっ！　あぁっ」

「っ……出るっ……!!」

「あぁぁっ……！」

白濁がほとばしって、お腹の中がじわじわ熱くなる。

「あ……っ、でて、る……」

散々泳いだシーツを指先できゅっと掴んで、なかなか止まらない彼の射精を受け止めていた。

しばらくして射精がおさまると、才川くんはゆっくり私のナカから出ていく。

「ふ……」

同時にぎゅっと後ろから抱きしめられて、彼はそのまま横にごろんと寝転がった。私は彼の腕の中に収まる形で、一緒に横向きになる。

「……気持ちよかった」

耳の後ろから独り言みたいな声が聞こえてきて、胸の奥がきゅぅっとなる。まだお腹の中が熱い。すごく満たされたはずなのに、そんな風に囁かれたらダメだ。また少しずつ劣情が燻《くすぶ》り始める。彼が今私のナカにいないことが、寂しくなってくる。

私が振り返ると才川くんは柔らかく笑った。

「……なに？」

私が求めたら求めた分だけ、彼は嬉しそうにする。

だったらもう、ちょっとくらい、恥ずかしくたって構わない。

「ねぇ才川くん……もっと」

欲望に素直になって見せることくらい、訳のないことなんです。

《後日談①　才川夫妻の犯行予告》終

後日談②　才川夫妻の拘束プレイ

油断していた。

＊

会社から帰ったらみつきが風呂に入っていた。テーブルを見ると二人分の夕飯にラップをかけて置いてあったから、彼女が出てくるのを待とうと思って、ネクタイだけ解《ほど》いてどかっとソファに腰かけた。

テレビをつけて、〝あーこのCM、松原さんのチームが作ってたやつオンエア始まったんだなぁ〟なんてぼんやりと思った。少しザッピングしたものの、特に興味のある番組がなくてテレビを消す。それで、みつきが風呂から上がるまでの間だけ、ちょっとの間まどろむつもりで、腕を組んで深くソファに沈み込み、目を閉じた。

深夜残業が続いていたからだと思う。意図せずそこでぐっすり眠ってしまったのは。あとはただただ〝油断していた〟としか言いようがない。……というか、一緒に住んでいて油断もなにもないだろ。何かされるなんて発想にならないだろ、普通に考えて。まあ、それでいうとうちの妻は普通じゃなかったわけだけども……。

とにかく俺は、油断していた。

「…………は？」

眠っていたの自体はそんなにたいした時間じゃないと思う。みつきが風呂に入っている間くらいだ。そう思ったのは、目を開けた時に目前にいた彼女の頬が湯上りでほかほかと赤く上気していたから。

「あ」

ばちっと目が合うとみつきは声を漏らして固まった。ソファに座る俺の前で屈んでこちらを覗き込んだまま。それは明らかに〝しまった〟という類の「あ」だった。――驚いた。

バツが悪そうに目をそらしたみつきと、自分の手首を交互に見る。みつきの〝しまった〟という顔からして、犯人は明らかに彼女だった。俺は逮捕された人のように両手首を拘束されていた。自分でさっき解いたばかりのネクタイで、きつく。

「……みつき？」

一応、何のつもりか聞くだけ聞いてやろうと思った。だけど彼女は目をそらすばかり。パジャマ姿で髪もろくに乾かさないまま。濡れている前髪からぽたりと落ちた滴が俺のスラックスに染みをつくる。一体何をしているんだこいつは……。

「……」

「みつき。なにこれ」

もう一度名前を呼んで、ネクタイできつく結ばれた両手首を見せると、彼女は叱られた子どものようにしゅんとして、渋々話し始めた。

「……私がお風呂から上がったら才川くん、眠ってたから」

「うん」

「珍しく居眠りしてるし、そこに縛るものがあったから、なんだか〝今しかない！〟と思って……」

「……うわぁ」

「ああ待って！　引かないでごめんなさい！　今解くからっ」

そう言って自分が結んだネクタイの結び目に触れる。本当にただの思い付きらしかった。

「……」

びっくり、は、したものの。

こんな風に自分勝手なことをするみつきはちょっと珍しいから、面白くなってしまって。こんな趣味があったなら、それはそれで別に構わないと思った。面白いから、もう少しこのまま。

「いいよ」

「……え？」

「何がしたかったのか知らないけど、やってみても」

そう言って自由の利かない腕はそのままに、指先は動かせたので彼女の片手を掴んで引き寄せた。風呂上がりでまだ体温の高いみつきが、ぽかんとしたまま力に従って俺の膝の上に乗る。

「……ほんとにいいの？」

「うん」

いいよ、と言いながら少し開いた口にキスをした。ぺろっと唇を舐めると恥ずかしそうに目を細めて、それからゆっくりと首に腕を回してくる。いつもより少し積極的にキスを返してきた。

「ん……」

手首を縛られているから抱き返すことはできない。代わりに、両腕を二人の胸の間に持ち上げて指先で胸の先端を引っ掻く。

「んんッ……！」

パジャマ越しに乳首が尖り始めたのを確認して、キスをしながらカリカリと掻き続けた。

「んむ……ん、んんっ」

「は……もっと舌絡めて」

「んー……」

みつきは敏感な芯に与えられる刺激に耐え、従順に、必死に舌を伸ばしてくる。その舌を甘く吸うと体を強張らせて、抱きついてくる腕に力が入って。かわいい、と思うと抱き返せないことがだんだんもどかしくなってくる。縛られたことなんてないから、こんなもどかしさは知らなかった。

　夢中になりすぎて息苦しくなったのか、途中でみつきは、は、と息継ぎのために唇を離した。唾液の細い糸が引く。元々上気していた頬は更に火照って赤くなり、瞳は潤んでいる。――ゾクッとして、自分の劣情が膨れ上がるのがわかった。両手の自由の利かなさに、好きに彼女を奪えない不自由さに、余計に掻き立てられて。

　唇を離したみつきは肩で息をしていて、彼女ももどかしそうに悩ましい目で俺を見ていた。

「……物足りないんじゃないか。パジャマの上からいじられても」

「え」

「俺は脱がせられないから、みつき。自分でやって」

　一瞬戸惑って見せたけれど、自業自得だと納得したのだろう。みつきは緊張した面持ちでパジャマの前ボタンをはずし、はらりとはだけさせた。陶器のようになめらかな胸が露《あらわ》になって、ふるふると震える。わざとではなく、思わずじっと見てしまった。

「さ……才川くん。そんな真剣に見ないで……」

「……パジャマ越しでも気持ちよかった？　こんなに乳首勃たせて」

「ち、ちが……」

「ヘンタイ」

見上げて笑ってやると泣きそうな顔で首を横に振る。目の前に差し出されたそれに、俺は遠慮なくむしゃぶりついた。

「あっ……！」

頭上で喘ぐみつきの反応を窺いながら、真っ赤な実を舌先でころころ転がして。表面のザラつきで乳輪を含めた範囲を舐る。

「あっ、ん、才川く……痛いっ」

そうは言ってもみつきは気持ちよさそうで。やめないほうがいいんだろうな。胸が弱いみつきは俺が少し歯を立てるたびに身をよじって悶えていた。

しばらくそうしていると、彼女の嬌声にだんだんと哀願が混じり始める。

「っあ、んんっ……ねぇ、才川くんお願い……」

「……なに？　もう挿れ――」

挿れてほしい？　と聞こうとした時。

返ってきたのはまったく予想外の要求だった。

「お願い。私に……口でさせて」

一瞬、言われたことの意味がわからなくて。思わず彼女の胸から口を離していた。

「……え？」

「私もしたい」

したいって？　何を？　……口で？

「……まさか、縛ったのって」

「……」

「そのため……？」

みつきは膝の上に乗って俺の首に腕を回したまま、ふいっとうつむく。パジャマの前を全開にしてそんな仕草をされてもエロいだけなんだが……。面白いから黙っておく。

彼女はバツが悪そうに目をそらしたままで口を開いた。

「……そうでもしないとできないなぁって。だって才川くん、私が口でしようとしたら絶対に嫌がるでしょ」

「ばっ……」

馬鹿か。させられるかお前にそんなこと……と口走りそうになって、寸前で思いとどまる。余計なことを言うところだった。

「……馬鹿だなお前」

その部分だけ口にすると、みつきの伏せていた目がむっとしてこっちを見た。だから、パジャマの前全開でそうされても……。

きっとみつきにはわからないんだろう。汚したいけど汚したくない、みたいな微妙な気持ちは、きっとわからない。

「だって、今まで一度もやったことがないでしょう？　特にここ最近なんか、そのエッチは結構してるのに」

「……うん」

そうですね。今まで我慢してきた分を、取り返すくらいの勢いでしてますね。それすら飽きられたくないから、手を変え品を変え、いろんなことを試している。

だけどみつきがしようとするそれだけは、なんとなく憚《はばか》られた。

「なんでなんだろうってずっと……私だって気持ちよくしてあげたいのに」

それを彼女がこんなに気にしているとも思わなかった。

俺は腕を縛られたまま、恥ずかしさに耐えて（パジャマの前全開で）うつむくみつきを前にして困っていた。なんだこれはどうすればいいんだ。したい、と言われてじゃあどうぞなんて言える気がしないし、ここまで言わせておいてダメだと、言う？　でもそれじゃあ本当にただ嫌みたいで、無駄に傷つけそうな気がする。今更そんなことで悶々とさせたくはない。

「……ほんとのほんとに嫌だったら、やめておきますけど」

……だからさぁ、そういう……。

膝の上に据え膳の妻を乗せたままでしばらく考えてしまった。でも考えたところで、この場を逃げ切る気の利いたセリフはどうにも浮かばなかったから。

「……うん」

「うん？」

「もう」

「もう……？」

「好きにしてくれ……」

とても情けない結論だった。みつきは何が嬉しいのか顔をぱぁっと輝かせた。

自分で俺の膝の上から降りた彼女。俺は手首を縛られたままだったので何もすることができなかった。彼女はソファの下、フローリングに膝を突くとベルトに手を掛けてきた。

「……あのさ」

「なに？　男に二言はないよね？」

「俺、風呂まだなんだけど」

「……まあ、大丈夫！」

「何が大丈夫だよ……」

「だってお風呂入ってる間に気が変わっちゃうでしょ、絶対に」

そう言われると、まあそうだろうなと思った。シャワーを浴びて冷静になったところで〝さて……〟とはならない。なるわけがない。みつきの読みは正しい。

そんなやり取りをしているうちに事態は進行していた。みつきの手の動きに迷いはなかった。初めて彼女の手で暴かれたその光景は。

「………」

やっぱり目を背けたくなるくらい、罪悪感が募る光景で。

「……才川くん」

「なに」

「おっ」

「言わなくていい」

被せ気味に発言を制するとみつきは黙った。もうこれ以上は後ろめたさで死にたくなるから、やめてくれ。AVみたいなことは絶対に言ってくれるなと強く念じていると、みつきは本当に戸惑っているのか、言葉を選びつつもつぶやいた。

「……ほんとにこんなのが、いつも私の中に入ってるの……？」

「……」

それもやめてほしかった……。

もうやめた。神経を張りすぎて疲れた。俺は「好きにしてくれ」と言ったんだから、好きにさせればいいのだ。みつきはしばらくまじまじと俺のを見つめていたが、やがて見た目に慣れたのか不器用に触れて、少しずつ唇を寄せ始めた。

「……ん」

反応したら負けだと思った。きつく結ばれた自分の手首越しに、みつきが舌を伸ばしているのが見える。最初は目についたのか鈴口の先走りを舐め、そればかりじゃいけないと思ったのか、くびれの部分に舌を這《は》わせてきた。少しずつ口の中に含んでいく。……なんというか。

（たどたどしい……）

思っていることが伝わってしまったのか、みつきはちらっとこちらを窺った。目が合うと気まずくてたまらなかった。気持ちいいはずなのに、その感覚に集中することもできない。


「……こっち見んな」

「えっ……だって気にな」

「そこでしゃべるな歯が立ってる！」

「……！」


あまりにもぎこちなくてハラハラした。よく何の知識もなく自分からしたいなんて言い出したな……と思ったけれど、気付いた。

気付いた時には、口元が笑うのをどうにもできなかった。


「……へたくそ」

そう言って、拘束されたままの両腕をソファの下にいるみつきの頭上へと持っていく。手首より先の自由が利く部分だけでくしゃっとみつきの頭を撫でた。彼女はさっきの言いつけを守って一度口を離してからしゃべりだす。少し涙目になっていた。


「……っ、しょうがないでしょ！　やったことないんだから！」

「そうだな。……俺のしか知らないもんな」

「……なんか、嬉しそう……？」

「んん……」

曖昧に濁してみつきの問いかけには答えない。〝ほんとは下手で嬉しい〟なんて言ったところで特段彼女は喜ばないだろうし、そのことに喜んでいる自分はちょっとダサいな、という自覚もある。だけど彼女の初めての相手が自分だと意識したのは、すごく久しぶりだったので。

俺の表情をなんとか読み取ろうと窺いつつも口を休めない彼女。その頭を撫でながらぽつりとこぼす。

「みつき」

「……ん？」

「もうちょっと奥まで、いける？」

彼女は歯を当てないように気を配りながらこくっと頷いた。

それを確認して、俺は少しだけ腰を浮かせて、彼女の喉を突く。

「ん、んんッ……」

当たり前だけどみつきは苦しそうな反応をした。それを見るとやっぱり腰が引けてしまう。苦しんでいるところが見たいわけじゃない。これまでずっと、切ない顔をされると安心していたけど。でも今は、もっと、ちゃんと。

みつきは俺が腰を動かすのをやめても、自分から深く咥《くわ》え込もうと喉を使ってきた。

「っ、みつき」

「ん……」

「もう、いい」

「……っ、ふ」

「っ、もういいから。……なぁ」

「んんぅ……」

「……もう出そうだから。上乗って」

「んむ……」

「みつき……頼むから、こっち来て」

そうまで言って、やっとみつきは口を離してこちらを見た。少し酸欠気味で顔を赤くしている。口の端を唾液で濡らして。少しもどかしそうなのは、彼女も感じていたんだろうか？

不自由な手でみつきの手を引っ張り上げて、もう一度自分の上に座らせる。

「下、自分で下ろして脱いで」

「……え」

「早く」

手首を見せれば、俺が脱がせることができないことは明らかだった。そしてそれはみつきのせい。〝あ、そっか！〟と気付いた顔を真っ赤にして、彼女は恥ずかしそうに自分で下を脱いだ。バランスを取るために俺の肩に置いた手は少し震えていた。そのままゆっくりと下に降りてきたみつきは、俺の下半身の上で位置を探っている。そしてちょうどいい場所を見つける。

なぜか俺のほうが緊張した。言わないけど。

「……そのまま腰落として」

「このまま……？」

「うん、ゆっくりでいい」

そう言うとみつきは素直に俺の言葉通りにした。寸前に大きく深呼吸をして、宛がっていたものを自分の中へと導くように腰を沈めていく。途中で彼女のほうの準備がちゃんとできているのかと心配になったけれど、杞憂だった。

「あッ……っ……なん、か……いつもより、おっきっ……っ、あぁんっ！」

充分に濡れていたので最後は一気に突き挿れる形になった。奥を突くとみつきは耐えるために俺の首に腕を回してくる。体がより密着して深く繋がる。

「あっ、あっ……さい、かぁ……っ……さいかわ、くん」

「ん……？」

自分より高い位置に目線のあるみつきを見上げながら、腰を揺さぶる。

「んんっ……ねぇ……さっき、感じてた……？」

「……」

「あぁっ……へたくそって、ん、言われたけど。ねぇ、ほんとは……あぁんッ！」

「黙れよ」

「あんっ！　ひぁっ！　あっ、あん……あぁッ♡」

まともにしゃべれなくするために激しく腰を打ち付けた。まだボタンを開けっ放しのパジャマから覗く胸にかぶりついて、さっきよりもずっと熟れた実に歯を立てる。

「ひぁっ……！　やめ、もうっ……だめぇっ」

「こんなに自分で腰振ってるのに……？」

「あぁん」

「エロい。みつき……かわいい」

「あ」

「っ」

俺の言葉ひとつひとつに反応するようにみつきのナカがうねる。気を抜くと持っていかれそうになるのを必死になって堪《こら》えた。突けば突くほどに、みつきの喘ぐ声は高くなっていく。

「あ、あぁっ……ひぁっ、ふっ、んんっ……」

「こうやって下から突き上げられるの、そんなにいいんだ……？」

「さいかっ……くっん……奥、届いてわたしっ……もう……！」

「まだダメ。イかせない」

「やぁっ……♡」

思い切り首を伸ばして、もどかしそうに喘いだ口の端にキスをする。

自分のものを舐めた口と？　と気が引けていたけど、蕩けた顔を見ていたらそんなことは忘れてしまっていた。ズンッ、ズンッと重たい衝撃を与え続けると、みつきは「イく」と宣言した。

「ん、ふ、あっ、あっ……！」

突き上げるとずれる唇と唇を懸命に合わせていると、苦しくなったのか、みつきがふいと顔をそらした。逃げた唇を追ってぺろっと舐めると、またその口を塞ぐ。

「っ、苦しっ……」

「ダメ。キスしながらイって」

「んッ……」

そうやって甘い声を全部飲み込んだ。

——結論。縛られるのもそんなに悪くなかった。

《後日談②　才川夫妻の拘束プレイ》　終

書き下ろし後日談　才川夫妻のバスタイム

〝一緒にお風呂入る？〟という私の誘いに、彼が頷いたことはなかった。大学卒業と同時に結婚して、一緒に暮らすようになってから、七年。バスタイムの誘いは頑なにお断りされ続け、もう何度、彼の入浴中に突入してやろうと思ったかわからない。（本気で怒られる気がしたので一度も実行できなかったけど）

それを――二度目のプロポーズから数日たった今日。〝今なら結果は違うかもしれない〟と、淡い期待を抱きながら、ダメ元で挑戦することにした。

「こ、今晩……」

「ん？」

帰宅したばかりの彼から鞄を受け取って、ジャケットを脱ぐのを手伝いながら。才川くんがこちらを振り返ったタイミングで〝えいやっ！〟という気持ちで言ってみた。

「お風呂！　……一緒に入りたい！」

――言った！

何度となく玉砕していたから、お誘いすること自体はもう慣れっこなはずだった。

いつになく緊張しているのは、期待しているから。結婚指輪をくれた。避妊せずに抱いてくれるようになった。一緒のベッドで眠ってくれるようになった。——たくさんの変化が起きた今なら、お風呂だってもしかしたら。

私の不安や期待を知ってか知らずか、才川くんはじっと私の顔を見てくる。自然な動きで頬に手が伸びてきて、すりっ、と撫でられる。そんな仕草にさえ期待を募らせてしまう。何かを言おうと、薄く開く才川くんの唇。ドキドキと胸を高鳴らせながら、その一瞬を待つ。

才川くんは言った。

「……そうだな。たまには一緒に入るか」

「えっ」

かっ…………革命だ——!!

思わずそう叫びそうになった。ぐっと喉の奥で飲み込んで、次に、幻聴である可能性を考えた。一緒に入りたい願望が強すぎて、いつものように〝入らない〟と言われたのを勝手に脳内変換してしまったのではないかと。何それ私やばい。やばい……。

一人悶々としている私のことをふっと笑って、才川くんは頬から手を離し、私の横を通り過ぎて洗面所に向かう。

「えっ、あ……」

「先に入ってる」

「っ……すぐ行く！」

幻聴じゃなかった！

私の返事に才川くんは振り返り、余裕の笑みを浮かべて「うん、待ってる」と言った。甘い……！

ここは会社ではなく家なのに、いつになく甘い才川くんに調子を狂わされる。どうしたんだろう、今日。何かあったのかな。サービス過多ではないですか……？

（夫婦なのに〝サービス〟って）

自分の思考に、あらためて夫優位な自分たちの関係を思い知らされる。でもそれでよかった。

彼に上手に踊らされて、私はいつまでも恋をしていられるんだと思う。

諸々の準備を整えて、そろりと浴室のドアを開けた。才川くんは既にお湯に浸かっていて、頭を洗った後なのか前髪がぺたりと垂れている。少し幼くなっていてかわいい。

私が浴室に足を踏み入れるのと同時に、彼はこちらを見た。視線にビクッとしてよろめきそうになりながら、フェイスタオルを体の前で押さえて足を前に踏み出す。

「良かった。バスタオル巻いてきたらどうしようかと思った」

「巻くわけないでしょ！　すぐお湯に浸かるのに……」

エスパーか！

ついさっきまで、バスタオルにしようか迷っていた。フェイスタオルでは体がほとんど隠れなかったから。そもそも隠すもの？　いや、でも、素っ裸で突入する勇気はない。エッチする時よりも恥ずかしい気がするのはなぜ……！　悶々として、私は結局フェイスタオルを手に取ったのだ。

才川くんに見守られながら掛け湯をして、浴槽のすぐ傍に立つ。彼は端に寄って長い脚を折り畳んだ。

「どうぞ」

「……お邪魔します」

正真正銘、これが初めての〝一緒にお風呂〟だと思うのですが……。才川くんはずっと落ち着いていて、私はなんだか、タオルのサイズすら悶々と悩んでいた自分が少し馬鹿らしくなった。普段通りな彼の様子に落ち着きを取り戻しつつ、湯船の中へ。ちょん、と爪先で触れるだけでも熱い。猫舌なくせにお風呂は熱いのが好きな彼の好みに合わせて、高めの温度に沸かしてあったお風呂。足先からゆっくり浸かって、両足を浴槽の床に着けたら、今度は膝を曲げる。腰まで浸かって、徐々に体を沈めていって、胸のあたりまでお湯に浸かったところで〝ふぅ〟と息を吐いた。そして、くるっと才川くんに背を向ける。

「……なんでそっち向くの？」

「な、なんとなく……」

浴槽の中、私は才川くんにもたれるように背中を預け、お湯に浸かっている。

「ふーん……」

才川くんは追及してくることはせず、背後から私のお腹の前に腕を回してきた。そのちょっとした動きにもドキドキして、私は体育座りで小さくなって。

「足伸ばせば？　狭い？」

「や、いいの」

なんだか落ち着かないから、このままでいい。向き合うことすら、顔が見えるのが恥ずかしくて遠慮してしまったくらい。今まで散々自分のほうから誘っておいてアレだけど、ここまで恥ずかしくなるとは思わなかった。

「二人だと狭いな、やっぱり」

「そうかな？　まぁ……うん、そうかも」

「一緒に入るメリットある？」

「メリット……!?　メリットは、ええっと…………私が髪洗ってあげるから、才川くんは腕が楽！」

「もう洗ったけど」

やっぱりもう洗ったのか――！　それはやりたかったから、残しておいてほしかった。シャンプーで才川くんの髪を逆立てさせて〝ウルト●マン！〟とかやりたかった。（たぶんめちゃくちゃ怒られる）

「他には？」

「他？　うーん……」

「そんな真剣に悩まなくても」

不意に会話が途切れて、浴室の中がしん……と静まり返る。少し体を動かした瞬間の〝ちゃぷん〟とお湯の跳ねる音だけが響いた。才川くんは今何を考えているんだろう。

ドキドキしすぎて、息苦しささえ感じてしまうようになって。耐え切れなくなった私は、何か適当な話題で沈黙を破ろうと考えた。だけど。

「んっ……」

口を開いた瞬間、才川くんの腕が動いた。お腹の前に回されていた腕が解かれ、手のひらが滑り上がってくる。お臍《へそ》の上を真っすぐ上って、乳房の下で二手に分かれる。双丘の下側をお湯の浮力に従ってふよふよと持ち上げてきた。

「んふっ……」

体に緊張が走り、ドキドキがいつまでもおさまらない。才川くんは何も言わずに私の体に触れてくるので、手の動きはさっぱり予想できなかった。大きな手が下から掬《すく》い上げるように私の胸を揉み、そして、人差し指と中指が乳首に伸びてくる。

「はんっ！」

大きな声が自分の口から漏れて、とっさに手のひらで覆い遮った。漏れてしまった声は浴室の中に小さく反響し、実際よりやらしく響いた気がした。羞恥心でカッと耳が熱くなる。才川くんはその耳をカプッと噛んだ。

「ひあっ……！」

　口の端から嬌声が漏れる。彼は指先で双丘の尖りをクリクリと転がしながら、私の耳の縁を少しずつ食んで熱い息を吹きかけてくる。

「こうなるってわかってただろ？」

〝ぞくぞくっ〟と身震いしてしまうような、低く掠れた声。――期待しなかったと言ったら、嘘になる。〝一緒にお風呂入りたい〟なんてただ無邪気な気持ちで言っていたわけがない。髪を洗ってあげたいとか、脚の間にすっぽり嵌まってゆっくりお湯に浸かりたいとかそういう目的もあったけど。一番はやっぱり、こうやってくっついて、イチャイチャしてみたかった。

「あっ、あっ……♡」

「ずっとこうしてほしかった？」

「ふぅっ」

「ほんとエッチだな、みつき……」

　それまでクリクリ優しく転がされていた胸の先端を、唐突に〝キュウッ〟と強く抓《つね》られる。

「あっ、んんッ……！」

　その瞬間ビリビリと電気が走ったように気持ちよくて、私は後ろにのけぞり、足の爪先を丸めた。

「ん……軽くイった？」

「んっ、ふっ……」

彼の言う通り少し達してしまった私は、力が抜けてずるりと彼に深くもたれかかる。熱いお湯の中でこんなことしてたら、すぐにのぼせてしまう……。せっかく〝初めての一緒にお風呂〟なのに勿体ないけど、先に上がらせてもらおうと思った。——けどそのタイミングで、腰の下あたりに〝グイッ〟と当たる硬いモノの存在に気付いた。

「……さ、才川くん」

「ん？　……ああ。ごめん、当たってた」

「や、いいんだけど……でも」

すごく大きくなってないですか……？

背を向けているから見えないけれど、腰骨に当たっているソレは存在感があって、驚いた私はつい体育座りに戻ってフリーズしてしまった。〝先にお風呂上がるね〟とか、なんとなく言えない空気になった。

才川くんの手はまだ私の胸に添えられている。口も、まだ私の耳のあたりにある。彼は言う。

「まあ、わざとだけど」

「えっ」

「……触って？」

お願いされて、私は小さく息を飲む。一瞬躊躇《ちゅうちょ》した私を急かすように、彼の切っ先が私の腰椎の下を〝つつ……〟と撫でてくる。その行為のいやらしさに脚の間が疼いて、私は自分の背後にある彼自身に手を伸ばす。

後ろ向きだから逆手になってしまって、触れる手は余計にたどたどしくなった。手のひらで包むと、耳元で才川くんの呼吸が、苦しそうに詰まる。

「っ……うん、そう。もうちょっと強く触ってもいい。…………ん、上手」

「……気持ちいい？」

今、どんな顔をしているんだろう。どうしても見たくて軽く後ろを振り返ると、眉根に皺をつくって気持ちいいのを我慢したような顔が、ふっと笑いかけてきた。

「良すぎ」

「あ……あン、あ、んぅっ……」

才川くんの両手の指がコスコスと素早く乳首を擦り、耳元では彼の口が耳たぶを食んだり、耳の中を舐めたりする。時折彼の唇は私の耳から頬へと流れ、口をついばみ、また耳へ。私が彼の猛った棒を手の中で上下に扱くと、そのたびに才川くんの吐く息は熱くなる気がした。

「みつきっ……いい、それっ……」

「あッ……さいかわ、くん……やだ、熱っ……」

気持ちよさそうな声で名前を呼ばれて、熱っぽい吐息が耳の中にこもる。いじられ続けている胸の先は腫れたようにジンジンと痛み、触られてもいない脚の間は切なく疼いていた。手の中では彼の欲望が〝ビクッ〟と何度も脈打って、大きく張り詰め、今にも精を吐き出したそうに暴れている。――欲しい、と本能的に思った。

「みつき……はっ、顔、真っ赤……」

「ん……」

「のぼせた？　上がるか」

そう言うなり、才川くんは脇の下に両手を差し込んできて後ろから私を抱き上げた。彼に抱えられ、支えられながら浴槽の中から出る。足元はふらついていて、自分が本当にのぼせかけていたことを知る。だけどそれよりも。

「才川くん、私……」

「ん？」

「まだどこも洗ってない」

「あー……」

そうだった、と、才川くんはちょっと困った顔をする。私が入ってくるよりも先に全部洗い終えていた彼は、そのことを本当に忘れていたようだ。浴槽の外、二人して裸のまま。彼は心配そうに顔を覗き込んでくる。

「洗ってから出る？　一回外に出なくて平気か？」

そうじゃなくて。そんなことよりも。

「まだ何も洗ってない」

「うん？　だから先に洗っ……」

「洗ってないから、汚れても大丈夫」

じっ、と、目を見て言ってみた。私の腕を掴んで顔を覗き込んでいた才川くんは目を丸くして、「あ、そう」と意味をいまいち理解しないうちから返事をした。でもすぐに私の言いたいことがわかったようで、困ったようにため息をつく。

私は腕を掴まれたまま、ドキドキしながら待っていた。〝エッチするより一緒にお風呂に入るほうが恥ずかしい〟とさっき思ったところだけど、撤回する。〝お風呂でしたい〟と伝えることのほうが百万倍恥ずかしい。百万倍恥ずかしいけど、ここで退きたくはない。

才川くんはため息の後に、湿った唇で軽いキスをくれた。唇同士がかすめるくらいの距離を保ったまま、静かに問いかけてくる。

「……それ、ずっと考えてた誘い文句？」

バレた。バレたと思ったことが顔に出てしまったので、その通りだということもバレてしまった。黙ったまま小さく頷く。結婚して七年、頭の中で繰り返した脳内シミュレーションで〝なんて言って誘ったら一緒に入ってくれるか〟をたくさん考えた。それに、一緒に入ってくれた後のことだってたくさん想像した。――勿論、こんな風に濡れた彼の姿も。濡れて前髪がぺたっとなってる才川くんの、顎からぽたぽたとお湯がこぼれていく。その滴を目で追った先には厚い胸板。引き締まったお腹。

「……」

直視していられないくらい色っぽい。

照れた私が目をそらすと、才川くんは私の頬や顎にキスをしながら浴室の壁に手を突いた。壁と彼の体に挟まれた私は、才川くんの首に腕を絡めて抱きつき、彼の頬や顎にキスを返す。下のほうでは、才川くんのモノがさっきまでと同じように天井を向いて猛っている。

（……興奮してる）

経験のないシチュエーションに、彼も気持ちが高揚したりするんだろうか。さっきまではとても余裕に見えたけど……。

熱っぽい声が「体預けて」と囁くのに従って、首の後ろに回していた腕でいっそう強く抱きつく。才川くんは私の片脚を高く抱えた。開かされた脚の間がヒクッと痙攣するのを感じた直後に、すぐに才川くんが挿入《はい》ってきた。

「あっ……あぁぁぁっ……！」

腰ごと押し上げられるような深い挿入に、ゆっくりだったにもかかわらず声が漏れる。優しく押し拓かれた隘路《あいろ》は包むように彼を締め付け、その大きさを明らかにする。

「っは……みつき、キツっ……」

「あ、ごめんっ……！」

「っ……いい、緩めようとしなくて。逆に締まる……」

彼の胸板に顔を寄せたまま、力の抜き方がわからず慌てふためく。いつもならこんなことはないのに。やっぱり緊張してる？　浴室に充満している湿気と、濡れた体と、水っぽいキスと。浴室で絡まるのってエッチだなぁと思って、空気には充分酔っている気がした。

「んっ、んっ……♡」

片脚を抱えられた状態で奥を小突かれ、なるべく声が漏れないように才川くんの肩に唇を押し付ける。〝ぱちゅん！　ぱちゅん！〟という肌がぶつかる音が大きく響いていて、恥ずかしいのには変わりなかった。

才川くんは私を突きながら首を傾げ、肩口にいる私に唇を近付けてくる。

「ふっ、うっ……んんっ」

どちらからともなくキスをして、彼は舌を吸い上げつつ、腰をぐりぐりと押し付けてきた。子宮口を抉じ開けられるような感覚に爪先が伸び、いっそう深くなった挿入に悲鳴をあげそうになる。

「ん！　んんっ……！」

「はぁっ……こんなの、挿れるだろ……っ」

口を離した瞬間に、才川くんはそんなことを口走った。腰の振りを激しくして、執拗《しつよう》なまでに最奥を抉《えぐ》りながらまた荒々しくキスをする。

「んぁっ……んむ……ぷはぁっ」

「裸で、体もちょうどよく火照ってっ……。目も潤んでてエロいし、声もよく響くし……」

「ふぁっ、あぁっ♡」

酸欠でクラクラする。酸素の薄い浴室で、全身で求められると、体の内側も外側も甘く痺れた。頭の中が真っ白になって、彼に抱きつきキスを受け入れることだけでいっぱいいっぱいになる。

キスの合間に薄く目を開くと視線が絡んで、気持ちよさそうな、苦しそうな切実な目が見えた。そこに本能的な欲望を感じて、また体の芯が熱くなる。

「ん……ゴムもないのに挿れたくなって、絶対すぐに子どもができてた」

「んッ……できたら、だめだったの……？」

「……今思えば、だめではなかったけど」

彼がどうして今まで頑なに、私と一緒にお風呂に入るのを拒んできたのか。その答えが今の言葉の中にある気がしたけど、私はもうそれどころじゃなくなっていた。ナカが収縮を繰り返してイきそうになっていて、才川くんも、私のナカで擦るたびに膨張して、ビクビクと弾けそうになっている。

「才川くっ……おっきぃっ。お腹、くるしっ……」

「ん……もうイくから。もうちょっと……」

そう言って、まだ飽き足りない様子で私の口の中を貪ってくる。ついばむようなキス、かと思えば口腔《こうこう》内を大きく舐めて、いやらしいキスを繰り返す。

「んはっ……っ、イっちゃう、も……イッ、ちゃっ」

「気持ちいい？」

「ん、気持ちいいっ……才川くんの、ナカでいっぱい擦れて、すごくっ……」

「そっか……。気持ちいいほうが、妊娠しやすいって」

「ん」

　唇を舐めていた才川くんは、快感で涙をこぼす私の目尻に唇を寄せた。

「……それ、何で知ったの？」

　私が尋ねると、才川くんは一瞬黙った。黙って膣を押し上げるように腰を動かしてくる。私が快楽に耐えながら、追及するようにじっと見つめて待っていると、観念したように口を割る。

「……みつきが読んでる妊活雑誌」

　……読んだんだ！　プレッシャーになるかもと思って隠しておいたはずなんだけどな……!?　わぁ、でも、読んだんだ。それは……読んでる現場を見たかった。真剣な顔で妊活雑誌を読む才川くん。いつか、プレママ雑誌も真面目に読んだりするんだろうか？　自分の子どもと対面した時はどう接するかなんて、想像したりするんだろうか。

　思っていた以上に子どもを持つことに前向きになってる才川くんにちょっと感動したのも束の間、バツが悪かったらしい彼はいっそう動きを激しくする。ごまかすように。

「あんッ、あっ、あぁっ……♡」

「ん……ぐちゃぐちゃ鳴ってるの聞こえる？」

「も……才川くん、きもちいっ……きもちいいっ！　もうだめっ……！」

「あぁ、俺も……っ」

ぎゅっと背中を抱かれて、体が密着した。才川くんは私の顔の真横で苦しそうに呻《うめ》く。

「ッ……みつきっ、出るっ……出る……っ！」

「あ……あぁぁっ！」

〝ドクンッ！〟とひときわ大きく脈打つのを感じた直後、奥に温かい液体がかけられるのを感じた。達した疲労感から脱力して、彼の肩に手を掛けて下を向き、大きく息を吐く。

繋がっている場所に目をやりながら、ドクドクと注ぎ込まれる感覚に体を震わせていると。私と同じように息を切らしていた才川くんが、腰を押し付けてきた。

「えっ……待って！　待っ……ダメ、今動いちゃっ……あっ！」

「みつき、まだ出てるから……ほら」

「待って、今は……！　んぁっ……感じ、すぎ、ちゃう……からぁっ」

「っ……奥で飲んで」

「あんっ！　あぅっ……あぁぁんっ」

結局、この後もう一回した。

すべて終わった後、才川くんに全身をくまなく洗われて、体を拭くのも髪を乾かすのも全部されるがままで、今――私はソファの上、彼の膝の上でうちわで扇がれている。

完全にのぼせていた。

「目が回って気持ち悪い……」

「さっきは〝気持ちいい〟って泣き叫んでたのにな」

「……」

「……嘘、ごめん。やりすぎた」

むっとした私の顔を、才川くんの大きな手のひらが覆う。その手はするりと私のおでこを撫でた。身を翻して真上にある彼の顔を見ると、少し反省しているような表情。

これに懲りてしまった才川くんに〝やっぱり一緒にはもう入らない〟なんて言われたくないから、先手を打つ。才川くんの頬に手を伸ばす。私は楽しかったということがちゃんと伝わるように、笑う。

「また一緒に入ろうね」

才川くんは自分の頬に添えられた私の手に触りながら。

「……たまになら」

一緒にお風呂に入ることが、夫婦の新しい習慣になりそうです。

《書き下ろし後日談　才川夫妻のバスタイム》終

あとがき

ついに「才川夫妻」が文庫本に……！　感慨深さで胸いっぱいです。お手に取っていただき本当にありがとうございます。前作の『イケメン兄弟から迫られていますがなんら問題ありません。』に続き、三冊目の蜜夢文庫さんです！　兎山《とやま》もなかと申します。

第三者の視点から入るというちょっと変わった始まり方にしたので、前情報なく読んでくださった方を戸惑わせてしまったかもしれません（汗）　初々しいみつきと、ある意味ダメな才川くんの組み合わせを書くのは本当に楽しいです。特に才川くん視点が！　〝ほんとにバカな男だな！　好き！〟と思いながらキャラへの愛重ためで書いています（笑）

結婚してから時間が経ってもずっと恋愛を続けているような、夫婦の理想の一つを描きました。少しでもお楽しみいただけていたら幸いです。

今回イラストを担当くださった小島《おじま》ちな先生、実はご一緒させていただく前からファンで、新作漫画が配信されるたびに追いかけて拝読していました！（現在シチュCDやゲームのイラストやキャラデザインでも大活躍中です！）男性は滴る色気の中にも可愛さがあって、女性は動き出しそうにイキイキしている小島先生独特のタッチで才川夫妻を描いていただきました。感無量です！　素敵なイラストを本当にありがとうございます。

そして今月、才川夫妻のコミカライズ単行本も同時期に発売しております。（発行：ぶんか社様）作画は塩顔イケメン描きの名手・烏丸《からすま》かなつ先生‼　元々この物語は烏丸先生のキャライラストを元に書き上げたものなので、それをご本人に漫画にしていただいたという超ラッキーな作品です。エッチシーンもてんこ盛りな胸きゅんＴＬ漫画に仕上げていただいていますので、よろしければ小説と漫画併せて「才川夫妻」をご堪能ください！

　今回の発売にあたり、担当様、編集部の皆様、そして直接のやり取りはなくとも、本作にお力添えいただいた皆様、本当にありがとうございます。いつも応援くださる方にも、心の底から感謝が尽きません……！　この「才川夫妻の恋愛事情」は特に、読者さんたちに育てていただいた作品だなぁと感じています。これから漫画等で新しい展開が続く予定ですので、引き続きお付き合いいただけたら嬉しいです。楽しんでいただけるよう知恵を絞って、いっそう精進して参ります。

　最後に、ここまで読んでくださったあなた様に最大級の感謝を込めて。貴重なお時間を本当にありがとうございました。またどこかでお目にかかれますように！

兎山もなか

本書は、電子書籍レーベル「らぶドロップス」より発売された電子書籍を元に、加筆・修正したものです。

才川夫妻の恋愛事情
7年じっくり調教されました

２０１７年１１月２９日　初版第一刷発行
２０１９年 ３ 月２５日　初版第三刷発行

著…………兎山もなか
画…………小島ちな
編集…………株式会社パブリッシングリンク
ブックデザイン…………しおざわりな
（ムシカゴグラフィクス）
本文ＤＴＰ…………ＩＤＲ

発行人…………後藤明信
発行…………株式会社竹書房
〒102-0072　東京都千代田区飯田橋２－７－３
電話　03-3264-1576（代表）
03-3234-6208（編集）
http://www.takeshobo.co.jp
印刷・製本…………中央精版印刷株式会社

ISBN978-4-8019-1279-3　C0193
Printed in JAPAN